Dieses Buch gehört

Christian Macharski

Die Freunde der Nacht

paperback verlag

Die Freunde der Nacht

Ein schwerer Schicksalsschlag stürzt Hastenraths Will in eine Sinnkrise. Der Landwirt und Ortsvorsteher des kleinen Dorfs Saffelen beschließt daraufhin, seine Memoiren zu schreiben. Bei Recherchen zu einer legendären Tour mit seinem ehemaligen Kegelklub „Die Freunde der Nacht" stößt er auf mysteriöse Vorfälle, die sein detektivisches Interesse wecken. Für seine Nachforschungen taucht er dabei tief ein in die Zeit der wilden Kegeltouren Ende der 70er Jahre, als alles erlaubt war und Moral als spießig galt. Eine Zeit, an die nicht jeder seiner ehemaligen Kegelbrüder gerne erinnert werden möchte, denn je mehr Will die menschlichen Abgründe hinter ihren bürgerlichen Fassaden freilegt, desto deutlicher wird, welch furchtbarem Geheimnis er auf der Spur ist. Während der Landwirt sich unbeirrt durch ein Geflecht aus Halbwahrheiten, Täuschungen und falschen Spuren kämpft, trifft ihn die bittere Erkenntnis, dass auch er selbst sich seiner Vergangenheit stellen muss.

Über den Autor

Christian Macharski wurde 1969 in Wegberg geboren. Seit 1991 ist er hauptberuflich als Kabarettist und Autor tätig. Er entwickelte diverse Programme des Comedyduos „Rurtal Trio", dem er 17 Jahre angehörte, schrieb und inszenierte in der Folge Programme für Kollegen sowie seit 2008 mehrere eigene Soloprogramme. Darüber hinaus arbeitete Macharski als Autor für verschiedene Fernsehsender (WDR, SAT1, RTL) sowie als Kolumnist für die Aachener Nachrichten. Seit 2016 glossiert er wöchentlich für die Rheinische Post. Die Figur des Hastenraths Will verkörpert Macharski regelmäßig auf der Bühne, im Radio und im TV. „Die Freunde der Nacht" ist der neunte Teil der beliebten Dorfkrimireihe um den ermittelnden Landwirt.

Außerdem als Taschenbuch erhältlich:

Das Schweigen der Kühe (ISBN 978-3-9807844-4-3)
Die Königin der Tulpen (ISBN 978-3-9807844-5-0)
Das Auge des Tigers (ISBN 978-3-9807844-7-4)
Die Rache des Waschbären (ISBN 978-3-9816638-4-6)
Der Tango des Todes (ISBN 978-3-9807844-8-1)
Die Höhle des Löwen (ISBN 978-3-9816638-0-8)
Die Geliebte des Mörders (ISBN 978-3-9816638-6-0)
Die Stunde der Wahrheit (ISBN 978-3-9473650-0-5)

Christian Macharski

Die Freunde der Nacht

DORFKRIMI

Umschlaggestaltung: Kursiv, Oliver Forsbach
Fotos: Marcus Müller, Carl Brunn
Lektorat: Kristina Raub
Satz & Layout: media190, Wilfried Venedey
Druck & Bindearbeiten: CPI – Clausen & Bosse, Leck

ISBN 978-3-947365-05-0

Für
alle Neune

Prolog

Die Straße war fast menschenleer, da sich das Leben entlang der Promenade in den zahlreichen Bars und Kneipen abspielte, aus denen ungezügelter und fröhlicher Lärm drang. Einige wenige Pärchen huschten auf der Suche nach einem ruhigen Plätzchen durch das diesige Grau der Nacht, geräuschlos wie Geister. Ansonsten sah man nur hier und da ein paar verlorene Seelen, die ziellos umherirrten – so wie sie. Der leichte Nieselregen hatte sich wie ein dünner Film auf ihre Haut gelegt. Es war weder unangenehm noch kalt. Im Gegenteil, der feine Tau kühlte ihren geschundenen Körper. Sie lief durch schwach beleuchtete Gassen, kam aber kaum voran, weil sie immer wieder umknickte und strauchelte. Es war jedoch nicht der Alkohol, der sie torkeln ließ, sondern die Ohnmacht über das Geschehene. Der heimtückische Überfall war aus heiterem Himmel erfolgt. Zuerst hatte sie sich heftig gewehrt, doch als ihr klar wurde, dass sie gegen den brutalen und körperlich überlegenen Angreifer keine Chance haben würde, hatte sie es geschehen lassen, um ihr Schicksal, das in diesem Moment an einem seidenen Faden hing, nicht herauszufordern. Irgendwann fand sie sich im Rinnstein sitzend wieder und ihr Verstand setzte allmählich wieder ein. Wo war ihre Handtasche? Hatte sie nicht einen Schal gehabt? Warum blutete ihre Hand? Wie ein Ertrinkender schnappte sie nach der frischen Luft, bevor sie sich aufrappelte und durch den malerischen Ort schwankte, der so harmlos und friedlich wirkte, wie er dalag im milchigen Mondschein. Der Sehnsuchtsort so vieler Menschen war für sie zu einem Ort des Schreckens geworden. Jetzt wusste sie nicht, wohin sie gehen sollte und wem in dieser scheinheiligen und verlogenen Welt sie überhaupt noch vertrauen konnte. Das Wichtigste aber war für den Moment, dass sie am Leben war. Jedenfalls hoffte sie das. Oder konnte man gleichzeitig leben und tot sein?

Plötzlich
und unerwartet

1

Montag, 2. September 2019, 8.06 Uhr

Es war ein Morgen wie jeder andere. Hastenraths Will saß am Frühstückstisch und studierte die Tageszeitung, während seine Frau am Herd stand und Rührei zubereitete. Obwohl der Landwirt schon seit geraumer Zeit auf den Beinen war, fühlte er sich merkwürdig schlapp. Die Worte, die seine Frau vor sich hinplapperte, vermischten sich mit den Zeilen, die er las, zu verstörenden Gedanken. Will schüttelte sich einmal kurz und nahm einen Schluck Kaffee. Obwohl er ihn, wie immer, mit acht Stück Zucker gesüßt hatte, hinterließ der Sud einen ungewohnt bitteren Geschmack auf seiner Zunge. Will legte die Zeitung zur Seite und streckte sich. Wahrscheinlich ein bisschen zu ruckartig, denn er spürte sofort wieder diese Schmerzen in seiner linken Brust – zum zweiten Mal an diesem Morgen. Das erste Mal war beim Zähneputzen gewesen, als er sich über das Becken gebeugt hatte, um das Wasser auszuspucken. Es hatte sich angefühlt, als wenn sich ein Metallband um seinen Brustkorb gelegt hätte und zusammengezogen worden wäre. Aber so plötzlich, wie der Schmerz eingesetzt hatte, war er auch wieder verschwunden und so maß Will ihm keine weitere Bedeutung bei.

Marlene trat mit der dampfenden Pfanne an den Tisch und schaufelte ihrem Mann einen großen Haufen Rührei auf den vollgekrümelten Teller, auf dem noch ein angebissenes Brötchen lag. „Wieso hast du denn noch nicht aufgegessen?“, fragte sie verwundert. „Ich hab dir doch extra deine Lieblingsleberwurst dadrauf geschmiert ... und gute Butter.“

„Ich weiß“, antwortete Will, „aber ich hab heute irgendswie kein richtiger Appetit.“

Marlene setzte sich mit ihrem Teller ihm gegenüber und musterte ihn, während er lustlos im Rührei herumstocherte. „Ist dir nicht gut?“, fragte sie besorgt. „Hast du Fieber? Du bist total am Schwitzen.“

Will zog das große Stofftaschentuch mit seinen Initialen aus der Hose und wischte sich ein paar Schweißtropfen von der Stirn. „Nee, alles gut. Ich glaub, ich bin nur was warm angezogen.“ Er sah auf die Uhr. „Oh, schon so spät. Stell mir das Ei doch bitte im Kühlschrank. Ich ess das heute Abend. Ich muss los. Ich will das Feld bis Mittag fertig kriegen, weil ich danach noch zu Oellers fahr, wegen TÜV und so.“

Marlene schüttelte den Kopf und seufzte: „Meinst du, der Auto geht noch mal überm TÜV? Der hat doch schon über 500.000 drauf. Es wär vielleicht mal an die Zeit, dass wir uns ein neuer Auto kaufen.“

„501.043 Kilometer!“, rief Will stolz. „Ach was, wir brauchen doch kein neuer Auto! Das ist ein Mercedes 190 D, der ist für die Ewigkeit gebaut. Das war noch echte Wertarbeit, da ist nix dran. Der Heribert meint auch, den kriegen wir locker über der TÜV. Zum einen kennt der der Prüfer privat ganz gut und zum anderen ist der Borowka Experte dadrin, der Tachostand ein bisschen zu … ja, wie soll ich sagen? … zu optimieren. So, jetzt muss ich aber los."

Will schlug sich die Krümel von seinem grün-weißen Karohemd, justierte seine Hosenträger und sprang von der Bank auf. Seine Gummistiefel quietschten, als er die Küche in Richtung Hof verließ.

Marlene sah ihrem Mann hinterher, wie er durch den Flur, der an den großen Milchtanks vorbeiführte, verschwand. Als sie sich wieder ihrem Rührei zuwandte, fiel ihr Blick auf die vier in Alufolie verpackten Butterbrote, die sie ihm mit viel Liebe für die Feldarbeit geschmiert hatte und die er in seiner Zerstreutheit mal wieder vergessen hatte.

Will hatte sich seinen geliebten verblichenen Bundeswehrparka übergezogen, da es trotz des strahlenden Sonnenscheins an diesem Morgen ungewöhnlich frisch war. Vor allem im Cockpit seines geliebten Magirus-Deutz-Treckers, den er oft bis in den späten Herbst hinein ohne Verdeck fuhr. Will setzte seinen linken Fuß auf die hohe Stufe seitlich des Einstiegs und wuchtete sich mit einer gekonnten und durch hundertfache Wiederholungen perfekt routinierten Bewegung auf den ausgeleierten Ledersitz, der unter seinem Körpergewicht quietschend auf- und abwippte.

Gerade als der Landwirt den Zündschlüssel eingesteckt hatte, durchschnitt die durchdringende Stimme seiner Frau die Stille des Morgens: „Will! Du hast deine Butterbrote und die Thermoskanne vergessen." Auf Filzpantoffeln und im geblümten Kittel, in dem ihre barocke Figur farbenfroh hin- und herwogte, lief Marlene quer über den Hof auf den Trecker zu.

Will schlug sich vor die Stirn, erhob sich wieder von seinem Arbeitsplatz und trat mit dem linken Fuß zurück auf die Stufe, um die Brote entgegenzunehmen. Offensichtlich hatte er sich zu schnell aufgerichtet, denn ihm wurde leicht schwindelig. Instinktiv hielt er sich am Dachgestänge fest, spürte dabei aber einen Schmerz hinter dem Brustbein. Gequält stöhnte er auf und als er seine Augen wieder öffnete, schien seine Frau plötzlich nur noch wie in Zeitlupe auf ihn zuzulaufen. Mit rasendem Puls versuchte er sich festzuhalten, aber aus irgendeinem unerklärlichen Grund ließ die Kraft in seinem Arm nach. Seine Hand glitt vom Gestänge und griff wie von fremden Mächten gesteuert an sein Herz, das sich anfühlte, als würde sich ein Presslufthammer darauf austoben. Der schmale Tritt, auf dem er mit seinem Fuß balancierte, bot ihm keinen Halt mehr. Will geriet ins Straucheln und kippte seitlich vom Trecker. Sekunden später lag er mit dem Rücken auf dem staubigen Boden und starrte mit ungläubigem Blick in die grelle Morgensonne, die sich aber sofort wieder verdunkelte, als Marlene sich dazwischenschob.

Die Bäuerin war neben ihrem Mann auf die Knie gegangen, packte ihn am Kragen und schüttelte ihn, aber das spürte er kaum. Auch schien sie ihm etwas zuzubrüllen, aber Will hörte nichts, obwohl sich ihr Mund immer wieder panisch öffnete und schloss. Wills Lider wurden schwerer und schwerer und als seine Augen zufielen, ließ mit einem Mal der Schmerz in der Brust nach.

Die Diagnose

2

Mittwoch, 4.September 2019, 9.36 Uhr

Marlene Hastenrath starrte auf den leeren Stuhl auf der anderen Seite des Tisches. Unzählige Gedanken schwirrten durch ihren Kopf, eigentlich schon seit dem Moment, als sich ihr Leben von jetzt auf gleich geändert hatte. Wie sollte es überhaupt weitergehen? Würde sie die Herausforderungen der kommenden Wochen allein schultern können? Würde sie allein den Betrieb aufrechterhalten können? Die Versorgung der Kühe und Schweine, die schwere Feldarbeit?

Die Tür öffnete sich und Dr. Hoppe betrat schwungvoll das Arztzimmer. Er nahm auf dem Stuhl hinter seinem großen Schreibtisch Platz und stützte sein Kinn auf seinen beiden Händen ab. Für einen Moment ruhte sein Blick auf Marlene, die sich für diesen Besuch offensichtlich in Schale geworfen hatte, wie er anerkennend feststellte. Normalerweise kannte er die Frau nur als anpackende Bäuerin im verwaschenen Kittel, aber das pinke Kleid stand ihr ausgesprochen gut und korrespondierte angenehm mit ihrem dezenten Halstuch. Dr. Hoppe kannte sich aus mit guter Kleidung. Dann wanderte sein Blick hinüber zu einem modisch fragwürdigeren Fall. Direkt neben Marlene saß ihr Ehemann, der Landwirt und Ortsvorsteher des kleinen Dorfes, Hastenraths Will. Er trug das, was er meistens trug: ein kariertes Hemd, eine großzügig geschnittene, graue Arbeiterhose und Gummistiefel, die allerdings ausnahmsweise mal frisch gewienert waren. Will war tief eingesunken in den Besucherstuhl, fast so, als ahnte er, was Dr. Hoppe ihm zu sagen hatte.

„Zunächst einmal“, hob der Mediziner mit dem für ihn typischen belehrenden Duktus an, „freue ich mich, Herr Hastenrath, dass es Ihnen schon wieder besser geht. Ihr EKG ist so weit in Ordnung. Ich würde aber sicherheitshalber noch zu einer Ultraschalluntersuchung Ihres Herzens raten, um zu sehen, ob es Vernarbungen an Ihrem Herzen gibt. Einen Herzinfarkt können wir aber definitiv ausschließen. Aber selbst den hätten Sie vermutlich überlebt dank des beherzten Einsatzes Ihrer Frau. Nachdem sie mich alarmiert hatte, hat sie bis zu meinem Eintreffen eine vorbildliche Herzdruckmassage ausgeführt. Ihr muss wirklich was an Ihnen liegen.“

Will lächelte gequält, während Dr. Hoppe sich an Marlene wandte: „Wo haben Sie das eigentlich gelernt?“

Marlene räusperte sich, bevor sie antwortete: „Das war eigentlich Zufall. Wir hatten letztens im Pfarrsälchen ein Erste-Hilfe-Kurs mitgemacht mit die Katholischen Strickfrauen Saffelen, mehr so aus Langeweile. Das war so ein Angebot von die Caritas gewesen. Deshalb wusste ich auch noch, dass man bei die Herz-Lungen-Massage ‚Atemlos‘ singen muss für wegen der richtige Rhythmus.“

Dr. Hoppe schmunzelte. Er öffnete die Patientenakte und wurde wieder ernst, als er Will ansprach: „Herr Hastenrath, ich möchte nicht unnötig drum herumreden. Diesmal haben

Sie Glück gehabt, aber mit solchen Herzattacken ist nicht zu spaßen. Ihre Blutwerte sind katastrophal. Sie sind prädestiniert für Arteriosklerose, Bluthochdruck, Herzinfarkt und Schlaganfall. Ich kann Ihnen nur dringend raten, Ihr Leben komplett umzustellen. Sie sind nicht nur Risikopatient, Sie sind ein ganzes Bündel aus Risikofaktoren. Sie rauchen …"

„Ja, aber doch nur Zigarre", unterbrach Will ihn und kassierte dafür von seiner Frau einen Ellbogencheck in die Rippen. „Aua!"

„Du lässt jetzt gefälligst der Dr. Hoppe ausreden. Und bezüglich dein heimlicher Zigarrenvorrat, den ich gestern entdeckt habe, da werden wir zu Hause noch mal drüber sprechen", zischte Marlene und gab dem Arzt mit einem kurzen Nicken zu verstehen, dass er fortfahren möge.

„Also noch mal: Sie rauchen. Sie sind, was Alkohol angeht, kein Kostverächter. Davon konnte ich mir erst vor ein paar Wochen beim Schützenfest noch persönlich ein Bild machen. Sie treiben überhaupt keinen Sport. Das jedenfalls schließe ich aus Ihren katastrophalen Werten …"

„Und er nimmt immer acht Stück Zucker in sein Kaffee und isst jedes Stück Kuchen mit doppelt Sahne", ergänzte Marlene.

Dr. Hoppe schüttelte den Kopf. „Wenn Sie so weitermachen, Herr Hastenrath, dann werden Sie irgendwann einen Herzinfarkt erleiden und dann müssen wir über ganz andere Maßnahmen reden als die paar Tabletten, die ich Ihnen verschrieben habe."

Will zuckte zusammen. Dr. Hoppe und der Chefarzt im Krankenhaus, wo er eine Nacht zur Beobachtung gewesen war, schienen sich gegen ihn verbündet zu haben, denn beide schilderten ihm ähnlich düstere Horrorszenarien. Deshalb ahnte er schon, was Dr. Hoppe als Nächstes sagen würde. Und er sagte es: „Deshalb verordne ich Ihnen jetzt zusätzlich zur Medizin Folgendes: Sie hören sofort mit dem Rauchen auf, Sie werden Ihren Alkoholkonsum drastisch reduzieren, am besten ganz einstellen, Sie müssen dringend abnehmen, mindestens zehn Kilo. Sie müssen Ihre Ernährung sowieso komplett umstellen, damit wir Ihre Blutzuckerwerte wieder einigermaßen auf Normalmaß bekommen. Und, ganz wichtig: Treiben Sie Sport."

Will war kreidebleich geworden und noch tiefer in seinem Stuhl versunken. Marlene ergriff das Wort, ohne ihren Mann eines Blickes zu würdigen: „Herr Doktor, verlassen Sie sich darauf. Ich werde mein Mann ab sofort streng kontrollieren."

Will zeigte wie ein Schuljunge mit dem Finger auf und startete einen letzten Versuch: „Was ist denn abends vor der Fernseher mit ein kleines Glas Dujardeng? Ich könnte der Cognacschwenker ja auch nur halbvoll machen. Und was der Sport angeht …"

Dr. Hoppe schlug mit der flachen Hand auf den Tisch und erhob sich. „Herr Hastenrath, haben Sie mir nicht zugehört? Kein Alkohol, keine Zigarren und etwas Sport!"

Plötzlich öffnete er seinen Arztkittel, zog sich das weiße Polohemd darunter straff über seinen Bauch und präsentierte dem perplexen Ehepaar ein darunter abgemaltes Sixpack. Er zeigte darauf und sagte: „Herr Hastenrath. Was meinen Sie, wo das herkommt? Jeden Morgen, bevor ich zur Arbeit fahre, jogge ich zehn Kilometer durch den Saffelener Wald. Von nix kommt nix. Glauben Sie mir: Wer neben gesunder Ernährung auch noch regelmäßig Sport treibt, senkt sein Infarktrisiko um über 80 Prozent."

Während Dr. Hoppe sich wieder hinsetzte, konnte Marlene trotz des leicht bizarren Moments eine aufkommende innere Hitze nicht verhehlen. Mit vorwurfsvollem Blick sah sie hinüber zu Will, der ihren stechenden Blick spürte und instinktiv den Bauch einzog.

Einsamkeit

3

Mittwoch, 4. September 2019, 10.46 Uhr

Der Sozialraum der Firma Auto Oellers lag im hinteren Teil des riesigen Gebäudes, in dem es einen Ausstellungsraum für Gebrauchtfahrzeuge, einen kleinen Bürobereich und eine Werkstatt mit vier Montagegruben gab. In dem schmucklosen Kabuff befanden sich sechs Spinde, in denen die Mitarbeiter ihre persönlichen Sachen lagerten, und ein ölverschmiertes Mini-Waschbecken, auf dem eine Plastikschale mit Handwaschpaste lag. Ein kleines Fenster, das sich nur noch mit Mühe auf Kipp stellen ließ, spendete kaum wahrnehmbare frische Luft. Auf einer wackligen Anrichte standen ein Transistorradio, das schon vor über einem Jahr seinen Geist aufgegeben hatte, sowie eine Kaffeemaschine, an der ein gelbes Post-it klebte mit der Aufschrift: „Bitte mal entkalken, der Kaffee schmeckt scheiße“. Die Mitte des Raums dominierte ein großer Tisch mit acht Stühlen. Am Kopfende saß Fredi Jaspers, der Büroleiter der Firma, deren Bürobelegschaft im Prinzip allerdings nur aus ihm selbst bestand. Und, wenn man so wollte, aus der Empfangsdame Regina Wallraven, die sich der Büroarbeit aber konsequent verweigerte, weil sie die meiste Zeit mit persönlicher

Nagelpflege und „gut aussehen“ beschäftigt war. Fredi Jaspers hatte sich über viele Jahre hinweg zur rechten Hand von Heribert Oellers hochgearbeitet, was nicht leicht gewesen war, denn der exzentrische Inhaber galt als ebenso misstrauisch wie cholerisch. Fredi hatte vor sich auf dem Tisch sein karges Frühstück aufgebaut, ein Twix und eine Dose Mezzo Mix. Entsprechend neidisch blickte er hinüber zu seinem Sitznachbarn, der zweiten Person im Raum. Es handelte sich um seinen besten Kumpel Richard Borowka, der in dieser Firma als Kfz-Mechaniker beschäftigt war und anders als Fredi aufgrund seiner häufigen Krankmeldungen deutlich weniger Reputation bei Heribert Oellers genoss, was ihm aber herzlich egal war.

Bei Borowka handelte es sich um eine Frohnatur mit stark ausgeprägtem Selbstbewusstsein. Mit großer Vorfreude öffnete er seine Frühstücksdose, in der ein liebevoll belegtes Butterbrot lag. Zwischen zwei länglichen und dicken Scheiben frischen Bauernbrots stapelten sich ein riesiges Salatblatt und vier Scheiben Schinkenwurst, garniert mit Ei, Tomate und frischem Pfeffer. Als i-Tüpfelchen hatte Borowkas Frau Rita ihm auf die obere Scheibe Brot ein aus einem Radieschen ausgestochenes Herz gelegt. Gerade als Borowka hineinbeißen wollte, ließ Fredi einen tiefen Seufzer. Borowka hielt inne und sah ihn an. „Was ist los?“

„Ach nix“, murmelte Fredi. „Ich find nur, dass das Butterbrot sehr schön gestaltet ist.“

Borowka besah sich leicht irritiert seine Stulle und antwortete: „Ach so, du meinst das Radieschenherz?! Ja, das ist wieder mal typisch Rita. So was macht die gerne. Weißt du noch, wie die mir seinerzeit, als wir bei Spargel und Tonne zum Grillen eingeladen waren, eine Schüssel Kartoffelsalat mitgegeben hat, wo obendrauf mit Gurkenstücke ‚Gute Besserung' geschrieben stand, weil der Spargel am Abend zuvor so schlimm gekotzt hatte nach unsere Nichtabstiegsfeier. Da hat die Rita ein Fingerspitzengefühl für. Ich muss sowieso sagen: Seit die zusammen mit unser Jerome in diese Mutter-Kind-Kur war, läuft es wieder richtig optimal zwischen uns*. Auch innerbetrieblich, wenn du weißt, was ich damit andeuten will."

Als er grinsend wieder zubeißen wollte, entfuhr Fredi ein weiterer, noch lauterer Seufzer. Borowka ließ das Butterbrot sinken und sah seinen Kumpel an. „Was ist denn jetzt schon wieder?"

„Ach nix", sagte Fredi. „Ich musste nur gerade dadran denken, dass Sabrina mir früher auch immer so leckere Butterbrote für auf die Arbeit geschmiert hat."

Borowka verdrehte die Augen und biss in sein Brot, sodass eine Tomatenscheibe herausfiel. Schmatzend sagte er: „In erster Linie hat die Alte dich angeschmiert. Hör mal, die wollte dir ein fremdes Kind unterjubeln. Schon vergessen? Was macht die Trulla überhaupt? Hast du von die noch mal was gehört?"

Fredi schüttelte den Kopf. „Nee, wir hatten kein Kontakt mehr, seit die bei mir ausgezogen ist. Ich hab letztens ein ehemaliger Arbeitskollege von sie getroffen. Der hat mir gesagt, sie wär zurück zu ihre Eltern nach Berlin gezogen. Hmm … vielleicht hätten wir es doch noch mal versuchen sollen. Man soll die Flinte ja nicht immer direkt …"

„Fredi! Die Frau hat dich doch von vorne bis hinten verarscht. Genauso wie davor jahrelang die Martina."

Fredi legte die Stirn in Falten. „Meinst du, ich werd immer nur von Frauen verarscht?"

* Die Geliebte des Mörders

Borowka hörte auf zu kauen und überlegte kurz. „Das wollte ich damit nicht sagen, aber … es könnte sein.“ Nachdem er sich ein Stück Schinken aus einem Zahnzwischenraum gepult hatte, sah er sich angesichts seines betrübt dreinblickenden Kumpels dazu genötigt, noch ein paar tröstende Worte hinterherzuschieben: „Mensch Fredi, jetzt mach dir dadrüber nicht so ein Kopf. Nur weil du impotent bist, heißt das ja nicht, dass du keine Frau mehr abkriegst. Das sieht man dir ja nicht an, wenn du …“

„Ich bin nicht impotent!“, echauffierte sich Fredi und stampfte mit dem Fuß auf. „Ich bin zeugungsunfähig.“

„Ist das nicht dasselbe?“, fragte Borowka ungerührt.

„Nein, ist es nicht. Ich hab es dir doch schon tausendmal erklärt: Ich kann alles ganz normal machen, es kommt nur nix dabei raus. Also, es kommt schon was dabei raus, aber … ach, was red ich überhaupt mit dir dadrüber?“ Verärgert riss er die Verpackung seines Twix auf und biss in einen der beiden Schokoriegel.

Eine Weile kauten sie schweigend, bis Borowka sich mit der Serviette, die Rita ihm dazugelegt hatte, den Mund abwischte und Fredi vielsagend ansah. „Hör mal, was wär denn mit die Regina? Soweit ich weiß, hat die im Moment keinen.“

„Welche Regina?“

„Na hier, unser Bürrofrollein Regina am Empfang. Da hast du bestimmt Chancen. Ich geh mal davon aus, dass die nicht besonders wählerisch ist.“

Fredi schüttelte empört den Kopf. „Sag mal, bist du bekloppt? Frollein Regina? Hast du dich mal länger als zwei Minuten mit die unterhalten?“

„Ja mein Gott", rief Borowka und redete, während er sich das restliche Butterbrot fast vollständig in den Mund stopfte, einfach weiter. Die Krumen, die dabei aus seinem Mund flogen, schienen ihn nicht weiter zu stören. „Das weiß ich selber, dass Regina nicht die Hellste ist, aber auch das hat ja Vorteile, wenn du weißt, was ich damit andeuten will. Hier, der Ralf Richterich hatte mal was mit die. Und der sagte, die würde abgehen wie eine Rakete. Er konnte sich zwar nicht mehr genau dadran erinnern, weil das in Himmerich auf dem Parkplatz war und er auch schon ziemlich einen im Tee hatte, aber da schwärmt der heute noch von."

Fredi sah seinen Freund verständnislos an und schüttelte erneut den Kopf. „Nee, das geht nicht. Regina und ich, wir sind doch Arbeitskollegen."

„Ja und? Hab ich gestern noch bei BILDplus gelesen: Die meisten Paare lernen sich heutzutage auf der Arbeit kennen. Eine Cousine von Rita hat ihr neuer Freund auch bei der Arbeit kennengelernt ... Nee, Moment, das muss ich anders sagen: Sie hat ihn bei *seine* Arbeit kennengelernt. Er war nämlich ihr Gynäkologe."

„Das mag ja sein, aber die Regina ist doch überhaupt nicht mein Typ. Ich steh mehr auf so natürliche Frauen. Und an die Regina ist doch fast nix mehr original."

Borowka musste lachen und verschluckte sich fast dabei. „Haha. Das stimmt! Findest du nicht auch, dass der ihre Brüste seit die letzte Betriebsfeier schon wieder größer geworden sind?" Borowka sah sich im Sozialraum um. Und obwohl außer ihnen beiden niemand da war, senkte er seine Stimme. „Es geht ja das Gerücht rum, dass der alte Oellers die Brust-OPs immer bezahlt, für mehr Autos zu verkaufen. Aber vielleicht hast du recht. Mit jemand aus der Firma zusammen zu sein, ist keine gute Idee. Da gibt es doch diesen Spruch mit die Firmentinte, wo man nix reintunken soll. Oder wie mein Vater immer sagt: ‚Hauskaninchen schießt man nicht.'"

Borowka musste über seinen eigenen Spruch lachen. Fredi sah ihn fragend an. „Versteh ich nicht. Was hat das denn jetzt mit Hasen zu tun?"

Borowka sah auf die große Uhr, die über den Spinden hing, und sprang wie von der Tarantel gestochen auf. „Ach du Scheiße", schrie er. „Es ist eine Minute vor elf, Frühstückspause ist rum." Während er hastig seine Butterbrotdose in der Brusttasche seines Blaumanns verstaute, sagte er: „Wie wär es denn mit Online-Dating? Das machen doch alle. Der Richterich sagt, bei Tinder wirst du immer fündig. Er sagt, das ist hundertmal besser wie Elitepartner, da hätte ihm noch nie eine zurückgeschrieben. Oder das eine hier, wo man sich alle elf Minuten in einem drin verliebt."

Fredi erhob sich ebenfalls und strich sich sein Polohemd glatt. „Hör mir bloß auf mit Online-Dating. Weißt du nicht mehr, wie das damals ausgegangen ist? Da wär ich fast bei draufgegangen."

Borowka erinnerte sich noch sehr gut an die Geschichte, obwohl es bestimmt schon zehn Jahre her war. Damals hatte Fredi sich mit einer angeblichen Online-Bekanntschaft getroffen, die sich dann als gesuchter Mörder herausstellte*.

Fredi trank seine Dose Mezzo Mix leer und verstaute sie ordentlich in seiner Umhängetasche. Bei seinem Gehalt konnte er jeden Cent Dosenpfand gebrauchen. Bevor sie den Raum

*Das Auge des Tigers

verließen, sagte er zu Borowka: „Frauen im Computer kennenlernen, das ist nix für mich. Ich muss eine Frau von Auge zu Auge gegenüberstehen und dann mit meine Menschenkenntnis der ihr Charakter herausfinden. Weißt du, Borowka, Charakter ist nämlich manchmal wichtiger als große Hupen. Mein Vater hat mir früher immer eingeschärft …"

Der große Zeiger der Uhr sprang auf die Elf und es ertönte ein schrilles Geräusch. In derselben Sekunde wurde die Tür vom Sozialraum aufgerissen. Fredi und Borowka zuckten heftig zusammen, als ihnen im Türrahmen ein wutschnaubender Heribert Oellers mit hochrotem Kopf gegenüberstand, der sofort losbrüllte: „Sagt mal, seid ihr mit der Hammer getauft worden oder was? Frühstückspause ist vorbei und ihr steht hier rum wie bestellt und nicht abgeholt. Wenn ihr zwei Amöben nicht in drei Sekunden an euer Arbeitsplatz seid, dann klingelt es hier ganz gewaltig, aber nicht an der Haustür, Freunde! Borowka, an der Mazda muss Ölwechsel gemacht werden, und Fredi, such mir noch mal die Einladung zu diese Scheiß-Tagung in Scheiß-Frankfurt raus, hier von Zitrön, wo ich hinmuss. Ich find der Zettel nicht mehr auf mein Schreibtisch. Das ist doch schon nächsten Montag, oder? Obwohl ich mir das noch mal gut überlegen sollte, ob ich so Doofmannsgehilfen wie euch überhaupt zwei Tage allein lassen kann. Und jetzt zack, zack, sonst zieh ich euch die Fehlminuten vom Gehalt ab." Fredi und Borowka sahen sich an und trabten los.

Der Entschluss

4

Mittwoch, 4. September 2019, 16.34 Uhr

Missmutig zog Hastenraths Will die gelbe Tonne hinter sich her an die Straße. Diese Aufgabe gehörte zu den wenigen Tätigkeiten, die seine Frau ihm noch zubilligte. Dr. Hoppe hatte mehr als deutlich darauf hingewiesen, dass in der nächsten Zeit jegliche körperliche Anstrengung zu vermeiden sei, um keinen erneuten Anfall zu provozieren. Und Marlene Hastenrath war fest entschlossen, diesen Rat mit aller Konsequenz umzusetzen. Will wusste zwar, dass sie es nur gut mit ihm meinte, aber es fiel ihm unglaublich schwer, einfach nur herumzusitzen. Bis zu diesen seltsamen Herzproblemen hatte er als Landwirt und Ortsvorsteher ständig zu tun gehabt. Nicht selten war er nach 16-Stunden-Tagen todmüde ins Bett gefallen, aber es hatte ihn glücklich gemacht. Wie gerne war er frühmorgens aufs Feld gefahren, hatte Furche um Furche in den Acker gezogen, geblendet von der aufgehenden Sonne, den Duft von Freiheit und Natur in der Nase. Und auch seine politische Tätigkeit, bei der es in Sitzungen oft hoch herging und bei der Ränke geschmiedet und Klüngelallianzen gebildet wurden, hatte ihn zutiefst erfüllt. Das alles war seine Welt gewesen. Er war

Strippenzieher, Visionär und Brückenbauer. Eine Person des öffentlichen Lebens, der man zuhörte und zu der man aufsah. Und jetzt? Jetzt saß er zu Hause auf dem Sofa und kam sich vor wie ein Ballon, aus dem man die Luft herausgelassen hatte. Ein trauriger, grauer Rentner wider Willen. Will stellte die gelbe Tonne an der Bordsteinkante ab und blickte blinzelnd in die strahlende Nachmittagssonne, die sich wärmend auf sein Gesicht legte. Er wunderte sich, dass er dennoch von düsteren und schwermütigen Gedanken umzingelt war. Was, wenn er niemals wieder der Alte werden würde? Was, wenn seine politischen Gegner seine momentane Schwäche ausnutzen würden? Was, wenn sein Zustand ihn und seine Frau in den finanziellen Ruin stürzen würde? Was, wenn …

Plötzlich zerriss lautes Motorengeheul die fast schon meditative Stille. Ein aufgemotzter VW Passat schoss aus Richtung Neubaugebiet kommend um die Kurve. Will seufzte: „Borowka! Der hat mir gerade noch gefehlt."

Richard Borowka wohnte im Nachbarhaus des Hastenrathschen Hofs. Wie immer drückte er nach der Kurve das Gaspedal noch mal bis zum Anschlag durch, obwohl es bis zu seinem Haus nur noch wenige Hundert Meter waren. Das Heck brach aus und schlitterte hin und her, als er in die Wiesenstraße einbog. Als Borowka den Wagen wieder in der Spur hatte, bremste er erst unmittelbar vor seiner Einfahrt ab, riss das Lenkrad herum und brachte den Passat nur wenige Zentimeter vor dem Garagentor zum Stehen.

Hastenraths Will beobachtete das sich täglich wiederholende Schauspiel mit verständnisloser Miene und begrüßte seinen Nachbarn entsprechend mit einer Wischbewegung vor dem Gesicht:

„Sag mal, wann wirst du endlich mal erwachsen, Richard?"

Borowka löste die Fallschirmgurte, sprang aus seinem tiefen Recarositz und warf die Autotür hinter sich zu. Mit einem breiten Grinsen im Gesicht ging er auf den Landwirt zu. Bevor er ihm die Hand reichte, wischte er sich seine verölten Finger notdürftig an seinem Blaumann ab. „Will! Das freut mich aber, dass du wieder auf die Beine bist. Was machst du denn für Sachen? Marlene hat erzählt, dass es mächtig knapp war und dass du dich jetzt unbedingt schonen musst."

Will verzog das Gesicht: „Ach ja, hat sie das gesagt? Ganz so wild ist es nicht. Ich soll mich jetzt ein bisschen ausruhen, aber dann geb ich wieder Vollgas."

„Übertreib es nicht direkt wieder, Will. Aber dein Arzt wird schon wissen, was man da machen muss. Herzinfarkt haben ja im Moment viele."

Will sah ihn überrascht an. „Wie, Herzinfarkt haben im Moment viele?"

„Hast du das nicht gehört?", fragte Borowka. „Der Manni Mobers, der ist letzte Woche an ein Herzinfarkt gestorben."

„Welcher Manni Mobers? Doch nicht der, der die dicke Trommel im Musikverein Uetterath spielt?!"

„Ja, genau der."

Will konnte es kaum glauben. „Was ist denn … wieso?", stammelte Will. „Das war doch ein Kerl wie ein Baum."

„Das kann man wohl sagen. Und der hat nix anbrennen lassen. Erst vor drei Wochen hab ich es mit dem noch richtig krachen lassen im Jugendheim. Da hatten wir unser Ehemaligentreffen vom Junggesellenverein. Ein super Typ. Ich war auf der Realschule mit dem in eine Klasse."

„Was? Der war so alt wie du?“

„Nee, sogar noch zwei Jahre jünger.“

Will rechnete kurz nach, bevor er antwortete: „Dann war der ja gerade mal 40 Jahre alt!“

„Tja, so kann es gehen. Der stand mitten im Leben. Vor ein halbes Jahr hat dem seine Frau den noch beim Fremdgehen erwischt. Da war die Welt noch in Ordnung.“

„Und was ist genau passiert?“, fragte Will.

„Eigentlich nix Besonderes. Der war mit seine Kumpels bei sich im Partykeller Bierpong am spielen und wie der sein Glas Bier auf ex austrinken sollte, greift der sich ans Herz, kippt um und ist sofort tot.“

Will war erschüttert.

„Na ja, aber wenigstens hatte der ein schöner Tod“, ergänzte Borowka und sah auf seine Armbanduhr. „Oh Will, ich muss rein. Rita hat Abendessen gemacht.“

„Ja, ich hab es schon gerochen. Es gibt wieder Angebranntes“, versuchte Will, die Situation mit einem Scherz zu entkrampfen. Während Borowka ins Haus ging, blieb der sonst so unerschütterliche Landwirt nachdenklich zurück.

Will folgte dem Staubsaugergeräusch bis ins Wohnzimmer, wo ihn das ausladende Hinterteil seiner Frau erwartete, die weit nach vorn gebückt versuchte, mit dem Teleskoprohr unter den Schrank zu kommen. Will zog den Stecker aus der Steckdose an der Tür. Als der Staubsauger verstummte, richtete Marlene sich auf und starrte irritiert auf die Bürste.

„Ich muss dir was sagen“, rief Will mit fester Stimme.

Marlene fuhr erschrocken herum und ließ das Saugrohr

fallen. Sie griff sich ans Herz und keuchte: „Bist du wahnsinnig, Will? Was schleichst du dich denn so von hinten an?“

Ohne darauf einzugehen, schritt Will mit auf dem Rücken verschränkten Armen im Wohnzimmer auf und ab. Fast schon dozierend hob er an: „Ich habe mir die letzten Tage viele Gedanken gemacht. Durch mein … also, durch das, was mir passiert ist, ist mir die Vergänglichkeit von mein eigenes Sein bewusst geworden. Von heute auf morgen kann man Gevatter Tod in die eiskalten Hände fallen.“ Will schraubte den Zeigefinger in die Höhe und fuhr mit vibrierender Stimme fort: „Und auch wenn ich der Tod nicht fürchte, so sind es doch meine Lieben, die ich zurücklassen …“

Marlene, die mittlerweile auf dem Sofa Platz genommen hatte, unterbrach ihren Mann abrupt und mit strengem Ton: „Sag mal, bist du irgendswo gegengelaufen mit der Kopf? Was redest du da für ein Blödsinn? Komm auf der Punkt, ich hab noch jede Menge zu tun.“

Will sah seine Frau an und erwiderte leicht verschnupft: „Nein, ich bin nirgendswo gegengelaufen. Ich war noch nie so klar im Kopf. Ich hatte ja genug Zeit, für nachzudenken, und dabei ist mir bewusst geworden, dass man sich nicht aussuchen kann, wie man stirbt oder wann. Das alles liegt in Gottes Hand. Aber man kann entscheiden, wie man in Erinnerung bleibt. Und ich habe mir überlegt, dass ich nicht von die Bühne des Lebens abtreten will, ohne die Nachwelt mein Vermächtnis zu hinterlassen. Denn man ist erst dann tot, wenn man vergessen wird.“

„Häh?“

„Ich habe mich entschlossen, meine Memoraren zu schreiben!“

Marlene stand wortlos auf und steckte das Staubsaugerkabel wieder ein. Erst als sie ihren Mann zur Tür rausschob, sagte sie: „Du bist bekloppt. Wer soll sich denn für deine Lebensgeschichte interessieren?"

„Moment mal", insistierte Will. „Alle großen Geister haben ihre Erfahrungen mit ihre Nachwelt geteilt. Wer wär ich denn, wenn ich mich diesem Ehrenkodex verweigern würde? Die Menschen haben ein Anspruch dadrauf, von meine Erfahrungen und Erlebnisse zu profitieren. Und wer weiß, wie lange mir dafür noch bleibt."

Marlene blickte ihrem Mann scharf in die Augen. Sie wollte etwas sagen, überlegte es sich aber wieder anders. Sie trat auf den Fußknopf des Staubsaugers, der surrend seine Arbeit wieder aufnahm. Dann drehte sie sich doch noch mal zu Will um, der stur im Türrahmen stehengeblieben war, und brüllte gegen den Lärm an: „Du bist noch lange nicht tot. Vor allem nicht, wenn du dich jetzt einfach mal zusammenreißt und dich an das hältst, was der Dr. Hoppe gesagt hat. Leg dich noch mal ne halbe Stunde hin, dann können wir essen. Für dich gibt es heute ein bisschen Brokkoli und eine halbe Möhre."

Will ließ den Kopf sinken und dachte: Brokkoli? Wenn das mein neues Leben sein soll, dann ist der Tod vielleicht gar keine schlechte Alternative.

Sweet memories

5

Freitag, 6. September 2019, 11.32 Uhr

Hauptkommissar Peter Kleinheinz parkte seinen Dienstwagen am Bordsteinrand und stieg aus. Gähnend streckte er seine Glieder und betrachtete das stattliche Bauernhaus mit der gepflegten Fassade und den bunt bepflanzten Blumenkästen unter jedem Fenster. Über der Eingangstür aus schwerer Eiche stand in einem eingemauerten Bogen „Anno 1796“ geschrieben. Seit knapp einem Jahr war er nicht mehr hier gewesen. Er hatte zwar oft mit den Hastenraths telefoniert, aber irgendwie war kein persönliches Treffen zustande gekommen. Seltsam eigentlich, dachte Kleinheinz, hatte er sich doch nach seinem letzten Fall, der ihn auch mal wieder hierher nach Saffelen geführt hatte*, beim LKA in den Innendienst versetzen lassen und führte seitdem ein sehr viel ruhigeres Leben. Seine aufreibenden Jahre in der Zeugenschutzabteilung hatten ihm seelisch zuletzt sehr zugesetzt, vor allem die menschlichen Dramen, die eine solche Arbeit mit sich brachte. Seit einem Dreivierteljahr saß Peter Kleinheinz nun in der Abteilung 3 des Landeskriminalamts, das für Kriminalstatistik, Prävention und Interpol- und Europaangelegenheiten zuständig war. Sein Büro befand sich

*Die Stunde der Wahrheit

in Düsseldorf, an der Völklinger Straße in der Nähe des Medienhafens im Dezernat 33. Sein Sachgebiet umfasste polizeiliche Beobachtungen, Qualitätssicherung, Vermisste und das Fahndungsportal. Gelegentlich langweilte ihn die monotone Schreibtischtätigkeit und dann schweiften seine Gedanken ab zu den Feuergefechten und Kämpfen, die er in der Vergangenheit häufiger hatte austragen müssen. Nicht selten an der Seite von Hastenraths Will, jenem eigensinnigen Landwirt mit der großen Klappe, den er zuerst gehasst hatte und der ihm später umso mehr ans Herz gewachsen war. Deshalb hatte er sich auch sehr über dessen überraschenden Anruf gefreut, und da mal wieder wenig zu tun war, hatte er sich spontan freigenommen, um endlich den seit Langem geplanten Besuch nachzuholen. Da war er also wieder – zurück in Saffelen. In jenem Dorf, mit dem er so viele Erinnerungen verband, schöne wie furchtbare. Diverse Narben auf Körper und Seele hatte er sich hier geholt und auch die leichte Schiefstellung seiner Nase hatte er einem Einsatz an diesem eigentlich so idyllischen Ort zu verdanken.

Kleinheinz betätigte die Klingel und setzte damit die ihm noch sehr vertraute Kettenreaktion in Gang. Der schrille Ton wurde bis in die hinteren Stallungen übertragen, sodass zuerst Hofhund Attila mit wütendem Geheul anschlug, kurz darauf der im Haus lebende kleine Hund mit enervierendem Gekläffe einstieg und sich zu guter Letzt die resolute Hausherrin unter ebenso energischen wie wirkungslosen „Knuffi, aus"-Rufen der Haustür näherte.

Marlene Hastenrath öffnete die Tür und strahlte übers ganze Gesicht, als sie den Kommissar erblickte. Sie wischte sich schnell die Hände an ihrer Schürze ab und packte Kleinheinz an den Schultern, um ihn mit schraubstockartigem Griff fest an ihren üppigen Busen zu drücken. „Peter! Wie schön dich zu sehen“, rief sie, während Peter, umgeben von so viel Körper, verstohlen nach Luft schnappte. Marlene ließ von ihm ab und bat ihn herein, während sie Knuffi mit den Füßen wegschob. Kleinheinz sah sich um und stellte fest, dass sich nichts geändert hatte, nicht einmal der herrliche Duft, der aus der Küche in den Flur strömte.

Als könne sie seine Gedanken lesen, sagte Marlene: „Ich hab mich so gefreut, wie der Will gesagt hat, dass du uns endlich besuchen kommst. Ich hab extra Hackbraten für dich im Ofen, dein Lieblingsessen. So richtig deftig, mit Salzkartoffeln in Sahnesoße und als Nachtisch mein selbst gemachter Schokopudding mit Sahne.“

Kleinheinz rieb sich demonstrativ über den Bauch. „Lecker! Aber der Will sagte mir am Telefon, dass der wegen seiner Herzprobleme im Moment gar nicht so gehaltvoll essen darf.“

„Natürlich nicht“, sagte Marlene, während sie ihren Gast in die Küche schob. „Der Will kriegt, wie immer, ein Teller mit gedünstetes Gemüse. Da achte ich schon drauf.“

Kleinheinz sah sich in der Küche um und fragte: „Wo ist denn unser Sorgenkind?“

Marlene verdrehte die Augen. „Der ist oben und lässt sich gerade von unser Schwiegersohn ein Computer einrichten, an dem der schreiben kann.“

„Computer? Schreiben?“, fragte der Kommissar, während er auf der Küchenbank Platz nahm. „Hab ich irgendwas verpasst? Der Will hat mir am Telefon nur gesagt, dass es tolle Neuigkeiten gibt, die er unbedingt mit mir besprechen muss.“

Marlene nahm zwei Gläser aus dem Schrank, die sie auf den Tisch stellte. Sie goss Mineralwasser ein und antwortete mit ernster Miene: „Der Will ist bekloppt geworden. Ich vermute mal, dass der ein Lagerkoller hat, weil der im Moment nix machen darf. Der hat sich in der Gedanke reingesteigert, dass er nicht mehr lange zu leben hat, und will jetzt unbedingt seine Memoraren schreiben. Und du sollst ihm bei die Kapitel mit die ganzen Kriminalfälle helfen … und bei die Rechtschreibung."

Kleinheinz musste schmunzeln. „Eine Autobiografie? Hat er denn schon einen Titel dafür?"

„Er sagte was von ‚Ich über mich – ein aufregendes Leben im Schatten der Macht', aber das ist natürlich genauso bescheuert wie das ganze Projekt. Deshalb hab ich eine große Bitte an dich."

„Ich höre."

Marlene rückte näher an den Kommissar heran und senkte ihre Stimme: „Der Dr. Hoppe hat mich in ein Einzelgespräch dadrauf hingewiesen, dass ein Patient, wie der Will einer ist, Gefahr läuft, eine Depression zu kriegen, weil der plötzlich kürzertreten soll und das nicht gewöhnt ist. Gerade für Menschen, die immer unter Strom gestanden haben und jetzt plötzlich nix mehr machen dürfen, ist das ein Schock. Und dann kommt wohl noch die Angst vor ein richtiger Herzinfarkt dazu. Der Dr. Hoppe sagt, dass so Leute wie Will dreimal so häufig an eine Depression erkranken wie normale Leute. Und deshalb hab ich wegen das Buch, was der schreiben will, gedacht: Komm, lass ihn. Außerdem kennst du dich ja als Spezialpolizist mit so psychelogische Sachen gut aus. Deshalb würde ich dich bitten, da mal ein bisschen auf der Will einzuwirken."

Kleinheinz nickte verschwörerisch. „Das mach ich gern. Und ich glaube auch, dass so ein Buch eine gute Beschäftigung ist. Im Prinzip ist alles gut, was ablenkt. Ich geh am besten mal hoch zu ihm."

Marlene strahlte. „Danke, Peter. Ja, guck mal nach ihm. Ich ruf euch dann, wenn das Essen fertig ist."

Der Kommissar erhob sich und ging zur Treppe, die vom Flur ins Obergeschoss führte. Auf halbem Wege kam ihm Michael entgegen, der Mann von Wills Tochter Sabine und Vater seiner beiden Enkelkinder Kevin-Marcel und Justin-Dustin. Kleinheinz war ihm bei verschiedenen Anlässen begegnet und wusste, dass er in der Computerbranche arbeitete und als eine Art Experte galt. Ob seine besonderen Fähigkeiten jedoch ausreichen würden, um Will an die digitale Welt heranzuführen, das musste sich erst noch zeigen.

Michael schien es sehr eilig zu haben. Er grüßte freundlich im Vorbeigehen und sagte: „Ah, Herr Kommissar. Schön, Sie mal wieder zu sehen. Sie werden oben schon sehnlichst erwartet. Ich muss leider los, weil ich eigentlich gar nicht hier sein darf. Bei uns in der Firma ist gerade Land unter wegen eines Hackerangriffs bei der Landeszentralbank. Aber der Will hat so einen Druck gemacht, dass ich unter einem Vorwand hierhergekommen bin. Deshalb verzeihen Sie, dass ich keine Zeit habe."

„Kein Problem. Und viel Erfolg bei der Hackerbekämpfung."

„Danke", rief Michael noch, während die Haustür hinter ihm bereits ins Schloss fiel.

Als Kommissar Kleinheinz das Zimmer betrat, aus dem lautes Tastaturgeklapper zu hören war, schauderte es ihn trotz einer wohltemperierten Heizung. Dieser Raum, der mittels eines unters Dachfenster geschobenen Schreibtischs zu Wills Kreativstube umfunktioniert worden war, hatte einmal im Mittelpunkt eines gefährlichen und traurigen Kriminalfalls gestanden*.

„Hier hast du dich also hin verkrochen“, rief Kleinheinz.

Will fuhr herum und strahlte. Er sprang auf und schloss seinen Freund in die Arme. Als er wieder von ihm abließ, sagte er: „Tja, das Zimmer dürfte dir noch in lebhafte Erinnerung sein. Wir sagen bis heute dafür ‚das Todeszimmer‘. Deshalb weigert Marlene sich auch, hier oben die Wäsche zu bügeln. Aber ich dachte mir, das könnte so eine Art Inspiration sein für meine Pläne.“

Kleinheinz nahm erfreut zur Kenntnis, dass das Buchprojekt Will einen positiven Schub zu geben schien. Noch am Telefon hatte der Landwirt nämlich sehr niedergeschlagen geklungen. Aus diesem Grund stand für Kleinheinz fest, dass er ihn voll und ganz unterstützen würde, zumal auch er sich dieses Schwelgen in Erinnerungen sehr spannend vorstellen konnte. Es war ja viel passiert, seit die beiden sich im Jahr 2008 zum ersten Mal begegnet waren.

„Marlene sagt, du willst in erster Linie über die Kriminalfälle schreiben? Gehört zu einer Biografie nicht auch die Kindheit und der Werdegang dazu?“

Will schüttelte den Kopf. „Normalerweise schon. Aber im Prinzip ist in die Zeit davor nix Aufregendes passiert. Wer interessiert sich schon dafür, wie ich damals in unsere Jauchegrube schwimmen gelernt habe oder was unsere Omma mir für ein Schlaflied vorgesungen hat? Richtig los ging es in mein Leben doch erst mit der Fall ‚Pluto‘. Erinnerst du dich noch? Wo die ganzen Einbrüche hier waren?“ **

*Die Geliebte des Mörders

**Das Schweigen der Kühe

Kleinheinz zog sich ein Sesselchen heran und nahm Platz. „Wie könnte ich das vergessen? Damals war ich noch in Heinsberg bei der Polizei und wir sind ziemlich aneinandergeraten, weil du dich ständig in unsere Ermittlungen eingemischt hast."

„Aber letztendlich mit Erfolg", behauptete Will und setzte sich wieder in seinen Schreibtischstuhl. „Außerdem war das der Beginn von eine wunderbare Freundschaft. Oh, das ist ein guter Satz, den muss ich sofort aufschreiben." Wie wild hämmerte Will wieder mit seiner Ein-Finger-Suchtechnik auf seine Tastatur ein.

„Ich glaub, den Satz gibt es schon", rief Kleinheinz dazwischen, konnte aber kaum das Klackern übertönen und so wartete er ab, bis der schreibwütige Nachwuchsautor seine Zeilen beendet hatte. Kleinheinz zeigte auf den Bildschirm und fragte: „Was bedeutet denn ‚Der Tttttango des Tttttodes'?"

Will drehte sich zu ihm um. „Das bedeutet in erster Linie, dass das scheiß „T" klemmt. Oder ich hab zu dicke Finger für die blöde Plastiktastatur. Das soll natürlich ‚Der Tango des Todes' heißen. So wollte ich das Kapitel nennen, wo die Sache mit der Wanderzirkus hier passiert ist." *

„Und warum ‚Tango des Todes'?"

„Ja, so hieß doch der geheimnisvolle Tanz von die Bauchtänzerin Salome."

„Ach ja, richtig", Kleinheinz erinnerte sich wieder. „Cooler Titel, das wirkt schon richtig literarisch." Und plötzlich verspürte auch er den Drang, diese ganzen Erlebnisse noch einmal Revue passieren zu lassen, und rief voller Energie: „Na dann lass uns mal loslegen. Weißt du noch, unser ‚Cold Case' mit dem jungen Mädchen, das angeblich Selbstmord begangen hatte**?"

* Der Tango des Todes
** Die Rache des Waschbären

„Julia! Wie könnte ich das jemals vergessen? Oder weißt du noch, dieses fürchterliche Besäufnis bei Theo Schrammen in die Garage, wo der Schlömer Karl-Heinz plötzlich sein selbst gebrannter Rhabarberschnaps rausholte. Hahaha."

„Oh mein Gott, so einen Filmriss hatte ich noch nie in meinem Leben."

Und so gerieten die beiden in einen wahren Erinnerungsrausch, der sie so sehr gefangen nahm, dass sie sogar Marlene überhörten, die am Treppenabsatz stand und verzweifelt „Essen ist fertig!" rief. Aber das war der Bauersfrau egal. Viel wichtiger war, dass sie ihren Mann zum ersten Mal seit einigen Tagen wieder lachen gehört hatte.

Die legendäre Kegeltour

6

Samstag, 7. September 2019, 15.13 Uhr

Die Katholischen Strickfrauen waren eine Institution in Saffelen. Bei nahezu allen gesellschaftlichen Ereignissen im Dorf half die engagierte Frauentruppe um Präsidentin Marlene Hastenrath bei den Vorbereitungen. So auch diesmal, denn in wenigen Wochen sollte das herbstliche Pfarrfest auf der großen Wiese hinter der Kirche stattfinden. Aus diesem Grund saßen Josefine Landmesser, genannt Fine, ihres Zeichens zweite Vorsitzende, und Marlene zusammen in der Küche der Hastenraths und kritzelten die ersten Planungen mit Filzstiften auf ein großes Blatt Papier.

„Hier unter der Baum kommt der Hauptgrill", sagte Fine, „und hier vor der Jägerzaun vom Kindergarten kommt das Kuchenbuffet am Stehen. Dafür würde ich mal sechs Tapeziertische einplanen."

Marlene nickte. „Perfekt. Dann passt hier wunderbar der Bierpavillon hin und dazwischen haben wir dann wieder unsere Flaniermeile."

Stolz betrachteten die beiden Frauen den etwas grob und alles andere als maßstabsgerecht geratenen Lageplan. Marlene rollte das Blatt sorgfältig zusammen und fixierte es mit mehreren Gummis. „Dann wären wir damit durch und besprechen der Rest mit die anderen Frauen am Dienstag bei unsere Jahreshauptversammlung“, resümierte sie.

„So machen wir's“, pflichtete Fine ihr bei und wollte sich gerade von der Eckbank erheben, als Will fröhlich pfeifend die Küche betrat.

„Na, macht ihr wieder Kaffeekränzchen?“ grüßte er die beiden Frauen.

Fine nahm wieder Platz und fragte neugierig: „Hallo Will, geht es dir wieder besser? Du hast ja richtig gute Laune.“

Will goss sich einen frisch aufgebrühten Kaffee in die übergroße Tasse mit der Aufschrift „Deuka“, die er mitgebracht hatte. „Muss“, antwortete er, während seine Hand kurz zuckte, er aber dann doch der Versuchung widerstand, Zuckerwürfel in die Tasse zu werfen. „Es wär zwar schöner, wenn ich hier auf der Hof wieder was mehr machen könnte, aber das geht im Moment leider noch nicht. Dafür kann ich mich umso mehr um mein Buchprojekt kümmern.“

Fine hob den rechten Daumen. „Find ich total toll, was du da vorhast. Marlene hat eben erzählt, dass du deine Memoraren am schreiben bist. Komm ich da auch drin vor?“

Will sah sie verwundert an. „Wieso du?“

„Ja, zum Beispiel in dem Kapitel über die legendäre Kegeltour 1980 zum Sauerlandstern.“

Als Will mit der Antwort zögerte, wurde Marlene hellhörig und stemmte ihre Hände in die Hüften. „Ist da irgendswas vorgefallen, was ich wissen müsste?“, fragte sie mit unüberhörbarer Schärfe in der Stimme.

„Nein, natürlich nicht", beschwichtigte Fine schnell. „Es war einfach nur lustig. Vor allem, weil unser Frauenkegelclub, wo du ja nie mitmachen wolltest, Marlene, zufällig im Sauerlandstern auf der Kegelclub von Will getroffen war. Und so witzige Anekdoten tun eine Autobiografie immer gut, hab ich gehört."

„Das ist doch schon ewig her", sagte Will und nippte nervös an seiner Tasse. „Ich kann mich da überhaupt nicht mehr richtig dran erinnern. Und außerdem soll es in mein Buch in erster Linie um die Kriminalfälle gehen, die ich erlebt hab. Davor war mein Leben ja eher uninteressant."

Marlene wirbelte herum: „Was hast du da gerade gesagt? Dein Leben mit mir war uninteressant?"

„Nein, so hab ich das doch gar nicht gemeint", stammelte Will, überrascht von der heftigen Reaktion seiner Frau. „Sondern mehr so ... literarisch gesehen. In so ein Buch, da muss ja immer viel Action drin sein und spektakeläre Geschichten und nicht nur, dass zwei Menschen die ganze Zeit glücklich miteinander sind."

Marlene holte tief Luft. Sie war stinkwütend, wollte ihren Mann aber wegen seiner angeschlagenen Gesundheit nicht unnötig aufregen. Sie beschloss, sich den Satz gut zu merken und erst wieder aufs Tapet zu bringen, sobald Will über den Berg war. Um sich für den Moment runterzukühlen, musste sie dringend raus an die Luft. Mit unterdrückter Wut presste sie hervor: „Ich geh mal die Wäsche von draußen reinholen."

Will atmete tief durch, nachdem Marlene die Küche verlassen hatte, und Fine lachte ihr dreckiges Lachen, für das sie bekannt war. „Das war aber haarscharf, Herr Hastenrath."

„Was musst du denn auch von diese Kegeltour anfangen? Da war Marlene damals schon nicht begeistert von." Will erinnerte sich nämlich in Wahrheit sehr gut an diese Fahrt. Sein Männerkegelclub „Die Freunde der Nacht" und Fines Damenkegelclub „Die scharfe Neun" hatten zufällig zur selben Zeit im Sauerlandstern eingecheckt, einem bis heute berüchtigten Hotelkomplex. So jedenfalls lautete die offizielle Version. In Wirklichkeit war dieses Aufeinandertreffen von langer Hand und im Geheimen geplant worden, was Will allerdings erst im Nachhinein erfahren hatte, da er nicht zum inneren Zirkel der Verschwörer gehört hatte. Will war ohnehin nie ein leidenschaftlicher Kegler gewesen, aber er mochte die Geselligkeit, die bei den 14-täglichen Treffen auf der Kegelbahn der Gaststätte Harry Aretz zu manch denkwürdigem Abend geführt hatten. Dennoch blickte er nur auf eine sehr kurze Keglerkarriere zurück. „Die Freunde der Nacht" hatten sich im Jahr 1979 gegründet und Ende 1980 schon wieder aufgelöst. Schuld daran war unter anderem jener Vereinsausflug nach Willingen, einem beliebten Wintersportort am Rande des Rothaargebirges. Es war die zweite und gleichzeitig letzte Kegeltour der „Freunde der Nacht" gewesen – und das aus gutem Grund.

„Ach komm", munterte Fine ihn auf. „Wir hatten doch viel Spaß an dem Wochenende, oder etwa nicht?"

„Ja klar", pflichtete Will ihr bei. „Aber da kann ich doch nix von in das Buch schreiben. Was meinst du, wie viele hier im Dorf froh sind, dass da mittlerweile Gras drüber gewachsen ist?"

„Das stimmt. Nicht nur eine Saffelener Ehe ist anschließend in Schieflage geraten. Ich mein, ich war ja selbst keine Heilige", bemerkte sie mit einem süffisanten Lächeln.

Will wusste zwar, dass Fine ihrem damaligen Spitznamen „die flotte Fine“ wohl stets viel Ehre gemacht hatte, aber etwas Genaues hatte er nie erfahren. Nun aber wurde er neugierig. „Wie meinst du das?“, fragte er vorsichtig.

Fine sah sich in der leeren Küche um und antwortete leise: „Du musst mir aber versprechen, dass du davon nix in dein Buch schreibst.“

„Natürlich nicht.“

„Na ja, ich hatte kurz vor unsere Tour eine Affäre angefangen mit der Hermann-Josef und wollte die in Willingen ein wenig … sagen wir mal … vertiefen.“

Will überlegte angestrengt, wen sie wohl meinen könnte, und fragte dann: „Du redest aber jetzt nicht von der Hermann-Josef Buschhüter? Der Bankheini?“

„Ja, von wem denn sonst? Oder kennst du noch ein anderer Hermann-Josef aus euer ehemaliger Kegelclub?“

„Ja aber“, Will legte die Stirn in Falten, „der ist doch mit die Ulla verheiratet und wenn ich mich recht entsinne, war der das damals auch schon. Außerdem ist der doch total langweilig.“

„Tja, stille Wasser sind tief“, klärte Fine den irritierten Landwirt auf. „Hermann-Josef war der Schlimmste von alle. Deshalb hab ich seinerzeit in Willingen auch die Finger von dem gelassen. Es hat sich nämlich rausgestellt, dass der Mann ein bisschen pervers ist.“

„Wie jetzt, pervers?“ fragte Will vollends verwirrt. „So von wegen ‚Komm, wir lassen das Licht an beim Geschlechtsverkehr‘ und so Sachen?“

Fine lächelte den spürbar verstörten Landwirt mitleidig an und beneidete ihn fast für seine kindliche Naivität. „Wenn ich pervers sage, dann mein ich auch pervers“, fuhr sie mit ihren Schilderungen fort. „Stell dir vor: Eine Woche vor unsere Kegeltour hatten wir uns heimlich bei mir getroffen, weil der Dieter auf Montage war. Als wir im Schlafzimmer waren, kippt er plötzlich ein Kulturbeutel auf dem Bett aus, wo lauter perverses Sexspielzeug drin war. Aber von der schlimmsten Sorte. Und als er mir dann noch von seine Fantasien erzählt hat, hab ich ihn sofort rausgeschmissen. Später im Sauerlandstern hab ich ihn dann links liegen gelassen. Wir haben nie mehr ein Wort dadrüber verloren.“

Will nahm einen hastigen Schluck aus seiner Kaffeetasse, um sein Entsetzen zu überspielen. Hermann-Josef, der feine und korrekte Herr Filialleiter der Spar- und Darlehenskasse Orsbeck, dachte Will bei sich. Er hätte es niemals für möglich gehalten, dass der so ein schlimmer Finger ist, aber offensichtlich schien er für so etwas auch keinen Radar zu haben. Auf dem besagten Kegelausflug war es zwar hoch hergegangen in den Kneipen und Diskos, aber von dem, was hinter den Kulissen abzulaufen schien, hatte er so gut wie nichts mitbekommen. Na ja, jedenfalls nicht alles, wie er sich eingestehen musste. Dass es hier und da zu Verstößen gegen das eheliche Treueversprechen gekommen war, das war ihm natürlich nicht entgangen. Aber alles in allem hatte das in einem moderaten Rahmen stattgefunden, gerade noch vertretbar durch den allgemein verbindlichen Ehrenkodex „Was in Willingen passiert, bleibt in Willingen“. Oder wie Heribert Oellers es einmal nach einem bekannt gewordenen Vorfall so treffend formuliert hatte: „Das war gar nicht richtig Fremdgehen – das war auf Kegeltour.“

„War das nicht auch die letzte Fahrt von euer Kegelclub?“ fragte Fine und riss Will damit aus seinen Gedanken.

Reflexartig nahm der wieder einen Schluck aus seiner Kaffeetasse, bevor er antwortete: „Ja, ja, richtig. Die zweite und letzte. Die Fahrt hat ja damals für richtig Ärger gesorgt. Unter anderem, weil wir da mit euch ‚zufällig‘ aufeinandergetroffen waren. Wir haben uns Ende 1980 dann schon wieder aufgelöst. Aber die ‚Scharfe Neun‘ hat es doch auch nicht mehr lange gegeben, oder?“

Fine schüttelte den Kopf. „Nee, wir haben uns auch kurz nach die Fahrt aufgelöst – unsere Männer waren ähnlich begeistert wie eure Frauen. Mit ein paar von meine Kegelschwestern hab ich heute noch Kontakt, aber die sind mittlerweile fast alle geschieden: Christel, Elli, Leni. Nur Marianne und Theo sind noch verheiratet. Aber die Marianne war damals auch nicht mit dabei im Sauerlandstern.“

Ausgerechnet die, dachte Will. Eidams Theo, ebenfalls ein Mitglied der „Freunde der Nacht“, war der größte Fremdgänger, den er kannte. Wobei das nur fair war, sinnierte Will, denn dessen Frau Marianne stand ihm in Sachen außerehelicher Aktivitäten in nichts nach. Dorfbekannt war ihre jahrelange Affäre mit Karl-Heinz Klosterbach, dem ebenfalls verheirateten Trainer des SV Grün-Gelb Saffelen.

Plötzlich mischte sich ein bisschen Wehmut in Wills Erinnerungen. Es war eine kurze, aber wilde Zeit gewesen, die er genossen, aber nicht ausgenutzt hatte. Er war seiner Marlene immer treu geblieben. Nur ein einziges Mal war sein ehelicher Treueschwur kurzzeitig ins Wanken geraten. Und auch das hatte mit dieser legendären letzten Kegeltour zu tun gehabt.

Ihr Name war Brigitte, sie wurde aber von allen nur Biggi genannt. Sie war blond, jung und schön und gehörte ebenfalls zur „Scharfen Neun". Will konnte sich die Frage einfach nicht verkneifen: „Sag mal, was ist denn aus die Brigitte geworden?"

„Brigitte, Brigitte", Fine überlegte angestrengt, dann fiel der Groschen. „Ach, du meinst die schöne Biggi?! Biggi Lechner. Was für eine tolle Frau. Die war nicht nur bildhübsch, sondern auch total nett und liebenswürdig. Die hat sich immer aus alle Streitereien rausgehalten. Tja, aber was ist aus die geworden? Ich glaube, die ist drei, vier Monate nach diese Kegeltour weggezogen von hier. Seitdem hab ich nie mehr was von die gehört. Schade eigentlich. Ach nee, Moment, das stimmt gar nicht. Jahre später hab ich mal eine Postkarte von die bekommen aus Sri Lanka, wo die hin ausgewandert war und angeblich ihr Glück mit ein Einheimlicher gefunden hatte. Aber ob das gehalten hat? Srilankanesen haben ja eine ganz andere Kultur."

„Die Biggi war aber nicht gebürtig aus Saffelen, oder?", hakte Will nach.

„Nee, aber der ihre Omma mütterlicherseits. Das war eine geborene Thelen, die wohnte damals auf der Pastor-Müllerchen-Straße in so ein ganz altes Bauernhaus. Das gibt es schon lange nicht mehr, da wo jetzt der kleine Kinderspielplatz ist. Bei diese Omma ist die Biggi aufgewachsen. Lass mich nicht lügen, aber ich mein, die wär mit 14 Jahre nach Saffelen gekommen, weil der ihre Eltern bei ein Autounfall ums Leben gekommen waren. Aber so was müsstest du doch alles wissen als Ortsvorsteher."

„Ich kann ja nicht über jeden Bürger von Saffelen alles wissen. Wir haben aktuell immerhin 823 Einwohner plus die

42 aus dem Neubaugebiet. Und damals in die 80er-Jahre waren das bestimmt noch viel mehr Einwohner. Du weißt ja, Landflucht und so.“

Fine schien sich mit dieser Erklärung zufriedenzugeben, aber Will kannte natürlich die Vorgeschichte von Biggi, schließlich hatte er sich mal etwas intensiver für sie interessiert.

„Ja, die Biggi war schon eine ganz besondere Frau“, rief Fine und erhob sich von der Eckbank.

In diesem Moment betrat Marlene mit einem vollen Wäschekorb die Küche und fragte: „Wer ist denn Biggi?“

Will zuckte heftig zusammen. „Biggi? Welche Biggi?“, fragte er mit gespielter Ahnungslosigkeit und nahm einen hastigen Schluck von seinem längst erkalteten Kaffee.

Die Hauptuntersuchung

7

Montag, 9. September 2019, 10.15 Uhr

Hastenraths Will würde sich nie an ungesüßten Kaffee gewöhnen und an eine solche Plörre schon mal gar nicht. Heimlich spuckte er den lauwarmen Kaffee zurück in den Plastikbecher und entsorgte diesen in der Mülltonne neben dem Automaten, der in der Besucherecke von Autohaus Oellers stand. Will nahm wieder in einem der beiden Schwingsessel Platz und wartete auf das Ergebnis seiner TÜV-Untersuchung. Es handelte sich um eine Wiedervorführung, da sein Mercedes 190 D beim ersten Mal als „verkehrsunsicher“ eingestuft worden war, was normalerweise eine Stilllegung nach sich gezogen hätte. Heribert Oellers hatte aber dank seiner Beziehungen auf dem kleinen Dienstweg eine Einstufung unter „erhebliche Mängel“ erreichen können, sodass der Ortsvorsteher seinen Wagen vorerst noch weiter hatte nutzen können. Will langweilte sich. Die zerfledderte „Auto Motor Sport“, Ausgabe 4/2014 hatte er bereits zweimal durchgeblättert und das monotone Raspeln der Nagelfeile von Fräulein Regina hinter dem Empfangstresen ermüdete ihn zunehmend. Lediglich das daraus resultierende Auf- und Abwippen ihrer riesigen Silikonbrüste bewahrte ihn vor dem Einschlafen.

Eine Tür knallte und Will schreckte aus seinem Dämmerzustand auf. Heribert Oellers hatte seine Bürotür mit Wucht hinter sich zugeschlagen und steuerte auf den Empfangstresen zu. Will erkannte seinen Freund kaum wieder. Normalerweise trug der Autohauschef immer und ausschließlich einen verschlissenen blauen Citroën-Kittel über einer völlig verölten, viel zu großen Jeanshose und dazu schwere Sicherheitsschuhe. Diesmal jedoch wirkte er auf den ersten Blick fast wie ein normaler Mensch. Er trug halbwegs geputzte Straßenschuhe und einen vorzeigbaren Anzug, wenngleich der seine besten Jahre schon lange hinter sich hatte und gerade im Bauchbereich sehr spack saß. Dazu ein fast weißes Hemd, das über dem Bund spannte und dessen fehlender unterster Knopf einen stark behaarten Bauchnabel freilegte. Zum Glück verdeckte die schief sitzende und zu lang gebundene Krawatte das meiste davon. Auffällig an der Krawatte war das große VW-Logo darauf. Es schien sich um ein Werbegeschenk zu handeln. Gestenreich verabschiedete sich der Gebrauchtwagenhändler von seiner Empfangsdame, die mit ihren falschen Wimpern klimperte und ihn mit ihren perlweißen Zähnen, die von dickem, rotem Lippenstift umrahmt waren, anstrahlte. Mehrmals gerieten Oellers' Hände, ob unabsichtlich oder nicht, an Reginas Schulter oder Hüfte, worüber sie tapfer hinweglächelte. Mit einem leichten Klaps auf den Po verabschiedete sich der Gebrauchtwagenmogul schließlich von seiner Mitarbeiterin und ging noch kurz hinüber zur Werkstatt, die an den Verkaufsraum grenzte. Er riss die Tür auf und brüllte hinein: „So, ihr nichtsnutzigen Daumenlutscher. Ich bin jetzt weg nach die Tagung, aber wehe, einer von euch Hampelmänner wagt es sich, in der Zeit seine Eier zu schaukeln, dem reiß ich der Arsch von hier bis Himmerich auf. Und ihr könnt sicher sein, dass ich das mitkriege. So, und jetzt guckt mich nicht an wie ein Storch im Salat, sondern geht zurück an die Arbeit."

Mit voller Wucht schmiss er die Metalltür zur Werkstatt wieder zu und wollte geradewegs zum Ausgang stapfen, als er im Augenwinkel Hastenraths Will gewahr wurde, der in der Besucherecke stand und winkte. „Ah, Kollege", rief er und steuerte umgehend auf ihn zu. „Ich hoffe, du bist wieder so weit fit?", schnaufte Oellers, als er ihn erreicht hatte.

„Ja, ein bisschen muss ich mich noch schonen, aber das wird schon wieder. Ich hoffe, wir kriegen der Auto diesmal über der TÜV. Es wär jammerschade, wenn nicht. Da ist ja nie was dran gewesen."

„Mach dir dadrüber mal keine Sorgen. Das hab ich alles schon geregelt. Der Fredi kommt gleich mit die Unterlagen und erklärt dir alles. Aber was anderes, wo ich dich gerade seh." Oellers schob sich ganz nah an den Landwirt ran und flüsterte ihm fast ins Ohr: „Gestern war die Fine bei meine Frau, für sich ein Kuchenrezept abzuholen, und da hat sie wohl für sie gesagt, dass du gerade dabei wärst, deine Memoraren zu schreiben?!"

„Ja, das ist richtig", erwiderte Will. „Irgendswie muss ich meine plötzliche Freizeit ja rumkriegen. Ich darf im Moment von der Dr. Hoppe aus nicht viel machen."

„Klar, jeder wie er will", entgegnete Oellers ungeduldig. „Aber wodrauf ich hinauswill: Du schreibst doch wohl nix über irgendswelche ... ja, ich sag mal ... delikate Geschichten aus irgendswem sein Nähkästchen, oder?"

„Was meinst du damit genau?“, fragte Will scheinheilig.

Oellers sah sich um und lächelte Regina zu, die offensichtlich versuchte, ihre Ohren zu spitzen, aber dann doch zu weit weg saß, um irgendetwas mitzubekommen. Dennoch senkte Oellers seine Stimme noch mehr, als er sagte: „Die Fine hat für meine Frau gesagt, dass ihr über die Kegeltour 1980 nach dem Sauerlandstern gesprochen hättet. So was mein ich. Das geht keinen was an. Du weißt genau, was wir immer gesagt haben. Was in Willingen passiert …“

„… bleibt in Willingen!“, vervollständigte Will den Satz. „Das ist doch Ehrensache. Meinst du, *ich* hätte ein Interesse dadran, die alten Geschichten wieder aufzuwärmen?“

„Das will ich meinen“, entgegnete Oellers und kniff dabei das rechte Auge zu. „Ich sag nur ‚Biggi‘! So, ich muss los. Dein Auto müsste gleich fertig sein. Zieh dir noch ein Kaffee, der kostet nix.“

So schmeckt der auch, dachte Will, während er Oellers durch die Eingangstür verschwinden sah. Die Anspielung mit Biggi ärgerte den Landwirt. Das war ein übler Trick des gewieften Autohändlers, um ihn unter Druck zu setzen, und das gefiel ihm nicht. Zumal er sich im Gegensatz zu manch anderem nichts hatte zuschulden kommen lassen im Sauerlandstern.

Will setzte sich hin und wollte gerade zum dritten Mal die „Auto Motor Sport“ zur Hand nehmen, als Fredi Jaspers mit einem großen Klemmbrett bewaffnet aus der Werkstatt kam und schnurstracks auf ihn zusteuerte. Er setzte sich ihm gegenüber in den zweiten Schwingsessel und kam ohne Umschweife zur Sache. „So, Will. Zuallererst die gute Nachricht: Dein Lieblingsauto ist über der TÜV. Jetzt hast du wieder zwei Jahre

Ruhe. Aber … ganz billig wird der Spaß leider nicht. Ich schlage vor, dass wir die Mängelliste vom letzten Mal zusammen durchgehen und dann sag ich dir, was wir da gemacht haben."

Will nickte bedröppelt und Fredi fuhr fort: „Wir haben die Wischerblätter erneuert. Wenn ich das richtig gesehen hab, waren da sogar noch die Originalteile drauf, die schon lange nicht mehr hergestellt werden. Check! Rückspiegel außen rechts fehlt, wie du weißt. Den konnten wir aber durch Altbestände aus dem Lager ersetzen. Check! Dann … was heißt das hier? … Ach so ja, die Windschutzscheibe. Da hat dem Prüfer der Riss quer über das Fahrersichtfeld nicht gefallen. Die Scheibe haben wir ausgetauscht. Das werden wir wohl komplett über die Teilkasko abwickeln können. Wir haben die Kosten offiziell was höher angesetzt und sogar die neuen Bremsscheiben da noch mit reingerechnet. Wird keiner merken. Check!" Nach jedem „Check" machte Fredi einen großen Haken hinter den Vorgang. Mit einem mulmigen Gefühl in der Magengegend stellte Will fest, dass die Checkliste noch sehr lang war.

Fredi fuhr pflichtbewusst fort: „Handbremse hatte zu viel Spiel, Hebelweg zu groß. Check! Beim Scheinwerfer vorne links haben wir das fehlende Glas ersetzt und das Spatzennest dadrin entfernt. Check! Das Nummernschild hinten haben wir mit der Hochdruckreiniger von die hartnäckigen Mistreste befreit und die drei fehlenden Schrauben ersetzt. Das ist jetzt wieder lesbar und hängt gerade. Check! Warndreieck, Warnweste und Verbandskasten haben wir ersetzt beziehungsweise überhaupt erst mal reingelegt. Da war gar nix drin."

„Das ist richtig. So ein Quatsch gab es damals noch nicht, wie ich der Auto gekauft hab."

Beim nächsten Punkt wurde Fredi ernster: „Jetzt kommen wir zur Schwachstelle von dein Auto: die Auspuffanlage! Die ist undicht und stark verrostet an die Aufhängung. Das konnten wir leider nur notdürftig reparieren, aber dafür haben wir eine Lösung gefunden. Erklär ich dir später. Dann: das zu hoch eingestellte Abblendlicht, die defekte Nebelschlussleuchte und das zu grelle Bremslicht waren Kleinigkeiten. Die Korrosionen und Roststellen an die tragende Teile haben wir mit „Oellers-Speziallack“ so weit unkenntlich gemacht und dann haben wir noch vier gebrauchte Sommerreifen neu aufgezogen. Die haben zwar nur noch 0,8 Millimeter Profil, sind aber immer noch besser als die, die drauf waren. Der fehlende Sicherheitsgurt auf dem Beifahrersitz ist der Prüfer auch diesmal nicht aufgefallen. Das haben wir dann einfach so gelassen. Tja, das war es schon. Dann hab ich hier mal die ganzen Kosten aufgelistet.“

Fredi schlug eine Seite vom Klemmbrett um und schob es Will über den Tisch. Der Landwirt, der schon mit dem Schlimmsten gerechnet hatte, war angenehm überrascht vom ungewöhnlich moderaten Endpreis. „Gar nicht so viel, wie ich befürchtet hatte“, murmelte er.

„Der Chef hat dir ein ungewöhnlich großzügiger Rabatt eingeräumt. Der hat gesagt: ‚Stichwort Willingen‘, was auch immer der damit meinte.“

„Was sind denn die 150 Euro hier für ein Posten?“, fragte Will beim Studieren der Liste.

Fredi sah nach, worauf er zeigte, und sagte dann: „Ach so, das hatte ich eben kurz erwähnt. Der Posten ‚Extra-Überstundenaufschlag‘ ist ein Codewort für der TÜV-Prüfer, dass der der Auspuff übersieht.“

Will nickte hochzufrieden. „Habt ihr super gemacht. Was kostet das jetzt alles summramsummrarumm?“

„Dazu muss ich erst noch die wichtigste Frage klären“, antwortete Fredi. „Brauchst du eine Rechnung?“

„Natürlich nicht“, sagte Will und wunderte sich über die seltsame Frage.

„Dann kostet der ganze Spaß …“, Fredi kritzelte eine Summe auf das Deckblatt und hielt sie Will hin. Der Landwirt lächelte zufrieden und folgte Fredi zu dessen Bürotisch, wo das Finanzielle steuerneutral über eine in der Schublade eingeschlossene Geldkassette abgewickelt wurde.

Nachdem alles erledigt war, schlug Will dem eifrigen Fredi väterlich auf die Schulter und sagte: „Aus dir wird mal ein richtig guter Geschäftsmann. Wenn der Heribert in Rente geht, kommt der an so ein Mann wie dir nicht dran vorbei. Warte ab. Irgendswann steht draußen in große Leuchtbuchstaben drangeschrieben: ‚Gebrauchtwagenparadies Jaspers‘.“

Fredi lächelte gequält. „Erzähl das mal die Frauen. Vielleicht interessieren die sich dann mal für mich.“

„Hast du immer noch keine Neue? Die Sabrina ist doch schon über ein Jahr weg. Mensch, so ein Kerl wie du! Du müsstest doch so viel Kerben in dein Bett haben, dass man dich wegen Einsturzgefahr evakurieren müsste. Lass dir das von ein ehemaliger Frauenexperte wie mir gesagt sein: Du kannst nicht mit alle Frauen auf der Welt schlafen … aber du solltest es versuchen. Hahaha.“ Will gefiel sich in der Rolle des weisen Ratgebers, aber eins irritierte ihn. Warum, verdammt noch mal, musste er ausgerechnet jetzt wieder an diese Biggi denken?

Der Flirtprofi

8

Montag, 9. September 2019, 10.37 Uhr

Fredi Jaspers notierte den Geschäftsvorgang „Hastenraths Will TÜV“ mit der einkassierten Summe fein säuberlich in dem zerfledderten Notizbuch und legte es zu der Geldkassette, die er in der obersten Schublade seines Schreibtischs aufbewahrte. Er schloss das Fach ab und verstaute den Schlüssel in dem Geheimversteck im Rahmen des Bildes, das den Großvater von Heribert Oellers zeigte, wie der an einer BP-Tankstelle stolz einen tropfenden Zapfhahn in die Kamera hält. Diese Tankstelle hatte früher an der Stelle gestanden, wo sich jetzt das Autohaus befand. Nur Fredi und sein Chef kannten das Schlüsselversteck, denn Oellers traute niemandem und Fredi auch nur, weil er musste. Büroarbeiten hasste der Gebrauchtwagenhändler nämlich wie die Pest, aber noch mehr hasste er das Finanzamt und alle anderen, die an sein Geld wollten, und so hatte er Fredi Jaspers zu seinem persönlichen Adlatus und Geheimnisträger ernannt. Fredi nahm diesen verantwortungsvollen Job sehr ernst. Er achtete penibel darauf, dass niemand mitbekam, wo der Schlüssel versteckt war. Stets deponierte er ihn erst, wenn Fräulein Regina zur Toilette und auch sonst niemand im Geschäft war.

Fredi steckte die drei 50-Euro-Scheine, die er zuvor aus der Geldkassette genommen hatte, in einen unbeschrifteten Umschlag, klebte ihn zu und ging damit in die Werkstatt. Zu seiner Verwunderung fand er diese leer vor. Er folgte dem Stimmengewirr durch das geöffnete Rolltor und erblickte die drei Monteure Borowka, Udo und Heinzi sowie Lehrling Pascal und den TÜV-Prüfer Herrn Ohligschläger auf dem Hof. Sie standen eng beieinander neben dem Altreifenhaufen und machten Zigarettenpause. Die Gruppe hatte sich um Borowka geschart, der gerade dabei war, einen Witz zu Ende zu erzählen. „… Da sagt der Oppa für die Prostituierte: Neee, nicht *einmal* Bett, sondern viermal Teppich. Hahaha."

Alle fünf brachen in brüllendes Gelächter aus. Udo schlug seinem Kollegen auf den Rücken und prustete los: „Borowka, du bist der Härteste!"

Der ließ sich feiern und nahm einen tiefen letzten Zug an seinem Zigarettenstummel, bevor er ihn in hohem Bogen wegschnippte. „Fredi!", rief er erfreut, als er seinen Kumpel kommen sah. „Alter Akten-Mongo. Komm rüber, hier steigt die große Oellers-ist-weg-Party."

Wieder mussten alle lachen. Fredi nahm die Zigarette, die Pascal ihm hinhielt, und zündete sie sich an. Nachdem er einen tiefen Lungenzug genommen hatte, reichte er Herrn Ohligschläger den unbeschrifteten Geldumschlag mit den Worten: „Vielen Dank noch mal im Namen von der Herr Oellers."

„Gern geschehen", entgegnete der TÜV-Prüfer. Er ließ den Umschlag in die Seitentasche seines grauen Kittels gleiten, schnippte seine halb aufgerauchte Zigarette weg und verabschiedete sich. „So, ich muss los. Bis die Tage."

Kurz nachdem Herr Ohligschläger mit seinem TÜV-Caddy vom Hof gefahren war, löste sich die Gruppe langsam auf. Udo schickte Pascal zum Ausfegen der Halle und verabschiedete sich selbst mit einer „Sport Bild“ in den Sozialraum, während Heinzi verkündete, dass er „den Ruf der Natur höre“ und „einen Bob in die Bahn setzen müsse“. Fredi und Borowka blieben allein zurück und genossen die wärmende Mittagssonne.

„Herrlich“, rief Borowka und zündete sich eine neue Zigarette an. „Zwei Tage ohne Oellers, das ist wie drei Wochen Urlaub. Was macht eigentlich dein Masterplan in Sachen ‚Hasenjagd‘?“

„Ich hab kein Masterplan“, sagte Fredi. „Man kann das Glück nicht erzwingen. Irgendswann läuft mir schon die Richtige über der Weg.“

„Wo hast du das denn her? Von ein Kalenderblatt? Das Schicksal scheißt dir was. Du musst schon selber aktiv werden. Aber zum Glück hast du ja mich.“

Borowka fummelte ein zerknittertes Stück Zeitungspapier aus der Hosentasche seines Blaumanns und reichte es Fredi. Der entfaltete es aufmerksam und stellte fest: „Das ist die ‚Super Sonntag‘ von gestern.“

„Gut erkannt, Sherlock“, erwiderte Borowka spöttisch. „Und jetzt guck mal die Anzeige direkt unter der Remouladenfleck.“

Fredi strich die Zeitung glatt und las laut vor: „Sie sind auf der Suche nach Mr. Right oder Mrs. Right? Sie haben es satt, allein zu sein, und keine Lust mehr auf Enttäuschungen im Internet? Dann kommen Sie in das Haus Waldesruh nach Himmerich. ‚Aphrodite plus‘, Deutschlands Speeddating-Portal Nummer eins, bietet Ihnen die einmalige Gelegenheit, Ihren zukünftigen Lebenspartner live kennenzulernen. Unsere

Erfolgsquote liegt bei 78 Prozent. Anmeldungen unter Telefon und so weiter und so weiter.“ Nach einem kurzen Zögern fuhr Fredi fort: „Speeddating? Ist das dein Ernst?“

Borowka nickte eifrig. „Ja klar, das ist doch genau das, was du wolltest. Von Angesicht zu Angesicht. Da sitzen sich immer zwei gegenüber und dann hat man fünf Minuten Zeit, für sich miteinander zu unterhalten und für zu wissen, ob die Chemie stimmt. Und wenn es nicht passt, kommt die Nächste. Das ist wie Wegwischen bei Tinder, nur mit echte Menschen.“

„Woher weißt du das alles?“

„Das haben die mir gesagt, wie ich da angerufen hab.“

Fredi schwante Böses. „Und … wieso hast du da angerufen?“

„Für dich da anzumelden, du Blitzbirne. Wofür denn sonst? Von alleine kommst du ja nicht aussem Quark.“

„Bist du wahnsinnig?“, rief Fredi voller Entsetzen. „Das ist nix für mich. Meld mich da sofort wieder ab. Ich würde kein Wort rauskriegen, wenn so eine Frau vor mir sitzt.“

„Jetzt beruhig dich mal“, sagte Borowka mit ungewohnt sanfter Stimme und legte seinem Freund den Arm auf die Schulter. „Wofür hast du denn dein bester Kumpel? Nicht umsonst hat man mich früher in Himmerich der ‚Mensch gewordene Schaufelradbagger‘ genannt. Ich sag dir: Wenn es dieses komische Kasamutra-Buch nicht schon gegeben hätte, hätte ich das wahrscheinlich geschrieben. Also cool bleiben und auf meine Expertentipps hören und dann kannst du bald auch wieder mal bei dir zu Hause die Furche ackern.“

Er lachte laut und dreckig. Im Gegensatz zu Fredi. Dem war das Lachen längst im Hals steckengeblieben.

Horst

9

Mittwoch, 11. September 2019, 17.12 Uhr

Von Saffelen nach Bocket waren es gerade mal fünf Kilometer. Hastenraths Will zockelte gemächlich mit seinem generalüberholten Mercedes über den Wirtschaftsweg, weil er seine Gedanken noch mal sortierten wollte, bevor er sein Ziel erreichte. Er hatte die halbe Nacht wach gelegen. Die Arbeit an seinem Buch beschäftigte ihn mittlerweile fast rund um die Uhr und hätte ihm noch mehr Freude bereitet, wenn das mühsame Tippen nicht wäre. Er war nun mal kein Schreibtischhengst, sondern ein Mann der Tat. Nachdem Peter Kleinheinz ihn auch noch gewarnt hatte, dass die nüchterne Wiedergabe von Kriminalfällen möglicherweise nur ein Nischenpublikum erreichen könnte, war er ins Grübeln geraten und zu dem Schluss gelangt, dass seine Autobiografie durch das Einstreuen heiterer Kapitel seines Lebens an Glanz und Popularität gewinnen würde. Und so hatte er neben einigen lustigen Episoden aus seinem Alltag als Ortsvorsteher und Landwirt vor allem jene legendäre letzte Kegeltour in den Sauerlandstern ins Visier genommen. Es waren zwar nur drei Tage im September 1980 gewesen, aber die waren so vollgestopft mit absurd-komischen

Erlebnissen, dass man daraus sogar ein eigenes Buch hätte machen können.

Und so hatte Will sich am Morgen, noch im Frotteeschlafanzug, an den Computer gesetzt und angefangen zu schreiben. Zwar hatte er bis zum Nachmittag schon einiges an Material beisammen, aber ihm war auch bewusst geworden, dass sein Erinnerungsvermögen ihn nach fast 40 Jahren ein ums andere Mal im Stich ließ. Und aus genau diesem Grund befand er sich nun, bewaffnet mit einem Notizblock, der auf dem Beifahrersitz wegen des holprigen Weges hin- und herrutschte, auf dem Weg zu einem seiner damaligen Kegelbrüder. Wer, wenn nicht die Zeitzeugen persönlich würden seiner Erinnerung auf die Sprünge helfen können? Nachdem er die Namen seiner damaligen Mitstreiter aufgelistet hatte, musste er mit Bedauern feststellen, dass er nur noch zu zweien regelmäßigen Kontakt hatte, was wohl daran lag, dass es die Einzigen waren, die noch in Saffelen lebten. Der eine war Gebrauchtwagenhändler Heribert Oellers und der andere Eidams Theo, seines Zeichens der Friedhofsgärtner des Dorfes. Alle anderen hatte es woandershin verschlagen, zum Teil hatten sie aber auch nie in Saffelen gewohnt. Wie etwa der stets korrekte Hermann-Josef Buschhüter, der Filialleiter der Spar- und Darlehnskasse Orsbeck, den Will nach den befremdlichen Äußerungen von Fine plötzlich mit ganz anderen Augen sah. Buschi, wie er damals genannt wurde, war von Werner Laumen in den Club geholt worden. Er war Laumens Finanzberater gewesen. Auf der Suche nach einem fähigen Kassenwart schien Buschhüter allen eine gute Wahl zu sein und so wurde er das neunte Mitglied. Auf Werners Leumund konnte man sich verlassen, denn er war ein waschechter, gebürtiger

Saffelener. Mittlerweile lebte er allerdings bereits seit fast 40 Jahren in Köln, wo er bei einer Krankenkasse arbeitete, so jedenfalls Wills Informationen. Früher war er der Leiter des Personalamts in der Heinsberger Stadtverwaltung gewesen. Aber nach seiner Scheidung hatte es ihn nach Köln verschlagen und seit dem Tod seiner Eltern waren seine Besuche in Saffelen sehr rar geworden. Damals in den 80ern war Werner jedoch ein glühender Lokalpatriot gewesen und der beste Kumpel von Kajo Krings, einem bis heute sehr angesehenen Architekten. Die beiden waren unzertrennlich und wurden wegen ihres sehr unterschiedlichen Körperbaus immer „Pat und Patachon" genannt. Werner brachte es auf untersetzte 1,70 Meter, während Kajo stolze 1,90 Meter maß. Und nicht nur das. Kajo Krings, der eigentlich Karl-Josef hieß, was aber kaum jemand wusste, war seinerzeit ein Bild von einem Mann gewesen. Gut aussehend, sehr männlich und immer mit einem lässigen Spruch auf den Lippen. Die Frauen lagen ihm zu Füßen, was er wahrscheinlich nicht nur auf den beiden Kegeltouren mit viel Engagement ausnutzte. Kajo war ein Lebemann gewesen, wie er im Buche stand. Will hatte ihn immer ein wenig um sein Charisma beneidet. Kajo war aber nicht nur privat erfolgreich, sondern auch beruflich. Ihm gehörte ein Architekturbüro mit zehn Angestellten. Er entwarf viele große Prestigeobjekte und wusste seine engmaschigen Kontakte in die Politik immer geschickt zu nutzen. Kajo hatte sich und seiner Familie schon sehr früh ein riesiges Anwesen in Süsterseel gebaut. Eine Krebserkrankung vor einigen Jahren hatte er zwar überstanden, aber über weitläufige Bekannte wusste Will, dass er sich seitdem weitgehend aus der Öffentlichkeit zurückgezogen hatte.

Beim nächsten Namen musste Will zweimal hinsehen, um seine eigene Schrift zu entziffern. Es handelte sich um Joachim Wolters, genannt Jockel. Ein netter, aber ruhiger Vertreter – und das sogar im wahrsten Sinne des Wortes. Jockel war Außendienstmitarbeiter bei einer Firma, die Felgen vertrieb. Aus diesem Grund hatte er auch heute noch regelmäßig Kontakt mit Heribert Oellers, der Will verraten hatte, dass Jockel immer noch Junggeselle war und sehr zurückgezogen mit seiner Mutter in Wassenberg lebte. Schon damals bei besagter Kegeltour war Jockel der einzige Single im Verein gewesen, während alle anderen verlobt und zum Teil sogar schon verheiratet waren.

Dann war da noch Günni, der Pudelkönig. Günther Vitz, ein gnadenlos unbegabter Kegler, aber dafür umso geselligerer Zeitgenosse, mit dem man immer Spaß hatte. Zu Günni hatte Will die wenigsten Informationen. Das Einzige, was er wusste, war, dass er und Horst Lipka zusammen die Maurerlehre gemacht hatten. Und vielleicht würde Lipka ihm ja mehr zu Günther erzählen können, denn das war der Mann, zu dem Will an diesem Nachmittag unterwegs war. Lipka gehörte die weit über die Grenzen des Kreises Heinsberg hinaus bekannte Bauunternehmung Brauweiler, dessen Firmensitz sich im nahe gelegenen Bocket befand. Der Landwirt hatte dort angerufen und sich einen Termin geben lassen, da er nicht die private Nummer von Horst besaß. Der Unternehmer war damals ein ähnlicher Typ gewesen wie Kajo, nur vielleicht etwas zurückhaltender, weniger polternd. Auch Lipkas Karriere hatte Will über die Jahre mit großer Bewunderung verfolgt. Horst Lipka hatte sich nach seiner Lehre bei der Bauunternehmung Brauweiler bis zum Prokuristen hochgearbeitet, wobei die Heirat mit der Tochter des Firmenchefs dabei sicher nicht hinderlich gewesen war. Anneliese, das einzige Kind von Erwin Brauweiler, war damals eine hinreißend schöne Frau gewesen. Dass sich daran kaum etwas verändert hatte, wusste Will von aktuellen Zeitungsfotos. Nachdem der alte Brauweiler, ein Patriarch ganz alter Schule, Mitte der 80er-Jahre gestorben war, hatte Lipka die Firma übernommen und den Umsatz seitdem nahezu verdreifacht.

Tja, das waren sie also: Die Freunde der Nacht! Neun Teufelskerle, die eine zwar kurze, aber tolle Zeit miteinander erlebt hatten und deren Wege sich nur kurze Zeit nach jener denkwürdigen Kegeltour getrennt hatten. Je länger Will darüber nachdachte, desto überzeugter war er davon, dass dieses Kapitel seines Lebens unbedingt in sein Buch gehörte. Das war doch der Stoff, aus dem Bestseller geboren wurden! Eine eingeschworene Truppe, die ein wildes Rock'n'Roll-Leben geführt hatte, besaß mindestens so viel literarisches Potenzial wie die Verbrechen, die Will im Laufe der Zeit aufgeklärt hatte. „Die Mischung macht's", murmelte Will zufrieden vor sich hin.

Der Landwirt steuerte seinen Mercedes auf das riesige Betriebsgelände der Firma Brauweiler und parkte direkt vor dem Schild „Besucher", das er mit der Stoßstange sogar leicht touchierte. Die Empfangsdame in dem todschicken Glasfoyer mit den modernen Möbeln lächelte Will freundlich zu, als er sein Anliegen vorbrachte. Sie nahm den Telefonhörer zur Hand, drückte einen Knopf und sagte: „Herr Lipka. Hier ist der Herr Hasenrad für Sie."

„Hastenrath", korrigierte Will.

„Entschuldigung. Ein Herr Hastenrath aus Saffelen. Hätten

Sie kurz …" Sie hörte zu und legte dann auf. „Herr Lipka freut sich sehr, Sie zu sehen. Ich bringe Sie zu ihm."

Will folgte ihr in einen Aufzug, der sie in den dritten Stock brachte. Nachdem sie ausgestiegen waren, stöckelte sie einen endlos langen Gang vor dem Landwirt her. Rechts und links befanden sich jede Menge Büros, in denen emsig gearbeitet wurde. Ganz am Ende des Ganges klopfte die Dame an eine Tür und Will erkannte die Stimme sofort, die kraftvoll „Herein" rief.

Als er das Büro betreten hatte, sprang Horst Lipka aus seinem Bürosessel hoch und lief um seinen großen Schreibtisch herum, um ihn zu umarmen. „Will, alter Kupferstecher. Wie lange haben wir uns nicht mehr gesehen? Ständig liest man von dir in der Zeitung. Ich hab schon so oft gedacht, dass wir uns noch mal treffen müssen. Das ist ja toll, dass du dich mal hier sehen lässt. Setz dich."

Lipka führte seinen alten Freund zu einer eleganten Sitzecke, die mit jeglichem Luxus ausgestattet war. Auf dem Tisch standen Kekse und ein paar alkoholfreie Getränke und auf einem Sideboard ein schicker Kaffeevollautomat neben einer üppig und hochwertig bestückten Minibar, die Wills Herz hüpfen ließ.

„Ist es noch zu früh für einen guten Rémy Martin?", fragte der Bauunternehmer. „So wie ich dich kenne, sicher nicht", lachte er und hatte bereits zwei Cognacschwenker in der Hand, als Will ihn bremste.

„Normalerweise immer, aber im Moment darf ich nicht. Ich hab ein paar Herzprobleme und muss zurzeit dadrauf verzichten."

„Ach du Scheiße", entfuhr es Lipka. Er klang aufrichtig besorgt. „Was ist passiert? Erzähl."

Und Will erzählte, was ihm passiert war und was er sich nun vorgenommen hatte. Der Bauunternehmer hörte gespannt zu und goss währenddessen beiden ein Glas Mineralwasser ein. Er nahm einen Schluck und lehnte sich dann in seinem Sessel zurück. „Das finde ich eine tolle Idee mit deiner Autobiografie. So was wollte ich auch schon immer mal machen, aber ich komm zu nix."

„Das glaub ich bei dein Unternehmen."

Lipka legte die Hände in den Nacken, ließ die Gedanken schweifen und sagte dann mehr zu sich selbst: „Ach, das war eine tolle Zeit damals. Die Kegeltour nach Willingen werde ich nie vergessen. Finde ich klasse, dass du das verewigen möchtest. Weißt du noch, wie wir im besoffenen Kopp das Hinweisschild ‚Usseln 6 km' einfach umgedreht haben, sodass tagelang alle immer in die falsche Richtung gefahren sind? Das war super, damals gab es ja noch keine Navigationsgeräte." Horst Lipka grinste breit. „Oder wie der Kajo mal nachts bei minus fünf Grad nur mit einer Unterhose bekleidet nacheinander die drei Fahnenmasten vorm Hotel hochgeklettert ist und sich am nächsten Morgen alle gefragt haben, ob Helmut Schmidt gestorben sei, weil alle Fahnen auf Halbmast hingen."

Will schlug sich vor Lachen auf die Knie. „Das war gut. Das muss aber das Jahr davor gewesen sein. Die Tour, über die ich schreiben will, ist die von 1980."

Lipka stutzte kurz. „Ach, du meinst unsere legendäre letzte Kegeltour! Was für ein fulminanter Schlusspunkt! Boah, ich weiß noch, im ‚Töff Töff' haben wir die Zapfhähne so dermaßen glühen lassen, dass der Wirt die nur noch mit Handschuhen anpacken konnte."

Will musste wieder lachen. „Der Spruch ist gut, den muss ich mir direkt aufschreiben.“ Er legte den Notizblock auf den Tisch und schrieb mit einem Kugelschreiber hinein.

„Und hier, unser Schlachtruf, der muss auch mit rein“, rief Lipka, der immer mehr Fahrt aufnahm. „‚Es trinkt der Mensch, es säuft das Pferd – im Sauerland ist’s umgekehrt.‘ Und ich kann mich auch noch sehr gut daran erinnern, wie ich direkt am ersten Abend in ‚Leos Bierkeller‘ umgefallen und kurz danach im ‚Bavaria Stadl‘ wieder aufgewacht bin.“

„Das weiß ich auch noch“, sagte Will, während er schrieb, was das Zeug hielt. „Wir mussten dich mit vier Mann über die Straße tragen.“

Sie schwelgten noch eine Weile in Erinnerungen, bevor Will die Frage stellte, die ihn unter anderem dazu bewogen hatte, gemeinsam mit seinen alten Freunden seine Erinnerungen aufzufrischen. „Weißt du eigentlich, was aus die Biggi geworden ist?“

Horst Lipka musste überlegen. Als würde es diesen Prozess beschleunigen, rieb er dabei sein glatt rasiertes Kinn. „Biggi? War das nicht diese hübsche Blondine aus dem Saffelener Frauenkegelclub? Wie hießen die noch? ‚Scharfe Bienen‘ oder so.“

„Die scharfe Neun“, korrigierte Will.

„Ja genau, ich erinnere mich wieder. War da nicht auch die flotte Fine dabei? Mein lieber Mann, war das ein heißer Feger! Da haben sich einige die Finger dran verbrannt. Aber du hast recht, diese Biggi war auch recht attraktiv, während der Rest … na ja … ging so. Die eine mit dem Knackarsch war auch noch ganz ansehnlich. Ich glaub, Christel oder so.“

„Kann sein. Aber weißt du denn noch, was aus die Biggi geworden ist?“

Lipka zuckte mit den Schultern. „Keine Ahnung. Ist die nicht irgendwann weggezogen? Hieß es nicht mal, dass die nach Thailand ausgewandert wäre?“

„Nach Sri Lanka.“

„Ja, oder so. Das wird natürlich aufwendig, wenn du die auch interviewen willst.“

„Nein, das war ja jetzt nur mal aus Interesse“, wiegelte Will ab. „Ich will eigentlich nur mit unsere Jungs von damals sprechen. Wenn die nur halb so viel lustige Geschichten auf die Pfanne haben wie du, dann wird das ein super Buch.“

Lipka warf einen Blick auf die Namensliste auf der ersten Seite von Wills Notizblock, der auf dem Tisch lag. „Sind das alle, die damals dabei waren?“, fragte er.

„Ja genau. Zu wem hast du denn noch Kontakt?“

Lipka spielte an seinem Ehering, während er die Namen überflog. „Am meisten hab ich heute noch mit Kajo zu tun. Wir machen viele Bauprojekte zusammen. Seit seiner Krebserkrankung hat er sich zwar ein bisschen zurückgezogen, aber früher sind wir sogar manchmal mit unseren Frauen zusammen in Urlaub gefahren. Dann hier, Heribert Oellers, der bringt mir immer die Härtefälle aus unserem Fuhrpark über den TÜV. Guter Mann! Und hier, Buschi, unser Banker. Der hat mir hier und da mal bei Krediten geholfen, aber mit dem bin ich bis heute nicht richtig warm geworden. Was heißt das hier? Ach so, Günni.“

„Ja genau. Zu dem habe ich nämlich überhaupt keine Informationen. Hast du eine Ahnung, wo ich den finden könnte?“

„Na klar“, rief Lipka und sprang von seinem Stuhl auf. „Du brauchst mir nur zu folgen. Der ist keine 100 Meter von uns entfernt. Der ist mein Lagermeister oder wie man heutzutage dazu sagt: meine Fachkraft für Lagerlogistik."

Will erhob sich ebenfalls, warf der Flasche Rémy Martin noch einen letzten wehmütigen Blick zu und folgte Lipka.

Speeddating

10

Mittwoch, 11. September 2019, 17.30 Uhr

Die Blume war schon in sich zusammengesunken und das Bier längst warm, weil Fredi Jaspers das Glas verzweifelt mit beiden Händen umklammert hielt. Er hatte sein gutes Jeanshemd samt passender Lederkrawatte angezogen und hoffte inständig, dass er nicht wieder anfangen würde, unter den Armen zu schwitzen, was immer dann der Fall war, wenn er zu aufgeregt war – so wie gerade im Moment. Die Warterei tat ihr Übriges. Er ärgerte sich, dass er sich von Borowka zu diesem bescheuerten Speeddating hatte überreden lassen. Aber sein Kumpel hatte einfach nicht lockergelassen und so saß Fredi nun hier und versuchte ruhig zu bleiben und sich auf seine Mission zu konzentrieren. Eine Sirene ertönte. Das war das Zeichen, dass es losging. Fredi atmete noch einmal kräftig durch. Bleib ganz locker, sagte er sich, du hast genau fünf Minuten Zeit, für die Frau kennenzulernen. Er kontrollierte ein letztes Mal den Sitz seines Hemdkragens und tastete zwischen seinen Zähnen nach übersehenen Essensresten. Alles okay. Er war bereit.

Ein Schatten näherte sich von hinten. Das Erste, was er wahrnahm, war ein Hauch süßlichen, aber angenehmen Parfüms.

Mist, dachte er, und ich hab vor lauter Aufregung vergessen, mich mit „Axe“ vollzusprühen. Jetzt war es zu spät, sein Gegenüber hatte bereits Platz genommen. Lange blonde Locken, ein Tick zu viel Rouge und Lippenstift. Ein relativ knappes, rotes Kleid mit einer bauchfreien Aussparung. Etwas gewagt, aber nicht unsexy. Vom Aussehen her war Fredi schon mal sehr angetan. Doch jetzt stand die Kür an, das persönliche Gespräch. Fredi hatte gelernt, dass er eröffnen musste, weil er damit Selbstbewusstsein signalisierte. „Oh, hallo. Du auch hier?“, stammelte er und ihm fiel im selben Moment auf, dass er sich gar keine Einleitung zurechtgelegt hatte. Also musste er improvisieren. „Tut mir leid. Ich hab so was noch nie gemacht. Also, jedenfalls nicht nüchtern. Aber du siehst Bombe aus.“

Der Lippenstiftmund öffnete sich. „Oh, danke für das Kompliment. Du gefällst mir aber auch sehr gut. Wie heißt du denn?“

Fredi umklammerte sein Bierglas noch fester und versuchte, so cool wie möglich zu bleiben. „Fredi Jaspers aus Saffelen, ganz in die Nähe von Großwehrhagen. Das ist, wenn du in Kleinwehrhagen von die B56n abbiegst in Richtung Vlodrop. Das ist übrigens eine besondere Straße. Die ist gebaut worden, wie der Selfkant noch zu Holland gehört hat. Da war das eine Straße, die über deutsches Hoheitsgebiet führte, ohne dass man da drauf oder davon runterfahren konnte. Transitstraße sagte man dafür als Fachjargong. Also da fährst du lang und wenn du dann an der nächste Kreisverkehr …“

„Ich weiß, wo Saffelen ist“, unterbrach ihn die Blondine, die sich in der Zwischenzeit eine Zigarette angesteckt hatte. Sie blies den Rauch in den Raum, bevor sie weitersprach: „Ich wohne in Schierwaldenrath.“

„Ach was“, sagte Fredi erfreut. „Das ist ja ganz in die Nähe. Da hätte ich es ja gar nicht weit, wenn wir zwei uns mal … also ich meine, wenn … natürlich nur, falls du jetzt sagst: ‚Oh, das wär aber was mit …‘ “

„Was machst du denn beruflich?“, unterbrach sie ihn erneut und Fredi fiel auf, dass er offensichtlich zu viel redete. Schließlich ging es in der kurzen Zeit darum, möglichst viel übereinander zu erfahren. Und im Grunde hatte er bisher nur über sich erzählt. Jetzt wollte sie auch noch seinen Beruf wissen. Aber darauf hatte er sich vorbereitet.

„Ich arbeite in die Automobilbranche, mittleres Management. Ich hab zwar immer viel zu tun, aber dafür verdien ich auch ein Schweinegeld. Aber genug von mir. Was mich viel mehr interessiert als ich mich selber: Wie heißt du eigentlich?“

Die Blondine nahm einen Zug an ihrer Zigarette und blies Fredi den Rauch ins Gesicht. „Rosi Rosetta!“

Fredi musste husten, was ihm half, ein wenig Zeit zu gewinnen, um seinen Adrenalinschub unter Kontrolle zu bekommen. „Rosi Rosetta? Ernsthaft? Bist du Ausländerin?“

„Mein Vater ist ein feuriger Italiener und meine Mutter eine rassige Brasilianerin.“

Fredi schluckte. Er wollte einen kleinen Schluck aus seinem Bierglas nehmen, um seine trockenen Lippen zu befeuchten, stürzte es aber gleich auf ex runter, in der Hoffnung, dass der Alkohol ihn beruhigen würde. Als Rosi Rosetta jedoch unvermittelt zum Angriff überging und mit ihrem rechten Fuß, der in knallroten High Heels steckte, an Fredis Jeanshose auf- und abschubberte, war es um ihn geschehen. Er rang nach Luft, als plötzlich ein lautes Poltern die knisternde Atmosphäre jäh unterbrach. Die beiden blickten sich gleichzeitig um und staunten nicht schlecht, als auf einmal Rita Borowka voll bepackt mit Einkaufstüten im Türrahmen erschien. Sie wuchtete ihre Einkäufe auf die Ablage neben dem Herd und warf einen entgeisterten Blick auf die beiden Personen am Küchentisch. „Sagt mal, seid ihr komplett bescheuert geworden?“, rief sie sichtlich verärgert und musste sich erst einmal vergegenwärtigen, was sie da eigentlich vor sich hatte. Fredi sah aus wie immer, aber ihr Mann Richard hatte offensichtlich eine neue Seite an sich entdeckt. Er hatte sich eines ihrer Lieblingskleider angezogen, die Blondhaarperücke von Karneval und – sie traute ihren Augen kaum – sogar ihren Lippenstift hatte er benutzt. Rita schüttelte fassungslos den Kopf. „Bist du etwa ein homosexeweller Transvestit und ich hab die ganzen Jahre nix davon gemerkt? Wie lange geht das schon so?“

„Quatsch, mein Purzelbär“, erwiderte Borowka leicht verlegen und zog sich die kratzige Perücke vom Kopf. Er wuschelte mit der Hand durch sein vorne kurzes und hinten langes dunkelblondes Eigenhaar, bevor er weitersprach: „Ich übe mit der Fredi bloß unter Originalbedingungen für dem sein Speeddating morgen Abend in Himmerich. Der weiß nicht, wie man Frauen nur mit reden am besten rumkriegt.“

„Aha. Aber du weißt das?!“ Rita stemmte die Arme in die Hüften und funkelte ihn böse an.

Fredi spürte ungute Schwingungen und entschied sich, das Experiment an dieser Stelle abzubrechen und schnell das Weite zu suchen. Er erhob sich und sagte: „Ich bin dann mal weg.“

Ritas wütender Blick traf nun auch ihn. „Du bleibst gefälligst sitzen. Das was ich zu sagen hab, geht euch beide an.“

Fredi sank kraftlos zurück auf seinen Stuhl, während Borowka sich mit einer Serviette den Lippenstift abwischte. Seine Frau erhob bebend ihre Stimme: „Ihr zwei habt euch schon eine ganze Menge erlaubt, aber das setzt dem Gipfel die Krone auf. Wie kann man nur auf so eine bekloppte Idee kommen? Richard, du ziehst dir jetzt sofort was Vernünftiges an und nachdem du der Müll nach draußen gebracht hast, gehst du mit der Jerome auf der Spielplatz und machst dir da mal Gedanken dadrüber, was es bedeuten könnte, ein erwachsener Mann zu sein, der Verantwortung für eine Familie hat."

Borowka gehorchte und verließ mit gesenktem Kopf die Küche. Fredi war ganz erstaunt, seinen sonst so forschen Kumpel plötzlich so kleinlaut zu erleben. Während er sich noch wunderte, traf auch ihn der Bannstrahl von Rita. „Und jetzt zu dir, Fredi. Ich kann dein Rumgeheule bald nicht mehr ertragen. Seit Sabrina weg ist, bist du bloß noch Trübsal am Blasen. So lernst du nie eine neue Frau kennen! Welche Frau will denn ein Jammerlappen an ihre Seite haben? Wenn du dir nicht langsam mal Eier wachsen lässt, dann wirst du ein ewiger Junggeselle, so wie der Erwin Jablonska, der seit 30 Jahre alle paar Tage mit Einkaufstüten am Mofa durchs Dorf fährt und von alle bemitleidet wird. Willst du das?"

Fredi schüttelte entsetzt den Kopf.

„Dann reiß dich gefälligst zusammen, geh zu diesem Scheiß-Speeddating und sei ein ganzer Kerl."

Günni

11

Mittwoch, 11. September 2019, 17.44 Uhr

Nach einem kurzen Rundgang durch das Bürogebäude inklusive der routiniert heruntergerasselten Firmenhistorie brachte Horst Lipka seinen alten Freund Will über den Hof in die Lagerhalle, die von außen gar nicht so groß wirkte, wie sie in Wirklichkeit war. In riesigen Hochlagern wurden Unmengen von Baumaterialien aufbewahrt. Mehrere Gabelstapler flitzten umher. In einem davon saß Günni. Will erkannte ihn sofort an seiner Frisur, die er damals wie heute zerzaust trug. Der ewige Pudelkönig war gerade dabei, eine Palette voller Zementsäcke aus einem offenen Lkw zu laden. Neben der Laderampe stand der Fahrer und rauchte. Günni fuhr die Ware mit einem gekonnten Wendemanöver auf die gegenüberliegende Seite, wo zwei Arbeiter die Aufgabe hatten, die Säcke in Regale zu wuchten. Die beiden Arbeiter erhöhten ihr Arbeitstempo deutlich, als sie Lipka erblickten. Der Bauunternehmer ignorierte die zwei und brüllte: „Günther!“ Der rauchende Lkw-Fahrer zuckte zusammen und Günni stoppte seinen Stapler. Als er herauskletterte, war Lipka schon bei ihm und rief: „Guck mal, wer da ist. Hastenraths Will, der bekannteste Landwirt vom Selfkant.“

Will wiegelte geschmeichelt ab und reichte Günni die Hand. Der strahlte ihn mit breitem Grinsen an und sagte: „Das ist ja toll, dich mal wiederzusehen. Man liest ja immer nur von dir. War das nicht letztes Jahr, diese Geschichte mit dem Mann ohne Gedächtnis*? Hammer!"

Will war geschmeichelt. Ihm war gar nicht bewusst, dass er außerhalb seines Dorfes so berühmt war für seine Fälle.

Lipka ging auf die zwei Arbeiter zu und rief dem schmächtigeren der beiden zu: „Olli, lad du weiter mit dem Stapler aus. Wir brauchen den Günther mal eben. Beeil dich, zack, zack."

Lipkas Handy klingelte. Er ging ran, hörte kurz zu und sagte dann zu Günni: „Oh, das ist Firma Lengersdorf wegen der Bauabnahme. Das kann dauern, aber ihr kommt ja ohne mich zurecht, oder?" Ohne eine Antwort abzuwarten, eilte er mit dem Telefon am Ohr zurück in Richtung Bürogebäude.

„Immer busy, unser Chef", lachte Günni und knuffte Will in die Seite. „Na, du hast aber ordentlich zugelegt seit damals."

„Jaa, zwei, drei Kilo vielleicht", spielte Will die durchaus korrekte Beobachtung herunter. „Aber ich fang jetzt mit Sport an … demnächst."

„Was verschafft mir denn die Ehre deines Besuchs?"

Will sah sich in der lärmend lauten Halle um. „Gibt's hier vielleicht eine etwas ruhigere Ecke, wo wir uns mal kurz unterhalten können?"

„Na klar, lass uns in den Sozialraum gehen."

Auf dem Weg dorthin erklärte Will seinem ehemaligen Kegelbruder, weshalb er da war. Der Aufenthaltsraum für die Mitarbeiter der Bauunternehmung Brauweiler war so ziemlich das exakte Gegenteil von dem, was man bei Auto Oellers für

* Die Stunde der Wahrheit

einen Sozialraum hielt: groß, hell, gemütlich und mit allem Komfort ausgestattet. Ein prall gefüllter Kühlschrank, eine komplette Küchenzeile und sogar ein Snackautomat boten eine regelrechte Wohlfühlatmosphäre.

Günni schob Will einen Stuhl hin und füllte an einer Pumpkanne ungefragt zwei große Becher mit dampfendem Kaffee. „Zucker?“, fragte er.

„Nein“, rief Will und spürte einen kleinen Stich in seinem Herzen. „Ich trink mein Kaffee neuerdings schwarz.“

Günni setzte sich neben ihn an den Tisch und fummelte eine Packung blaue Gauloises aus der Hemdtasche: „Zigarette?“, fragte er.

Will schüttelte den Kopf. „Nein danke. Darf man denn hier drin rauchen?“

„Nur als Chef“, erwiderte Günni und zeigte wieder sein breites Grinsen mit den blitzenden Kronen.

Will lachte. „Ja, der Horst sagte schon, dass du hier das komplette Lager leitest. Nicht schlecht, aber hast du damals nicht noch bei der Gemeinde gearbeitet?“

„Du meinst 1980, als wir die Kegeltour hatten, wegen der du da bist? Das stimmt! Ich war am Ende sogar stellvertretender Dezernatsleiter, Fachbereich Bauen.“

„Und was ist dann passiert?“, fragte Will.

Günni zündete sich die Zigarette an und nahm einen tiefen Lungenzug. Plötzlich verschwand sein Dauerlächeln und er schwieg für einen Moment, bevor er wieder ansetzte. „Tja, was ist passiert? Ich hab’s wohl irgendwann übertrieben, dabei hatte ich die beste Frau der Welt. Ich mein, wir waren doch alle kein Kostverächter, oder? Klar haben wir oft über die Stränge geschlagen damals, vor allem auf besagter Kegeltour. Aber ich hätte meine Frau doch nie verlassen."

Will sah ihm in die Augen und glaubte, darin sogar ein feuchtes Schimmern zu erkennen. Behutsam sagte er: „Aber dann hat *sie* dich verlassen!"

Günni nickte wortlos. Eine ganze Weile betrachtete er das glimmende Ende seiner Zigarette, bevor er fortfuhr: „Ja, sie hatte irgendwann die Schnauze voll von mir, zu Recht. Ich bin mit der Trennung überhaupt nicht klargekommen. Dann ging alles ratzfatz: Scheidung, Alkohol, Führerschein weg, Job weg. Das volle Programm. Alles ganz kurz nach der Auflösung von unserem Kegelclub. Irgendwann später, das muss im Herbst 1981 gewesen sein, hab ich in Saffelen an der Bahnstrecke gestanden, da wo früher der Holland-Express fuhr."

„Ich erinner mich. Das ist da, wo sich später Robert Fritsche vor der Zug geworfen hat*. Die Strecke, die man danach stillgelegt hat. Aber ich wollte dich nicht unterbrechen."

Günni räusperte sich. Es fiel ihm sichtlich schwer, weiterzusprechen. „Na ja, ich hab da gestanden und sah den Zug kommen und hab gedacht: Nur ein kleiner Schritt und die ganze Scheiße ist vorbei."

„Und dann?", fragte Will und vergaß dabei fast zu atmen.

„Dann kam plötzlich Horst vorbeigejoggt und sprach mich an. Im nächsten Moment raste der Zug vorbei und wir haben über eine Stunde neben der Strecke im nassen Gras gesessen und uns unterhalten. Ich glaube, er wusste genau, was ich vorgehabt hatte, aber wir haben nie darüber gesprochen. Am Montag drauf hatte ich hier meinen ersten Arbeitstag. Und noch eine Woche später eine sehr schöne und günstige Wohnung,

* Die Rache des Waschbären

durch seine Beziehungen, versteht sich. Wenn ich es ganz pathetisch ausdrücken würde, müsste ich sagen, dass ich Horst Lipka mein Leben verdanke."

Will wusste zwar nicht, was das Wort „pathetisch" bedeutete, aber ihm war klar geworden, dass der Bauunternehmer geistesgegenwärtig und selbstlos reagiert und damit einen verzweifelten Menschen gerettet hatte. Will nippte nachdenklich an seinem Kaffee. „Das wusste ich gar nicht, dass es dir damals so schlecht ging. Aber zum Glück kam der Horst zum richtigen Zeitpunkt vorbeigelaufen. Jetzt weiß ich auch, was mein Hausarzt meinte, wie der letzte Woche für mich sagte: ‚Joggen kann Leben retten'."

Günni lächelte gequält. „Der ist gut. Das ist wohl wahr. Der Horst ist ein Guter, auf den lass ich nix kommen. Der hat mich immer unterstützt und der macht das bis heute. Viele finden den arrogant und sagen, dass der die Firma nur bekommen hat, weil er die Tochter vom Chef geheiratet hat, aber das stimmt nicht. Horst hat die Firma übernommen, weil er einfach der Beste ist. Klar, der gibt viel Geld für seinen Lebensstil aus – nicht jeder braucht vier Autos –, aber der hat auch immer hart dafür gearbeitet. Es gibt keinen Tag, wo der weniger als zehn Stunden im Betrieb oder auf irgendeiner Baustelle ist. Sogar an Sonn- und Feiertagen, das war dem scheißegal. Ich kann mich sogar erinnern – da hatte ich gerade hier angefangen –, da musste ich noch mal in die Firma, weil ich das Geschenk für meine Mutter im Betrieb vergessen hatte. Es war der zweite Weihnachtstag. Das weiß ich deshalb noch, weil ich die da besuchen wollte und mir einfiel, dass die Flasche Tosca noch im Spind lag. Aber überleg mal, kurz nach Heiligabend, da war der Horst hier schon wieder am schuften. Man sagt ja nicht umsonst ‚selbst' und ‚ständig'. Das war aber auch eine stressige Zeit. Damals wurde gerade der hintere Anbau hochgezogen, wo jetzt die alten Paletten liegen, und der sollte unbedingt noch vor Jahresende fertig werden. Den Anblick werde ich nie vergessen. Horst Lipka am Betonmischer, aber so war der immer. Der war sich für keine Drecksarbeit zu schade. Spätestens da wurde mir klar: Man muss den Arsch hochkriegen, wenn man was erreichen will. Und von da an hab ich meine Lebenseinstellung komplett geändert. Und jetzt? Jetzt bin ich schon seit 30 Jahren mit Erika zusammen. Und ich bin glücklich."

„Das freut mich total für dich", sagte Will. „Wo ich jetzt deine Geschichte kenne, ist es mir schon fast unangenehm, dich nach ein paar Erlebnisse von unsere letzte Kegeltour zum Sauerlandstern zu fragen."

„Ach Blödsinn. Das war ein super Wochenende! Wenn ich's mir recht überlege, war das sogar das letzte Mal, dass ich so richtig Spaß hatte."

Und auch Günni konnte die ein oder andere Anekdote beisteuern, die Will schon halb vergessen hatte. Eifrig machte er sich seine Notizen, bis er am Ende die Frage stellte, die ihn, warum auch immer, irgendwie am meisten beschäftigte: „Du hast ja eben von ‚Die scharfe Neun' erzählt, die ja ‚zufällig' auch im Sauerlandstern waren. Aber weißt du denn auch noch, was aus die Biggi geworden ist?"

„Ich kenn keine Biggi."

„Doch natürlich: blond, hübsch. Brigitte Lechner. Die hat bei uns in Saffelen gewohnt, auf der Pastor-Müllerchen-Straße. Die war damals auch mit auf der Kegeltour."

Günni drückte seine Zigarette im Aschenbecher aus. „Nee, nie gehört, Biggi Lechner. Ich muss aber jetzt auch mal weitermachen, Will. Wir können uns gerne noch mal irgendwann auf ein Bierchen treffen und ein bisschen in Erinnerungen schwelgen. Du findest alleine raus, oder?"

Er sprang auf, stellte seine Tasse in die Spüle und verließ den Sozialraum. Will blieb ratlos und allein zurück. Was war das denn jetzt, fragte er sich und starrte noch eine Weile auf Günnis verwaisten Stuhl, bevor er ging.

Himmerich

12

Donnerstag, 12. September 2019, 20.06 Uhr

Die erfolgreichste, weil mittlerweile einzige Disko im Kreis Heinsberg war kaum wiederzuerkennen. Die Tanzfläche, auf der sich an den Wochenenden normalerweise Hunderte zuckende Körper in stickiger Luft und zu stampfenden Bässen schwitzend aneinanderrieben, war hell erleuchtet und vollkommen menschenleer. In der sogenannten Rock-Area waren großzügig sechs Bistrotische mit je zwei Stühlen verteilt. Auf jedem Tisch standen eine kleine Vase mit einer Rose und eine Zeituhr, wie man sie vom Schachspielen her kannte. Das Haus Waldesruh oder kurz „Himmerich“, wie es von allen genannt wurde, obwohl nur der Heinsberger Ortsteil so heißt, war eine Legende unter den Diskotheken zwischen Eifel und Niederrhein. Hier wurden Tausende von jungen Menschen aus dem Heinsberger Land, aber auch weit darüber hinaus, sozialisiert und auf das Leben vorbereitet und nicht wenige wurden sogar hier gezeugt. Die Rock-Area, die vor der Techno- und der Schlager-Area lag, war der erste Bereich, den man durch einen schmalen Schlauch betrat, der vom Betreiber euphemistisch als Foyer bezeichnet wurde. Links davon lag ein kleines Restaurant und rechts die Garderobe mit einer stets schlecht gelaunten Frau, die die Jacken entgegennahm und gegen Märkchen austauschte. Um in die Disko zu kommen, musste man die Kasse passieren, die von muskelbepackten Türstehern bewacht wurde. Man wurde kurz gecheckt, ob man überhaupt reindurfte, was aber so gut wie immer der Fall war. Dann bekam man einen Neonstempel auf den Handrücken und betrat das Paradies. Fredi Jaspers hatte dieses Prozedere seit seinem vierzehnten Lebensjahr so gut wie jedes Wochenende durchlaufen, fast immer in Begleitung von Richard Borowka und ein paar anderen Kumpels vom Fußball.

Doch heute war alles anders. Borowka war nicht dabei, ebenso wenig wie Spargel oder Tonne, dafür aber sechs Frauen und fünf Männer, die er noch nie in seinem Leben gesehen hatte. Statt der martialischen Türsteher standen diesmal vier hippe junge Leute hinter der Kasse. Sie trugen einheitliche rosa T-Shirts, auf denen der Schriftzug „Aphrodite plus“ neben einem Engel mit Pfeil und Bogen aufgedruckt war. Alle vier hatten übertrieben gute Laune und beschrifteten voller Enthusiasmus rote Herzen mit Eddingstiften.

Der Hipster mit dem weißesten Colgate-Lächeln trat vor und begrüßte Fredi und die anderen. „Hallo, ihr Lieben. Ich freue mich, euch zu unserem heutigen Speeddating begrüßen zu dürfen. Schön, dass ihr da seid. Ich bin der Sören und das hinter mir sind die Saskia, der Sidney und die Maja.“

Maja, Sidney und Saskia winkten zurück wie überdrehte Figuren aus der Augsburger Puppenkiste.

„Wenn ich euch so ansehe“, raunte Sören mit gespielt verführerischer Stimme, „dann kann ich gar nicht glauben, dass auch nur einer von euch noch Single ist. Aber das wird ja auch nicht so bleiben. Wer sich ein bisschen über uns informiert hat, der weiß, dass wir bei Vermittlungen eine Erfolgsquote von 78 Prozent haben. Das heißt, eure 189 Euro sind perfekt angelegt, und zwar in eure Zukunft. Die Maja wird jetzt jedem von euch ein Herz mit seinem Namen an die Brust pappen und dann folgt ihr mir bitte in den großen Saal."

Nachdem jeder sein persönliches Namensschild erhalten hatte, folgte der Tross den vier gut gelaunten Veranstaltern in die Rock-Area. Wortführer Sören platzierte alle Männer an den Tischen und scharte die Frauen um sich. „So, ihr Lieben. Wir vier sind heute eure Dating Angels oder wie ich gerne scherzhaft zu sagen pflege: eure ‚Aphrodealer'. Haha. Wir werden jetzt auswählen, welche Frau an welchem Tisch beginnt. Der Sidney wird dann unsere Love-Tröte bedienen, gleichzeitig drückt ihr die Zeituhr. Ab dem Signalton habt ihr fünf Minuten Zeit, euch miteinander zu unterhalten. Anschließend ertönt wieder die Tröte vom Sidney und ihr wechselt reihum. Alles verstanden? Dann würde ich mal frei nach Lenny Kravitz sagen: ‚Let love rule'. Auf geht's."

Fredi begann bereits jetzt zu schwitzen. Er hatte aber vorgesorgt, indem er unter seinem Jeanshemd zwei T-Shirts und darüber ein Jacket trug. Er kam sich selten dämlich vor, aber jetzt gab es kein Zurück mehr.

Maja oder Saskia, Fredi wusste nicht mehr, wer wer war, tippte Sören auf die Schulter und flüsterte ihm etwas ins Ohr. Der Chef-Motivator schlug sich theatralisch vor die Stirn und rief: „Fast hätte ich das Wichtigste vergessen." Er zeigte auf eine unscheinbare, ganz in Schwarz gekleidete Frau, die mit einem Tablett voller Sektgläser hinter ihm an der Theke stand.

„Das hier ist die Sonja, eine Service-Mitarbeiterin vom Haus Waldesruh, und die wird jetzt …“

„Steffi“, unterbrach die Kellnerin ihn schmallippig.

Sören sah sie irritiert an, reagierte aber sofort. „Richtig, die Steffi. Sooorry, Steffi. Wie konnte ich einen so bezaubernden Namen nur vergessen? Also, die Steffi serviert jetzt noch jedem einen Kennenlern-Prosecco, damit wir alle etwas lockerer werden. Wer noch etwas nachbestellen möchte, wendet sich dann auch bitte an die herzallerliebste Steffi, die wird die ganze Zeit für uns da sein. Die ersten zwei Getränke sind selbstverständlich im Preis inbegriffen.“

Die Kellnerin verteilte die Sektgläser auf den Tischen und ging zurück hinter die Theke. Als die Tröte erklang, bekam Fredi hektische Flecken am Hals. Ihm gegenüber nahm Wiebke Platz. Unter einer gewöhnungsbedürftigen Steckfrisur lächelte ihm ein hübsches Gesicht entgegen. Die Kleidung war bunt und erinnerte Fredi spontan an einen Lappenclown, aber er hatte sich vorgenommen, völlig unvoreingenommen an die Sache heranzugehen. „Hallo, ich bin Fredi“, sagte er.

„Ich weiß“, antwortete Wiebke.

„Woher?“, fragte er überrascht.

„Das steht auf deinem Namensschild.“

„Ach so, ja.“

Beide lachten. Kein schlechter Anfang. Sie plauderten ein wenig darüber, wo sie herkamen und was sie machten – sie kam aus Übach-Palenberg und studierte Tiermedizin an der RWTH in Aachen. Als Wiebke die nächste Frage stellte, kippte jedoch die Stimmung und der Dialog, der folgte, machte es nicht besser. „Bist du Veganer?“

„Nee, Deutscher."

„Nein, ich meine, ob du Fleisch isst?"

„Ja klar, was denn sonst?"

„Ja, Obst oder Gemüse oder so."

Fredi musste lachen. „Nee, ich bin doch kein Kaninchen."

„Das heißt, du ernährst dich ausschließlich von Fleisch?", fragte Wiebke spitz.

Fredi dachte kurz nach: „Na ja, ich ess auch schon mal ganz gern Bratkartoffeln mit Panhas und Apfelmus. Das ist, glaub ich, kein Fleisch."

„Panhas? Was ist denn Panhas?"

„Panhas ist geronnenes Schweineblut mit exotische Gewürze. Salz, Pfeffer, Glutamat und so. Superlecker. Musst du unbedingt mal probieren."

Der Rest war Schweigen, bis die Tröte ertönte. Fredi atmete erleichtert durch, als Wiebke einen Tisch weitergezogen war. So schwer hatte er es sich nicht vorgestellt.

Manuela nahm Platz. Sehr hübsch, wie Fredi befand. Mit ihren dunklen Haaren und den beiden Grübchen im Gesicht, war sie sogar annähernd sein Typ.

„Hallo, ich bin die Manuela", sagte sie fröhlich.

„Ich weiß", antwortete Fredi und kniff ihr ein Auge.

„Boah ne", rief Manuela empört. „Bist du so ein Stalker oder was? Bist du vielleicht sogar der Typ, der schon mal mit dem Auto an meinem Haus vorbeifährt?"

„Was? Nein, wieso? Ich hab doch nur …"

Er wollte mit dem Finger auf das aufgeklebte Herz mit ihrem Namen zeigen, aber sie wich entsetzt zurück. „Wolltest du mir an die Brüste fassen? Was bist du für ein perverses Schwein?"

Fredi sah sich hilflos um. Dabei traf ihn der Blick des Mannes, der einen Tisch vor ihm saß und der in der Runde zuvor das Vergnügen mit Manuela gehabt hatte. Der Mann deutete mit einer Scheibenwischerbewegung an, dass es sich offensichtlich um eine Verrückte handelte. Fredi brachte die fünf Minuten rum, ohne dass es zu irgendwelchen Handgreiflichkeiten kam, aber danach war er fix und fertig und bestellte sich erst mal ein großes Bier. Als Susi als Nächste gegenüber Platz genommen hatte, leerte er das Bier in einem Zug und wischte sich den Mund mit dem Ärmel ab.

„Ich hasse Männer, die Alkohol trinken", blaffte sie ihn wütend an. Sie stand auf und ging, noch bevor Fredi die Zeituhr betätigt konnte.

Er bestellte noch ein Bier und quälte sich anschließend durch die weiteren Gespräche mit Angelika, Uschi und Christina. Der leichte Rausch hatte ihn lockerer werden lassen, sodass diese drei Gespräche etwas ungezwungener und teilweise sogar recht amüsant gerieten. Am Ende stand unterm Strich eine Quote von drei zu drei.

Dennoch war er froh, dass es vorbei war. Er war mittlerweile beim fünften Bier angekommen, als Maja, Sidney und Saskia sogenannte Sympathiekarten verteilten, während Sören erklärte, was es damit auf sich hatte. „So, ihr Lieben. Auf diesen Karten stehen die Namen von allen sechs Personen, mit denen ihr heute gespeeddated habt. Dahinter sind Bewertungsfelder, die ihr bitte ausfüllt. Anschließend werft ihr die Karten in die rote Liebesbox, die auf der Theke steht. Wir von ‚Aphrodite plus' werten die Sympathiekarten dann aus und innerhalb von nur 24 Stunden erhaltet ihr von uns eine Nachricht, wenn es vielversprechende Übereinstimmungen gab. Das Ganze läuft anonym über unser Aphrodite-Postfach ab und ihr könnt anschließend selber entscheiden, ob ihr mit dieser Person ein Match haben wollt, also, ob ihr sie noch einmal treffen wollt. Dann liegt es an euch. Aber kleiner Tipp von mir: Je ausführlicher eure Bewertung ist, desto wahrscheinlicher ist es, dass ihr am Ende zu den glücklichen von uns garantierten 78 Prozent gehört, die ihren Traumpartner gefunden haben." Sören grinste gewinnend in die Runde. „Dann würde ich mal sagen: Kugelschreiber gezückt und los geht's. Ach so, ich verabschiede mich an dieser Stelle schon mal. Wir bedanken uns für euer Vertrauen. Draußen am Ausgang bekommt ihr gleich vom Sidney noch unser ‚Aphrodite-Love-Package' als kleines Dankeschön. Da sind tolle Sachen drin. Unter anderem ein Parfüm-Pröbchen und ein Gutschein, mit dem ihr beim nächsten Speeddating 20 Prozent Rabatt bekommt."

Winkend und lachend verschwanden Sören, Maja und Saskia und Fredi schlurfte zur Theke, wo er seinen Deckel bezahlte und die Bewertungsfelder nach bestem Wissen und Gewissen ausfüllte. Steffi, die Kellnerin, stellte ihm ein neues Bier hin und sagte: „Hier, das geht aufs Haus. So eine Scheiße erträgt man doch nur im Suff." Fredi musste lachen. Das war der erste vernünftige Satz, den er an diesem Abend gehört hatte.

Jockel

13

Samstag, 14. September 2019, 10.47 Uhr

Hastenraths Will steuerte seinen Mercedes durch die engen Gassen von Wassenberg, die dem kleinen Städtchen seinen mittelalterlichen Charme verliehen. In der Hand hielt er einen handschriftlichen Zettel, den Heribert Oellers ihm gegeben hatte. Darauf stand die Adresse von Joachim „Jockel" Wolters, dem ewigen Junggesellen der ehemaligen Kegeltruppe. Oellers hatte Will gewarnt, dass er mittlerweile noch verschrobener sei, als er es damals schon gewesen war. Der Landwirt erinnerte sich, dass Jockel in der Tat ein recht eigenwilliger Charakter gewesen war. Meistens still, dann aber plötzlich wie aus dem Nichts aufbrausend und aggressiv, vor allem, wenn Alkohol im Spiel war. Will verlangsamte seine Fahrt. Hier irgendwo musste es sein, Hausnummer 18.

Das windschiefe Häuschen mit dem leicht verlotterten Vorgarten lag etwas versteckt. In der Einfahrt stand ein auf Hochglanz polierter, schwarzer Mazda MX-5 mit auffälligen Felgen. Ein dezenter Aufkleber mit der Aufschrift „BBS – Technik aus dem Motorsport" und das Nummernschild „HS-JW 888" lieferten Will den letzten Beweis, dass er den Zielort erreicht hatte. Der Ortsvorsteher parkte seinen Wagen an der Straße, stieg aus und betätigte die Klingel.

Es dauerte eine Weile, bis Will durch das Milchglas beobachten konnte, wie sich eine Person näherte, die etwas umständlich mit dem Ellenbogen die Haustür öffnete. Er erkannte Jockel sofort, denn bis auf die Geheimratsecken und ein paar Falten, sah er noch fast so aus wie früher. Jockel war sichtlich erstaunt über den Besuch aus Saffelen. „Was machst du denn hier?"

Will zupfte seinen Parka zurecht und antwortete: „Ich war gerade in die Gegend und da ich sowieso was mit dir besprechen wollte, hab ich gedacht, ich klingel einfach mal."

„Ja, das ist …", stammelte Jockel, „… gerade ein bisschen schlecht."

Erst jetzt fiel dem Landwirt auf, dass Jockel blaue Gummihandschuhe trug und in jeder Hand eine große Tube hielt. Links eine rote mit der Aufschrift „Anistax" und rechts eine blaugelbe mit der Aufschrift „Schrunden-Salbe".

Plötzlich krakeelte eine leicht brüchige Stimme aus der Küche: „Wer ist denn da? Mir wird es kalt an den Beinen."

Jockel drehte sich um und rief langmütig zurück: „Ein alter Freund. Ich komm gleich, Mutter." Dann sagte er zu Will: „Ja, wie gesagt, es ist gerade schlecht. Vielleicht machen wir einen anderen Termin aus? Ich kann auch gerne mal zu euch kommen. Ich bin ja öfter mal beruflich in Saffelen, wenn ich bei Auto Oellers …"

Will schüttelte den Kopf. „Das ist überhaupt kein Problem, Jockel. Unser Omma hatte auch mit Krampfadern und rissige Füße zu tun. Die musste meine Frau auch regelmäßig mit Salbe eincremen. Das hat mich nie gestört."

Zu dritt saßen sie in der Küche und plauderten über allgemeine Themen, während Jockel seiner fast 90-jährigen Mutter ebenso geduldig wie gründlich die Beine einrieb, die es wirklich nötig hatten, denn sie glichen optisch einer Wasserstraßenkarte. Zum Glück war Will als Landwirt von Kälbchengeburten bis hin zu Ferkelkastrationen einiges gewöhnt, sodass er den Filterkaffee, den man ihm angeboten hatte, dennoch genießen konnte. Während Jockel cremte, erzählte Will ihm von seinem Buchprojekt und dem Grund für seinen spontanen Besuch. Nachdem die glitschige Prozedur beendet war, brachte Jockel seine Mutter ins Wohnzimmer und stellte ihr den Fernseher an. Dann kehrte er zurück und goss sich selbst auch einen Kaffee ein. „So, das hätten wir", keuchte er erleichtert. „Und du schreibst also jetzt ein Buch über unsere letzte Kegeltour?"

„Nicht nur über die Kegeltour, aber auch. Ich brauch noch ein paar lustige Anekdoten zur Auflockerung."

„Tja, ich weiß nur nicht, ob ich dir da eine große Hilfe bin", meinte Jockel. „Da solltest du vielleicht besser mit Kajo oder Horst sprechen. Die haben mit Sicherheit spannendere Geschichten auf Lager als ich."

„Mit Horst und Günni hab ich schon gesprochen", kam Will direkt auf eines seiner Anliegen zu sprechen. „Die können sich an alles Mögliche erinnern. Aber komischerweise nicht an Biggi Lechner. Hier, diese süße Blonde aus dem Frauenkegelclub. Und mir war eingefallen, dass an dem Abend, als wir alle zusammen im ‚Starclub' gestrandet waren, diese Riesendisko direkt im Hotel, dass du da mit die Biggi verschwunden bist. Ich hab gesehen, wie ihr euch die Jacken angezogen habt und nach draußen gegangen seid."

Jockel strich sich durchs Haar und dachte nach. „Weiß ich jetzt nicht. Vielleicht bin ich eine rauchen gegangen, aber ich bin bestimmt nicht mit Biggi rausgegangen."

„Doch natürlich. Ich erinner mich genau, dass ihr euch beim Rausgehen am Unterhalten wart. Und damals sind wir nie zum Rauchen nach draußen gegangen, höchstens zum Atmen. Haha. Auf jeden Fall seid ihr beide rausgegangen und nicht mehr zurückgekommen."

Jockels Mundwinkel zuckten. „Kann sein, kann aber auch nicht sein. Das ist schon so lange her."

„Komm Jockel", setzte Will hartnäckig nach, während er den ungeöffneten Zuckerstick knetete. „Jetzt lass dir doch nicht alles aus die Nase ziehen. Ich wunder mich, dass ich von alle Beteiligten weiß, was aus die geworden ist, nur nicht von diese Biggi Lechner."

Jockel runzelte die Stirn. Er schien irgendetwas abzuwägen, aber Will spürte, dass er mehr wusste als die anderen. Und so war es auch. „Also gut, wenn es deinem Seelenheil dient", begann Jockel und wählte seine Worte mit Bedacht. „Ich war ganz gut mit Biggi befreundet. Schon vor der Kegeltour, aber auch, nachdem sich unsere beiden Kegelclubs längst aufgelöst hatten. Wir hatten immer mal wieder Kontakt."

Will wurde hellhörig. „Wart ihr ein Paar?"

„Nein, wirklich nur gute Freunde", antwortete Jockel. „Kann sein, dass ich mir mehr erhofft hatte. Wir waren ja schließlich beide ungebunden, aber, na ja, so war es eben. Biggi ging's nicht gut zu der Zeit und ich hab mich ein bisschen um sie gekümmert."

„Inwiefern?"

„Na ja, zuerst eigentlich nur mit Gesprächen, später auch finanziell. Ich hab ihr Geld geliehen. Viel Geld. Und ich hab es bis heute nicht zurückbekommen. So viel zur ‚süßen‘ Biggi. Im Nachhinein, muss ich sagen, war ich sehr enttäuscht von ihr. Nachdem sie das Geld hatte, hat sie sich nie wieder bei mir gemeldet.“

Will hatte so gebannt zugehört, dass plötzlich der Zuckerstick in seiner Hand zerplatzte und sich die weißen Kristalle auf dem Tisch verteilten. Er kehrte sie schnell mit der Hand zusammen, bevor er nachhakte. „Du hast es bis heute nicht zurückbekommen? Wann hast du es ihr denn geliehen?“

„Das muss so Mitte, Ende November 1981 gewesen sein, ich kann mich erinnern, dass die ersten Weihnachtsmärkte aufmachten. Da haben wir uns nach ewigen Zeiten, in denen wir nur telefonischen Kontakt hatten, noch mal getroffen. Wir haben einen langen Spaziergang an der Tüschenbroicher Mühle gemacht und sie sagte mir, dass sie ein neues Leben beginnen möchte. Ich hab's ihr geglaubt. Und vor allen Dingen habe ich geglaubt, dass ich in diesem Leben eine Rolle spielen könnte. Sie hat es auch angedeutet oder ich hab's mir zumindest eingebildet, ist auch egal. Ich war jedenfalls ein ziemlicher Vollidiot. 20.000 Mark habe ich ihr in einem Umschlag gegeben. Sie hat mir versprochen, dass sie es nur zur Überbrückung bräuchte, weil sie im Januar das Erbe ihrer Oma antreten würde. Dann würde ich alles wieder zurückbekommen. Ja, Pustekuchen! Mit der Kohle ist sie dann über alle Berge. Und seitdem hab ich nie mehr was von ihr gehört.“

Will konnte kaum glauben, was er da hörte. Hatte sie sich deshalb ins Ausland abgesetzt? Er spürte, wie es ihm in den

Fingern juckte, der Sache auf den Grund zu gehen. Nachdem er sich bei Jockel für dessen offene Worte bedankt hatte, tauschten sie ihre Telefonnummern aus und beschlossen, in Kontakt zu bleiben.

Will stieg in seinen Wagen und dachte nach. Dann drückte er auf seinem Handy die Kurzwahltaste für „Peter Kleinheinz". Es klingelte ein paar Mal, bevor sich ein gut gelaunter Kommissar meldete: „Hallo Will, grüß dich. Ich bin gerade ... Moment ... Kalle, drück mal eben die Tür auf. Der Typ da draußen ist für mich ... Sorry, Will, da bin ich wieder. Ich hab jetzt gleich einen Termin. Der Harry bringt mir meinen Badmintonschläger zurück ... Harry, setz dich, nimm dir einen Kaffee. Sorry Will, da bin ich wieder. Was kann ich für dich tun?"

„Hör mal, Peter. Du hast doch gesagt, dass du jetzt im Innendienst eine ziemlich ruhige Kugel schiebst. Da könntest du mir mal ein großer Gefallen tun. Du hast doch gesagt, dass du in so eine internationale Fahndungsabteilung arbeitest, richtig?"

„Ja, so ähnlich."

„Kannst du bitte für mich herausfinden, wo eine gewisse Brigitte Lechner lebt? Die hat bis 1980 in Saffelen gewohnt. Könnte sein, dass die mittlerweile irgendswo im Ausland ist, vielleicht in Sri Lanka. Ich müsste die dringend ein paar Sachen fragen wegen mein Buch."

Es entstand eine kurze Pause, bevor Kleinheinz antwortete: „Ist das dein Ernst? Ich kann doch nicht einfach willkürlich Personen überprüfen, ohne Grund oder gerichtliche Anordnung. Nee, das geht nicht."

Will ließ nicht locker. „Es ist aber wirklich wichtig. Würde ich dich sonst damit belästigen?"

Der Kommissar seufzte laut vernehmlich und sagte: „Pass auf, ich schreib mir den Namen mal auf. Brigitte Lechner war das?! Ist das etwa die, von der du so geschwärmt hast? Diese Biggi? Na ja, ich guck, was ich tun kann, aber ich kann dir wirklich nichts versprechen.“

„Schon klar, das hab ich verstanden“, erwiderte Will erfreut. „Mach dir kein Stress. Es reicht mir völlig, wenn ich die Adresse bis morgen bekomme.“

Kajo

14

Samstag, 14. September 2019, 11.46 Uhr

Hastenraths Will hakte auf seiner Liste den Namen „Joachim Wolters“ ab. Er war froh, dass er im Moment zwangsweise etwas Ruhe verordnet bekommen hatte, denn seine Recherchen stellten sich als mühseliger und zeitaufwendiger heraus, als er gedacht hatte. Erst drei von acht Kandidaten hatte er abgeklappert. Eidams Theo würde er heute Abend aufsuchen und bei Heribert Oellers musste er ohnehin vorstellig werden, damit der sich noch mal den Auspuff ansehen konnte, der trotz TÜV-Plakette beunruhigende Geräusche machte. Auch diesmal, als er den Wagen startete, dröhnte es wieder aus dem Rohr, als wenn ein asthmatischer Hirsch die Brunftzeit einläutete. Ausgerechnet jetzt, wo Will mehr denn je auf seinen Wagen angewiesen war, denn von Wassenberg aus ging es stramme 30 Kilometer nach Süsterseel, zurück in den Selfkant. Zumindest kannte er sich dort aus.

Der Nächste auf seiner Liste war nämlich Karl-Josef „Kajo“ Krings, seines Zeichens Architekt, Schürzenjäger und Großmaul. Will mochte ihn dennoch, weil er sich trotz seiner bisweilen herablassend-überheblichen Art stets eine gewisse Hemdsärmeligkeit bewahrt hatte, die ihn irgendwie auch wieder sympathisch machte. Im Gegensatz zu Jockel hatte Will sich bei Kajo angemeldet. Und so führte ihn sein Weg in das idyllische Süsterseel, wo der Architekt mit seiner Frau Henriette lebte. Die beiden erwachsenen Kinder waren längst aus dem Haus, sodass die beiden sich nun die 500 Quadratmeter Wohnfläche teilten. Will und Marlene waren vor vielen Jahren einmal auf dem beeindruckenden Anwesen zu einer Grillparty anlässlich eines runden Geburtstags eingeladen gewesen. Das Grundstück hinter dem Haus hatten sie als noch spektakulärer empfunden als die mit allem erdenklichen Luxusinterieur ausgestattete Villa, die in ihrer Perfektion jedoch deutlich zu steril auf sie gewirkt hatte. Der parkähnliche Garten mit seinem alten Baumbestand hingegen wurde von einem traumhaft schönen Waldstück eingerahmt, das ebenfalls Kajo gehörte. Auf der weitläufigen Rasenfläche, die erst am Rodebach endete, gab es einen überdachten Grillplatz mit eleganten Loungemöbeln, eine stilvolle Remise, die als Holzlager für die beiden Kamine, einer innen, einer außen, diente, sowie einem großen, beheizten Swimming-Pool mit kleinem Wasserfall.

Als Will seinen klappernden Mercedes in den Privatweg lenkte, der zum versteckt gelegenen Anwesen führte, knirschte der Kies unter den Reifen. Der Baustil der Architektenvilla erinnerte mit seinen kleinteiligen Sprossenfenstern mit Fensterläden und kleinen Erkern an die Herrenhäuser des Landadels. Vor dem Haus standen drei Autos: ein Porsche Panamera, ein Maybach Cabriolet und ein silberner Mercedes, allerdings ein etwas neueres Modell als das von Will. Der Landwirt parkte seinen Wagen direkt daneben und ging zur Haustür, die von zwei hohen Säulen eingerahmt war.

Henriette Krings empfing den alten Freund mit ausladender Gestik. Sie war, wie immer, perfekt geschminkt und trug elegante Kleidung. „Komm rein, Will“, rief sie erfreut. „Schön, dich mal wieder zu sehen. Man liest ja immer nur von dir in der Zeitung. Geh schon vor auf die Terrasse. Ich bring euch noch schnell Getränke raus. Ich bin nämlich leider auf dem Sprung zum Friseur. Was darf ich dir anbieten? Sicher einen guten Cognac und eine Zigarre, oder?!“

„Das ist lieb, Henriette“, antwortete Will. „Aber für mich bitte nur ein Wasser.“

Die Verwunderung spiegelte sich zwar überdeutlich in ihrem Gesicht, aber als Dame, die sie nun mal war, schwieg Henriette diskret und verschwand in der Küche.

Will schritt über feinsten Marmor durch den Flur ins Wohnzimmer. Es fühlte sich ganz und gar falsch an, mit Gummistiefeln über den edlen, weißen Stein zu gehen und das Quietschen der Sohle hallte in seinem Ohr wie ein Klagegewimmer des edlen Bodenbelags. Das einladende, helle Wohnzimmer mit der Fensterfront zum Garten, einem offenen Kamin und einem Fernseher von der Größe einer Tischtennisplatte war ohne Zweifel der Mittelpunkt des Hauses. Eine breite Treppe führte hinauf auf eine Galerie, die sich wie eine Empore rund um den nach oben offenen Wohnbereich zog. Will trat vorsichtig durch die geöffneten, bodentiefen Fenster auf die riesige Holzterrasse, auf der Kajo ihn schon von Weitem mit einem in die Höhe gestreckten Glas begrüßte. In dem Glas steckte eine aufgespießte Olive. Kajo lag auf einer Holzliege am Rande der Veranda, von wo man einen herrlichen Blick über den etwas tiefer gelegenen Gartenbereich hatte. Er trug ein Polohemd mit hochgeschlagenem Kragen, Bermudashorts und hatte die nackten Füße übereinandergeschlagen. Mit einer lässigen Handbewegung bot er Will ebenfalls eine Liege an, aber mit Rücksicht auf seinen Rücken zog der sich lieber einen der Gartenstühle heran, die um einen riesigen Teakholztisch standen.

„Will, alter Klappspaten“, begrüßte Kajo seinen alten Freund so plump vertraulich, wie man ihn kannte. „Ich hab mich richtig auf deinen Besuch gefreut. Du musst mir unbedingt alles über deine Abenteuer erzählen. Vor allem die Sache, wo du es mal mit der Mafia aufgenommen hast*. Auch einen Martini als kleine Kehlkopftaufe? Oder doch lieber direkt einen Dujardin? Das war doch immer deine Marke, oder?“

Will winkte ab, während er sich ächzend auf dem Holzstuhl niederließ. „Nee danke, heute mal nicht. Die Henriette bringt mir gleich ein Wasser raus.“

Kajo richtete sich kerzengerade auf und rief mit gespieltem Entsetzen. „Wie bitte? Du bist doch wohl nicht krank, oder?“

„Na ja, ein bisschen leider schon“, erwiderte Will mit bedröppelter Miene. „Ich hab ein paar Herzprobleme und soll im Moment was kürzertreten.“

„Oh, tut mir leid, das wusste ich nicht“, erwiderte Kajo und setzte sich auf die Kante seiner Liege, um Will in die Augen sehen zu können. „Aber wir sind alle nicht mehr die Jüngsten. Seit meiner Krebserkrankung hab ich auch mal ein paar Gänge runtergeschaltet. Hast du ja sicher mitbekommen? Ich hatte vor drei Jahren Prostatakrebs. Leider hab ich die Warnzeichen ignoriert und bin erst zum Arzt, als sich schon Metastasen gebildet hatten. Schöne Scheiße. Nach der Chemo hab ich mein Leben komplett geändert. Ich arbeite nur noch, wenn ich Lust habe,

*Die Geliebte des Mörders

und ansonsten genieße ich meine Zeit. Wer weiß, wie viel uns davon noch bleibt? Solltest du vielleicht auch mal machen. Du siehst nämlich gar nicht gut aus, wenn ich dir das mal so offen sagen darf."

Noch bevor Will antworten konnte, kam Henriette mit einem Tablett dazu. Sie zog Will einen kleinen Beistelltisch heran und stellte darauf zwei Kristallgläser und eine Karaffe mit Wasser ab, in dem mehrere Zitronenscheiben schwammen. „Kann ich dir sonst noch was Gutes tun, Will? Vielleicht ein paar Plätzchen?"

„Nein danke, leider nicht."

Sie wendete sich an ihren Mann. „Ich bin dann zum Friseur, Karl-Josef. Und anschließend noch kurz bei Renate wegen der Vorbereitungen zu unserer Charityveranstaltung. Macht euch einen schönen Nachmittag."

Kajo erhob sich und gab seiner Frau einen Kuss, die daraufhin wieder im Haus verschwand. Will war überrascht. So aufmerksam hatte er seinen Freund von früher her nicht in Erinnerung. Im Gegenteil: Wenn man damals im Lexikon unter „Macho" nachgeschlagen hätte, hätte dort ein Foto von Kajo erscheinen müssen. Die Krankheit schien ihn verändert zu haben.

Der Architekt goss sich und Will aus der Karaffe ein. „Erzähl", sagte er ungeduldig. „Was führt dich zu mir? Am Telefon hast du sehr geheimnisvoll geklungen."

Will nahm einen Schluck Wasser und zeigte sich sehr angetan vom zitronigen Geschmack. Er ließ seinen Blick über den gepflegten Rasen schweifen, auf dem mehrere Mähroboter, die er im ersten Moment für wuselnde Maulwürfe gehalten hatte, soldatisch-gewissenhaft ihren Dienst versahen. „Wie du eben schon sagtest“, begann Will mit nachdenklicher Stimme. „Wir wissen nicht, wie lange uns noch bleibt, und deshalb hab ich mir überlegt, ein Buch über mein Leben zu schreiben.“

Kajo runzelte die Stirn. „Na ja, warum nicht? Krimis verkaufen sich immer gut. Ich würd’s mir auf jeden Fall kaufen. Schon allein wegen der Mafiageschichte.“

„Es geht aber nicht nur um die Kriminalfälle. Ein Kapitel handelt auch von unsere legendäre letzte Kegeltour 1980 zum Sauerlandstern.“

Kajo knuffte Will mit der Faust in die Seite. „Ah verstehe, du alter Halunke. Du gehst direkt aufs Ganze. Sex and Crime. Das läuft natürlich noch besser. Aber ich hoffe doch sehr, dass du unsere Namen abänderst. Sonst kann ich hier anschließend meine Koffer packen. Hahaha.“

„Keine Sorge. Ich werde das alles sehr diskret behandeln. Mit Horst, Günni und Jockel hab ich bereits gesprochen und die haben mir schon ein paar richtig gute Geschichten erzählt.“ Er zog seinen Notizblock aus der Tasche.

„Ich hoffe, nicht die Sache mit den Fahnenmasten …?“, fragte Kajo mit gespielter Sorge. Als Will grinste, musste auch Kajo lächeln. „Ach egal, war eine coole Aktion. Hauptsache, du lässt die Frauengeschichten raus. Mit Horst und Günni hat man immer viel Spaß gekriegt. Mit den beiden hab ich heute noch viel zu tun, aber das haben sie dir sicher schon erzählt. Wir machen ja viele Bauprojekte zusammen. Privat hat es etwas nachgelassen. Bis vor zehn Jahren oder so sind wir mit Horst und Anneliese sogar noch regelmäßig in Urlaub gefahren. Manchmal mehrmals im Jahr. Skiurlaube, Fernreisen, Fahrradtouren an die Mosel, alles.“

Will blätterte in seinen Aufzeichnungen. „Ach ja, richtig, eure gemeinsamen Urlaube. Davon hatte Horst gesprochen. Günni dagegen hatte mir erzählt, dass Horst nie Urlaub gemacht hätte, sondern immer von morgens bis abends geschuftet hätte."

„Beides stimmt. Anfangs hat Horst keinen Urlaub gemacht. Der alte Brauweiler hätte ihm den Arsch aufgerissen, wenn er nur den Wunsch geäußert hätte. Aber kurz nach dessen Tod 1985 hat Horst es etwas lockerer angehen lassen. Warum auch nicht? Er hatte immer ein gutes Näschen fürs Geschäft. Hat er heute noch. Der Laden brummt."

Will nahm noch einen Schluck Wasser und wechselte dann das Thema. „Ich war eben bei Jockel Wolters. Du erinnerst dich, unser eiserner Junggeselle. Dabei ging es auch um Biggi Lechner, da war der Jockel gar nicht gut drauf zu sprechen. Kannst du dich an die noch erinnern?"

Kajo legte die Hände in den Nacken. „Oh jaaaa", rief er und seine Gedanken schienen in der Zeit zurückzuwandern. Ein süffisantes Lächeln umspielte dabei seine Lippen. „Biggi Lechner. Was für eine tolle Frau! Kein Wunder, dass Jockel da keine guten Erinnerungen dran hat. Er ist bei ihr ja nie zum Schuss gekommen. Auf der Kegeltour hat er doch auch einen Korb von der bekommen. Überleg mal – ein Korb auf einer Kegeltour! Was für ein Verlierer."

„Kannst du dich noch erinnern, wann das war?"

„Ja klar. Das war an unserem letzten Abend, an dem Samstag." Will runzelte die Stirn. „Bist du sicher? An dem Abend hab ich nämlich beobachtet, wie Jockel und Biggi zusammen der Starclub verlassen haben und keiner von beiden wieder zurückgekommen ist."

„Hundertprozentig sicher. Ich hab die beiden doch gesehen. Vorm Starclub. Da hat Jockel versucht, sie zu küssen, aber sie hat ihm eine gedonnert und da ist er beleidigt abgezogen."

„Was hast du denn vor dem Starclub gemacht?"

Kajo nahm wieder sein Martiniglas zur Hand und schob sich die Olive in den Mund. „Na, ich hab auf Biggi gewartet."

„Du hast ... was?" Will wäre fast der Stift aus der Hand gefallen.

„Wir waren draußen verabredet. Knick-knack, verstehst du? Ist doch klar, dass sie Jockel wegschickt. Wer will schon einen verbeulten VW Käfer, wenn er einen Ferrari haben kann?"

Will musste sich erst mal sammeln. Leicht geschockt stammelte er: „Du willst doch nicht etwa sagen, dass du und Biggi …? Hast du nicht am Abend vorher noch mit die Fine … da habt ihr doch in ‚Leos Bierkeller' rumgeknutscht."

Kajo strich sich durchs fein frisierte Haar. „Na ja, man muss die Zeit ja auch nutzen. So ein Wochenende ist kurz. Die Fine war ein scharfes Luder, aber die Biggi hatte Klasse."

„Hast du etwa an dem Samstagabend mit die Biggi …?"

„Na klar, was denkst du denn? Aber davon will ich nichts in deinem Buch lesen. Du weißt ja: ‚Was in Willingen passiert …"

„…bleibt in Willingen'", vollendete Will tonlos und ließ den Stift sinken.

Der zugezogene Hipster

15

Samstag, 14. September 2019, 16.04 Uhr

Richard Borowka zog an seiner Zigarette und blies Ringe in die Luft, die sich langsam in der lauen Spätsommerluft verflüchtigten. Fredi Jaspers beobachtete ihn dabei und hatte plötzlich ein Déjà-vu. Exakt die gleiche Szene glaubte er, schon einmal erlebt zu haben. Im Dezember 2009 hatten die beiden Freunde genauso auf der damals schon verwitterten Parkbank hinter der Kirche gesessen. Und genau wie damals saßen sie auch jetzt auf der Rückenlehne, hatten ihre Wildlederstiefeletten auf der Sitzfläche abgestellt, rauchten eine nach der anderen und spuckten zwischendurch auf den Boden. Vor knapp zehn Jahren war es ein Abschiedstreffen gewesen, weil Fredi seine Heimat in Richtung Berlin verließ*. Heute saßen sie dort, um die Zeit totzuschlagen, denn von hier aus hatte man einen guten Blick auf den kleinen Spielplatz, den der Verein der Garten- und Blumenfreunde vor zwei Jahren in Eigenleistung auf dem Kirchengelände errichten durfte. Borowka musste sich um seinen fünfjährigen Sohn Jerome kümmern, weil Rita die Spätschicht im „Sonnenstudio Karibik“ übernommen hatte. Fredi leistete ihm Gesellschaft, da er zum einen nichts mehr

* Das Auge des Tigers

zu tun hatte, seit er sich von Sabrina getrennt hatte, und zum anderen, weil er etwas auf dem Herzen hatte.

Borowka schnippte seine aufgerauchte Kippe weg und erhob sich leicht aus seiner Position, als er in der Nähe des Sandkastens etwas beobachtete. Mit drohender Stimme brüllte er quer über die Wiese: „Jerome! Hör gefälligst auf, der rothaarige Heini mit die Schüppe aufen Kopf zu hauen. Die war teuer, die Schüppe."

Er setzte sich wieder, zog eine zerknitterte Packung Marlboro aus der Hemdtasche und hielt sie Fredi wortlos hin. Nachdem der sich eine Zigarette genommen hatte, zog Borowka seine mit dem Mund heraus. Fredi zündete beide mit seinem Benzinfeuerzeug, einem Erbstück seines Onkels, an. Er nahm einen tiefen Lungenzug und versuchte ebenfalls, Ringe in die Luft zu blasen, was ihm aber nicht annähernd so gut gelang wie seinem Kumpel. Er musste sogar husten dabei. „Wo hast du das eigentlich gelernt, die Ringe so kunstvoll ineinanderzublasen?"

„Ich glaub, das hab ich von mein Vater geerbt. Der kann das auch super."

„Tolle Wurst", erwiderte Fredi mit gespielter Enttäuschung. „Das Einzigste, was ich von meinem Alten geerbt hab, sind Hämorrhoiden."

Sie lachten. Eine Weile beobachteten sie amüsiert, wie Jerome die körperlich unterlegenen Kinder beiseiteschubste, um immer wieder als Erster auf die Rutschbahn zu klettern.

Irgendwann brach Fredi das Schweigen. „Hör mal, ich hatte dir doch von das Desaster beim Speeddating erzählt. Jetzt hat sich aber tatsächlich eine Frau gemeldet, die gerne mit mir ..."

„Du hast ein Match? Das ist ja der Hammer!“, fiel Borowka ihm begeistert ins Wort.

„Ja schon, aber das Problem ist: Ich hab keine Ahnung, wer von die sechs Frauen das sein soll. Ich hatte nicht der Eindruck, dass es bei eine von die gefunkt hat.“

„Egal. Hauptsache, das ist nicht die Dicke aus Prummern. Wie hieß die noch?“

„Uschi. Dabei konnte man sich mit die noch am besten unterhalten. Jetzt stell dir mal vor, das ist diese Manuela, die mich gefragt hat, ob ich ein perverser Stalker wär.“

„Das wär die Härte“, rief Borowka und schlug sich lachend aufs Knie. „Oder hier, diese vegane Trockenpflaume.“

Fredi wackelte mit dem Kopf. „Na ja, so verkehrt war die gar nicht. Und was das Essen angeht, würde man bestimmt auch ein Mittelweg finden für mich als Fleischesser und sie als Veganerin. Was weiß ich? Kohlrouladen oder so. Was ich viel schlimmer an die fand, war der Name: Wiebke! Das hört sich doch total unerotisch an.“

„Das stimmt wohl“, bestätigte Borowka und verstellte lachend seine Stimme: „Ich komme! Ich komme! Jaaa, Wiebke! Ach du Scheiße, das geht gar nicht! Hahaha.“

Die anderen Eltern, die auf der Bank direkt am Spielplatz saßen, drehten sich verärgert um und schüttelten den Kopf, aber Borowka ließ sich davon nicht irritieren. „Aber ich glaub, mit Veganer macht Sex sowieso kein Spaß.“

„Wieso das denn nicht?“

„Die sind doch bestimmt viel zu schwach dafür. Das sind doch so Gemüselutscher. Die essen bloß Vogelfutterknödel und so Sachen.“

„Das ist doch totaler Quatsch“, meinte Fredi und überlegte weiter, um wen es sich bei seinem Match handeln könnte. „Wer eigentlich ganz nett war, das war diese Angelika aus Schafhausen. Die war zwar ein bisschen blass, aber wenn die sich mal schön vollschminkt, macht die bestimmt was her. Und die fand das auch echt cool, dass ich in der Automobilindustrie arbeite. Das einzigste Problem: Die will unbedingt Kinder haben.“

„Oh, das ist natürlich schlecht, weil du ja nur mit Platzpatronen schießt“, gab Borowka zu bedenken. „Andererseits musst du die das natürlich nicht verraten. Dann lässt die dich Tag und Nacht ran. Denn das kann ich dir aus eigene Erfahrung sagen: Wenn es einmal geklappt hat und die Frau schwanger ist, dann kannst du erst mal jahrelang wieder auf Handbetrieb umstellen. Seit der kleine Scheißer da ist, seh ich der Hallodrische Komet öfters am Himmel als meine Frau nackt.“

„Das tut mir leid“, sagte Fredi mitfühlend. „Aber ich weiß auch gar nicht, ob ich schon wieder bereit bin für eine feste Beziehung. Das ist ja bisher nie gut gelaufen. Erst Martina, dann Sabrina. Die sind mir beide fremdgegangen.“

„Ja gut. Das würde ich aber jetzt nicht auf deine sexewellen Fähigkeiten zurückführen …“

„Das tu ich doch gar nicht“, entrüstete sich Fredi. „Ich wollte damit nur sagen, dass man sich immer viel zu viel Gedanken macht um die ganze Vögelei und dadurch …“

„Entschuldigung!“ Fredi und Borowka zuckten zusammen. Sie hatten den jungen Mann gar nicht kommen gehört, der plötzlich unmittelbar vor ihrer Bank stand und sie mit strengem Blick musterte. „Ich störe nur ungern Ihre geistreichen Gespräche, aber würden Sie bitte mal ein Auge auf das kleine dicke Kind werfen, das die anderen ständig ärgert. Ein bisschen Erziehung würde dem Rotzlöffel nicht schaden."

Borowka betrachtete den Mann, der ein fliederfarbenes Ralph-Lauren-Hemd mit farblich passendem Strickpullover trug, den er um den Hals gebunden hatte. Dazu eine enge Röhrenjeans und Sneaker ohne Socken. Das musste einer von diesen schnöseligen jungen Heinis sein, die sich seit geraumer Zeit im Saffelener Neubaugebiet breitmachten und meinten, sich im Dorf aufspielen zu dürfen.

Borowka erhob sich langsam von der Bank, warf die Zigarette auf den Boden und trat sie mit seinen Stiefeletten aus. Dann baute er sich vor dem jungen Mann auf und sagte: „Hör mal zu, Arschloch. Hab ich das gerade richtig verstanden? Du bist der Meinung, mein Sohn wär schlecht erzogen?"

„Ich kann mich nicht erinnern, Ihnen das ‚Du' angeboten zu haben", antwortete der Mann ungerührt und strich sich mit der Hand durch sein seitengescheiteltes Haar.

Borowka schürzte die Lippen. „Na gut, dann eben: *Sie* Arschloch! Seh ich vielleicht aus wie eine Bratwurst oder warum gibst du hier ungefragt dein Senf dazu? Du hast mir gerade noch gefehlt in mein Panini-Idioten-Sammelalbum. Möchtest du gerne wissen, wie es ist, wenn man mit gebrochene Finger seine Zähne aufsammelt?"

„Was sind das denn für peinliche 80er-Jahre-Sprüche? Passen Sie auf, ich möchte keinen Streit. Ich möchte lediglich darauf hinweisen …"

„Verpiss dich einfach", unterbrach Borowka ihn barsch.

Der Mann blieb jedoch stehen und schubste Borowka, der daraufhin leicht ins Straucheln geriet. Fredi, der das Geschehen bisher belustigt verfolgt hatte, sprang geistesgegenwärtig von der Bank herunter und wollte dazwischengehen, da er von unzähligen Auseinandersetzungen in Himmerich wusste, was nun passieren würde. Aber er kam Sekunden zu spät. Borowka schubste den Mann zurück und noch während der nach hinten torkelte, verpasste er ihm in schneller Folge eine Rechts-Links-Kombination, die knapp oberhalb von dessen Nase einschlug und ein unangenehmes Knacken verursachte. Der Mann fiel wie ein gefällter Baum rückwärts ins Gras und blieb regungslos liegen. Vom Spielplatz hörte man spitze Schreie der beiden Frauen, die zuvor mit dem Mann auf der Holzbank am Sandkasten gesessen hatten.

Fredi zog Borowka zur Seite und redete auf ihn ein: „Komm, lass uns abhauen. Das gibt doch bloß wieder Ärger."

Borowka schüttelte seine schmerzende Schlaghand aus und brüllte in Richtung Spielplatz: „Jerome! Komm, wir gehen nach Hause. Ich möchte nicht, dass du mit die Asis aus dem Neubaugebiet spielst."

Buschi

16

Montag, 16. September 2019, 9.51 Uhr

Will hatte vor dem Schild „Für Kunden der Spar- und Darlehnskasse Orsbeck“ eingeparkt und war gerade dabei, sich abzuschnallen, als sein Handy klingelte. Hastig fummelte er es aus der Hosentasche, verhedderte sich dabei fast in seinem Gurt und schaffte es gerade noch rechtzeitig, das Gespräch anzunehmen, bevor sich die Mailbox einschaltete. „Ja bitte?! Will hier am Apparat. Also, ich mein Hastenrath, also Hastenraths Will. Wer ist da?“

Ein entferntes Lachen drang an sein Ohr. „Hallo Will. Immer noch der alte Hektiker. Du musst mal was ruhiger werden, sonst kriegst du irgendwann noch einen Herzinfarkt.“

„Schon fast passiert“, antwortete Will. „Aber mir geht es schon wieder besser.“

„Oh, das tut mir leid. Das wusste ich nicht. Kann ich irgendwas für dich tun? Hast du etwa Ärger mit der Krankenkasse?“ Werner Laumen klang ernsthaft besorgt. Er hatte die unbekannte Nummer zurückgerufen, nachdem Will ihn zuvor auf seiner Arbeitsstelle bei der Barmer Ersatzkasse in Köln nicht erreicht hatte.

„Nein, alles gut", antwortete Will und drehte das Radio leiser, aus dem alte Schlager dudelten. „Ich ruf wegen was anderes an. Und zwar schreib ich ein Buch über mein Leben und ein Kapitel dadrin ist unsere letzte Kegeltour mit ‚Die Freunde der Nacht'."

„Ach du Scheiße", stöhnte Werner am anderen Ende. „Du meinst die Fahrt 1980?! Die war nicht nur das Ende von unserem Kegelclub, sondern auch das Ende meiner Ehe. Da kannst du dir in etwa vorstellen, wie gern ich mich daran zurückerinnere."

Will war klar gewesen, dass die Erinnerung an den Kegelausflug bei Werner Laumen bestenfalls gemischte Gefühle hervorrufen würde. Während bei allen anderen lediglich scheibchenweise durchgesickerte Gerüchte für reichlich Unmut und schief hängenden Haussegen gesorgt hatten, war Werner ein ganz konkretes Opfer der Umstände geworden. Er war seinerzeit nämlich in flagranti in seinem Hotelzimmer erwischt worden, und zwar von seiner Ehefrau höchstpersönlich, die ihm einen Überraschungsbesuch zum Hochzeitstag abstatten wollte und dabei für einen Koitus interruptus sorgte, der gleichzeitig das Ende einer ohnehin turbulenten Ehe einläutete. Letztlich handelte es sich um eine Verkettung unglücklicher Umstände, die Werner aber nach knapp 40 Jahren verdaut zu haben schien. Zumindest konnte er mittlerweile darüber lachen.

„Meine Fresse, war das peinlich, wie meine Frau da plötzlich Sonntag frühmorgens mit der Packung ‚Mon cherie' im Zimmer stand. Oh Mann, ich bin ihr dann noch in der Unterhose hinterhergelaufen über den Flur bis in den Frühstücksraum." Nach einer kurzen Pause fügte er hinzu: „Ich wär dir sehr verbunden, wenn das nicht in deinem Buch auftauchen würde." Werners herzhaftes Lachen ging in einen Hustenanfall über.

„Nein, natürlich nicht", bekräftigte Will. „Ich bin ja froh, dass du so locker damit umgehst. Mir geht es eigentlich mehr um der Samstagabend und was da so alles passiert ist."

„Du meinst, im Star Club?"

„Ja, genau. Kannst du dich noch grob dadran erinnern, was an dem Abend passiert ist?" „Na ja, vor allem kann ich mich daran erinnern, dass wir mit diesem Frauenkegelclub aus Wuppertal ins Gespräch gekommen sind. Da waren ein paar echt heiße Geräte dabei, aber die meisten interessierten sich natürlich wieder nur für Kajo. Doch als der plötzlich verschwunden war, bin ich zum Zuge gekommen. Am Ende bin ich bei der Molligen hängen geblieben, mit der meine Frau mich am nächsten Morgen bei mir im Zimmer erwischt hat. Wie hieß die noch mal? Keine Ahnung. Ich glaub, die hatte ein Nagelstudio in Oberbarmen."

Genau darauf wollte Will hinaus. „Stimmt, dieser Kegelclub aus Wuppertal. Du warst aber doch immer und überall mit der Kajo zusammen. Euch gab es doch nur im Doppelpack. War das an der Abend auch so?"

Nach einer kurzen Pause antwortete Werner: „Boah, du stellst Fragen. Ich war dicht wie eine Raumkapsel, woher soll ich das heute noch wissen? Obwohl, jetzt wo du fragst …"

„Ja?"

„Der Kajo ist irgendwann verschwunden und nicht mehr zurückgekommen. Da hab ich mich noch gewundert."

Will hatte seinen Notizblock und einen Stift gezückt und hakte nach. „Hast du ihn gefragt, wo er war?"

„Bestimmt. Hmm, Moment … Ach ja, er hat gesagt, dass er die kleine Blonde vernascht hätte aus dem Saffelener Kegelclub. Wo ich noch zu ihm gesagt hab: man wildert doch nicht im eigenen Revier! Er soll sich lieber an die Wuppertaler halten, die sieht man nie mehr wieder. Aber er sagte, er hätte ihr einfach nicht widerstehen können. Wie hieß die denn noch mal? Das war so eine Hübsche mit langen blonden Haaren …"

„Biggi! Biggi Lechner", sagte Will.

„Ja richtig. Was ist eigentlich aus der geworden?"

„Keine Ahnung", antwortete Will knapp. „Hör mal, Werner, ich hab jetzt gleich ein wichtiger Termin. Kann ich dich bei Gelegenheit noch mal anrufen wegen die Sache?"

„Jederzeit. Ich krame derweil mal ein bisschen in Erinnerungen. Macht Spaß."

Will drückte ihn weg und lehnte sich im Fahrersitz zurück. Im Radio lief „Adios Amor". Er zog den Zündschlüssel ab und Andy Borg verstummte.

Wenig später betrat Will die leere Schalterhalle der Spar- und Darlehnskasse Orsbeck. Als er an die Theke trat, sprang hinter der Trennscheibe eine Frau mittleren Alters, die ihr langes Haar zu einem strengen Dutt zusammengesteckt hatte, auf und kam auf ihn zu. Neben dem Genossenschaftsbanklogo auf ihrem Namensschild stand „Frau Donrath".

„Guten Tag, was kann ich für Sie tun?"

„Guten Tag. Wilhelm Hastenrath mein Name. Ich hab ein Termin mit der Herr Buschhüter. Ich bin wohl was früh dran."

Die Frau sah sich zu einer verschlossenen Tür um und sagte: „Der Chef ist gerade noch im Kundengespräch. Das kann aber nicht mehr lange dauern. Wenn Sie so lange da hinten Platz nehmen möchten, da liegen auch ein paar Zeitschriften."

Nachdem Will in der kleinen Sitzecke eine Weile lustlos durch ein abgegriffenes Spadaka-Magazin geblättert hatte, öffnete sich die Tür zum Hinterzimmer. Hermann-Josef Buschhüter kam mit einer älteren weißhaarigen Dame heraus, die sich auf einen Stock stützte. Er hatte sich bei ihr untergehakt und geleitete sie vorsichtig zum Ausgang. Währenddessen redete er auf sie ein: „Seien Sie versichert, Frau Jakobs. Ihr Geld ist bei uns in den besten Händen … Vorsicht, Stufe … Und, wie versprochen, ich werde mich höchstpersönlich um Ihre Angelegenheiten kümmern. Wir machen alles so weit fertig und Sie kommen dann morgen zum Unterschreiben vorbei."

Nachdem er die alte Dame winkend vor der Tür verabschiedet hatte, kehrte er zurück und rieb sich die Hände. „Moni, endlich können wir das Sparbuch von der alten Schachtel auflösen. Ich habe ihr einen Investmentfonds aufs Auge gedrückt, wo wir wenigstens eine fette Provision dran haben. Und dann werde ich ihr morgen noch …"

„Herr Buschhüter", unterbrach seine Angestellte ihn eilig und deutete mit ihrem Kopf mehr oder weniger auffällig in die von einer großen Topfpalme verdeckte Sitzecke. Will erhob sich ächzend aus dem viel zu tiefen Sitzmöbel und kam dem Filialleiter entgegen.

„Ach, Will. Du bist schon da …? Hatten wir nicht gesagt … ist egal. Komm durch in mein Büro. Frau Donrath, würden Sie uns bitte Kaffee bringen und etwas Gebäck. Aber von dem guten. Viel Zucker, richtig?"

Will hatte ihn mittlerweile erreicht und gab ihm die Hand. „Nein, für mich bitte kein Zucker. Und auch keine Plätzchen, wenn's geht. Schon mal gar keine leckeren."

Das Büro eines Bankfilialleiters hatte Will sich wesentlich mondäner vorgestellt, mindestens so wie das von Horst Lipka.

Stattdessen betrat er einen schmucklosen Raum von höchstens 15 Quadratmetern. Hinter einem einfachen Schreibtisch stand ein in die Jahre gekommener Bürostuhl mit hoher Lehne. Neben einem spärlich mit Fachliteratur gefüllten Regal hing eine große, gerahmte Fotografie der Burg Wassenberg, dem Wahrzeichen der Kommune, zu der auch Orsbeck gehörte. Buschhüter bot dem Landwirt den Besucherstuhl an, der relativ hart und unbequem war, wahrscheinlich, damit man es sich nicht allzu gemütlich machte und den Chef nicht zu lange von seiner wichtigen Arbeit abhielt.

„Willkommen in meinem Reich", rief der Filialleiter, nachdem Frau Donrath die Tür hinter sich geschlossen und Will sich gesetzt hatte. Während er dem Landwirt Kaffee aus der abgestellten Kanne eingoss, fragte er neugierig: „Was führt dich zu mir? Du sagtest am Telefon was von Recherchen für ein Buch. Hört sich spannend an. Worum geht's?"

Will räusperte sich und erzählte von seinen Herzproblemen und der inneren Erleuchtung, die damit einhergegangen war. Buschhüter lauschte interessiert und nickte zwischendurch immer mal wieder. Als Will auf das Buch und auf die letzte Kegeltour der „Freunde der Nacht" zu sprechen kam, verzog der Banker kurz den Mund, behielt ansonsten aber sein Pokerface bei. Will beobachtete jedoch weiterhin jede noch so kleine Gefühlsregung, während er in unverdächtig-plauderhaftem Ton davon berichtete, mit wem er bereits gesprochen und welche Informationen er von wem erhalten hatte. Hermann-Josef Buschhüter war für ihn der große Unbekannte in der Geschichte. Schon zu aktiven Kegelzeiten hatte er mit ihm am wenigsten anfangen können, da er meist schweigend in der Ecke saß und dem bunten Treiben zusah. Hinzu kamen die Informationen, die er von Fine erhalten hatte. Ständig stellte er sich während seines Vortrags Buschhüter statt im perfekt sitzenden Anzug in engen Lederklamotten und statt beim ernsthaften Zuhören bei wilden SM-Spielen vor. Er musste sich zwingen, die Bilder aus seinem Kopf zu verscheuchen, während er sprach.

Hermann-Josef Buschhüter lehnte sich nach vorn und nahm einen Kugelschreiber in die Hand. Während er leise und mit bedächtiger Stimme zu sprechen begann, klackerte er die Mine rein und raus. „Ich weiß nicht, ob ich dir so viel Neues berichten kann. An diese Biggi kann ich mich kaum erinnern. Ich glaube, wir haben uns mal kurz unterhalten, mehr nicht. An diese Fine allerdings umso mehr. Die hat damals mächtig an mir rumgebaggert, aber das war für mich natürlich tabu. Ich war ja zu der Zeit schon verheiratet."

Er hielt wie zum Beweis den Finger mit seinem Ehering in die Luft. Will musste in sich hineinschmunzeln. Ja, ja, verheiratet, dachte er. Lügt, ohne rot zu werden. Zum einen hielt der Landwirt Fine für absolut glaubwürdig und zum anderen war ihm im Schalterraum schon aufgefallen, dass Hermann-Josef und Moni, respektive Frau Donrath, ganz offensichtlich mehr als eine rein kollegiale Beziehung verband – und das, obwohl Will nur einen schwach ausgebildeten Radar für emotionale Schwingungen besaß. Der Ortsvorsteher konnte allerdings nachvollziehen, warum die Frauen sich nach dem Banker verzehrten. Einerseits war es seine stille Art, die ihm eine geheimnisvolle Aura verlieh, andererseits sah er nach wie vor bestechend gut aus. Hermann-Josef war von allen Kegelbrüdern mit Abstand am besten gealtert. Er hatte immer noch volles, dunkles Haar, sehr markante Gesichtszüge und eine durchtrainierte Figur, die in seinem körperbetonten Maßanzug besonders gut zur Geltung kam. Schon klar, dass er alte Omas um den Finger zu wickeln verstand und attraktive Mittvierzigerinnen wie Frau Donrath erst recht. Und wer skrupellos genug war, sich am Ersparten alter Mütterchen zu bereichern, den würde ein kirchlich beeidetes Ehegelübde nicht an außerehelichen Vergnügungen hindern. Wills moralisches Urteil war gefällt. Aber darum ging es bei seinem Besuch nicht.

Buschi riss Will aus seinen Gedanken, als er nach einer kurzen Pause des Überlegens seine sonore Stimme erneut erhob: „Was du da über Jockel Wolters erzählt hast, da scheint was dran zu sein. Wir sind ja hier seine Hausbank und ich hab ihn auch persönlich öfter mal beraten. Aber das, was ich dir jetzt sage, muss natürlich unter uns bleiben. Ich meine mich zu erinnern, dass der Jockel damals tatsächlich eine Summe in der Größenordnung von 20.000 Mark abgehoben und mir erzählt hat, dass er damit mit seiner großen Liebe eine neue Zukunft aufbauen will und dass er dabei wäre, eine Familie zu gründen. Hätte er mir gesagt, dass es sich dabei um diese Brigitte Lechner handelt, hätte ich ihm natürlich deutlicher ins Gewissen geredet. Die war mindestens ein paar Nummern zu groß für ihn. Viel zu hübsch und viel zu intelligent. Und es scheint ja auch nicht geklappt zu haben. Soweit ich weiß, wohnt Jockel immer noch bei seiner Mutter."

Will erbat sich von Buschhüter einen Kugelschreiber, um sich Notizen auf seinem Block zu machen.

Der Filialleiter öffnete eine Schublade an seinem Tisch, holte einen edlen, silbernen Stift mit dem Logo der Spar- und

Darlehnskasse heraus und überreichte ihn mit den Worten: „Hier, den darfst du sogar behalten."

Will bedankte sich mit einem freundlichen Nicken und schrieb nur einen einzigen Satz in seinen Notizblock: „Interessant, dass Buschi sich sehr gut an Biggi erinnern kann, obwohl er sie angeblich nur flüchtig kannte!"

Das Blind Date

17

Montag, 16. September 2019, 18.15 Uhr

Völlig durchnässt betrat Fredi „Pedros Tapas-Bar“. Der Wolkenbruch hatte ihn völlig unerwartet und mit aller Urgewalt erwischt, als er gerade auf dem Weg vom Parkplatz in das Lokal war. Dort angekommen, schüttelte er nun sein nackenlanges, braunes, über den Ohren gestutztes Haar aus und brachte es mit den Händen einigermaßen wieder in Form. Zu dieser frühen Stunde war das Restaurant noch spärlich gefüllt und Fredi fand einen diskreten Tisch weiter hinten in der Nähe der Toiletten. Hier war man einigermaßen vor fremden Blicken geschützt. Er war extra eine Viertelstunde früher gekommen, um die optimalen Voraussetzungen für sein Vorhaben zu schaffen, schließlich hatte er lange mit sich gerungen, ob er sich überhaupt auf dieses Experiment einlassen sollte. Am Ende hatte die Neugier gesiegt. Über das „Aphrodite plus“-Portal hatte er sich mit seinem Match anonym zum Blind Date verabredet. Dass die Unbekannte einen Treffpunkt in Übach-Palenberg vorgeschlagen hatte, war Fredi sehr recht gewesen, da es zum einen weit genug von Saffelen weg war und zum anderen, weil es seine Hoffnung nährte, dass es sich bei der Dame um Wiebke handeln könnte, jene nicht unattraktive Veganerin. Es hatte zwar kommunikativ noch ein wenig gehapert beim Speeddating, aber Fredi hatte sich gesagt, dass die erste Rakete auch nicht gleich den Mond getroffen hatte. Er war jedenfalls bereit, der Frau eine zweite Chance zu geben, zumal sie im internen Ranking, das er mit Borowka erstellt hatte, auf Platz eins gelandet war. Die beiden Freunde hatten bei allen sechs Kandidatinnen sehr gewissenhaft die Vor- und Nachteile in einer Art Tabelle gegeneinander abgewogen. Der Kriterienkatalog umfasste Punkte wie „Schönheit", „Schlauheit", „Klamotten", „Gewicht" „Handymodell" und noch ein paar weniger wichtige Aspekte. Wiebke hatte zwar keine Topwerte erreicht, lag aber deutlich vor den anderen, sodass Fredi ganz guter Dinge war. Er hatte sich zur Vorbereitung ein bisschen mit dem Thema „Veganismus" auseinandergesetzt, um sich als geistreicher Gesprächspartner zu präsentieren. Da Fredi bewusst war, dass es sich bei der Tatsache, dass Wiebke aus Übach-Palenberg stammte und der Treffpunkt ebendort war, nur um ein schwaches Indiz handelte, hatte er natürlich auch Plan B in der Tasche. Sollte am Ende nur Platz zwei oder drei sein Date sein, wäre er ebenfalls gut präpariert und auch nicht allzu enttäuscht.

Fredi hatte sein klatschnasses Jacket zum Trocknen auf den Nebenstuhl gehängt und roch heimlich unter seinen Achseln. Alles bestens. Im Geiste ging er noch mal seine einstudierten Begrüßungsfloskeln durch, als sich plötzlich die Restauranttür öffnete und eine Frau das Lokal betrat. Fredi sah auf die Uhr. Fast zehn Minuten zu früh. War das ein gutes Zeichen? Vielleicht konnte sie es gar nicht erwarten, ihn endlich kennenzulernen. Die Frau drehte ihm den Rücken zu, um ihren tropfenden

Regenschirm neben der Garderobe abzustellen. Dann zog sie ihren Mantel aus und hängte ihn auf. Die Figur konnte Fredi auf Anhieb keiner der Frauen auf der Rankingliste zuordnen, was von hinten jedoch auch nicht so einfach war. Nachdem sie alles abgelegt hatte, stellte Fredi fest, dass sie nicht die verabredete Rose in der Hand hielt. Er entspannte sich. Fehlalarm.

Die Frau drehte sich um und ließ ihren Blick durch das Lokal schweifen. Fredi erstarrte. Ach du Scheiße, durchfuhr es ihn. Es handelte sich bei der ganz in Schwarz gekleideten jungen Dame um die gelangweilte Kellnerin aus dem Haus Waldesruh, mit der er sich nach dem Speeddating kurz unterhalten hatte. Wie war noch ihr Name gewesen? Ja, richtig, Steffi. In Fredis Kopf begann es zu rattern. Sie durfte ihn auf gar keinen Fall entdecken und so versteckte er sich, indem er so tat, als suche er etwas in seiner Jacke. Während er auf dem Stuhl neben sich mit gesenktem Kopf sinnlos in der Innentasche herumkramte, fiel plötzlich ein Schatten über ihn.

„Hey du! Wir kennen uns doch aus Himmerich, oder? Hast du nicht bei diesem Speeddating mitgemacht?"

Fredi kam langsam hoch und versuchte, überrascht zu wirken. „Was? Wer? Ich?"

Die Kellnerin nickte mit einem unverschämten Grinsen.

„Ach so, du meinst diese komische Sache da letztens? Ja klar, aber da war ich bloß aus Blödsinn. Das war eine Wette, die ich verloren hab."

„Schon klar", antwortete Steffi und knipste mit dem Auge, um dann unvermittelt zu fragen: „Ist hier noch frei?"

Fredi spürte, wie sich an seinem Hals hektische Flecken bildeten und sein Kehlkopf mit dem Kloß kämpfte, der vorbeiwollte. Es wäre die größte Blamage, wenn Steffi jetzt mitbekäme, dass er sich hier zu einem Blind Date verabredet hatte, nachdem er in Himmerich noch über alle Kandidatinnen abgelästert hatte. Verstohlen blickte er auf seine Armbanduhr. Noch acht Minuten bis zum vereinbarten Zeitpunkt. „Ähm, das ist schlecht, weil … ich hab gleich hier ein Geschäftstreffen wegen ein … Geschäft."

Steffi setzte sich auf den Stuhl gegenüber und hängte ihre Handtasche über die Lehne. „Na gut, ich will dich jetzt auch nicht zu lange zappeln lassen", sagte sie. „Ich bin dein Geschäftstreffen!"

Fredi sah sich irritiert um, so als könnte sie jemand anderen meinen. „Wie jetzt?", war das Einzige, was ihm dazu einfiel.

„Na ja, ich hab euch da am Freitag bei eurem Speeddating beobachtet. Und ich musste oft so lachen, wie du die komischen Tanten eine nach der anderen vergrault hast. Und dann hab ich mich bei diesem Sören nach dir erkundigt. Er hat mir unter dem Siegel der Verschwiegenheit gesteckt, dass du als Einziger der Männer kein Match hattest – was du bei den Frauen als Kompliment verstehen solltest. Und da hab ich gedacht: Warum nicht? Ich fand dich supernett und habe dann mit Sörens Hilfe einfach den Aphrodite-Kanal benutzt."

Fredi war sprachlos und nicht imstande zu reagieren, nicht einmal, als ein Kellner an den Tisch trat, um die Bestellung aufzunehmen. Steffi übernahm das und orderte für sich ein Glas Weißwein und für ihr Gegenüber ein Bier. Sie wusste schließlich, was er mochte.

Fredi sammelte sich nur langsam und stammelte irgendwann fast tonlos: „Ich hatte als Einzigster kein Match?!"

Steffi verschränkte die Arme vor der Brust und entgegnete mit gespielter Entrüstung: „Das ist alles, was dir dazu einfällt? Und was, bitte schön, bin ich?“

Fredi schüttelte sich. „Entschuldige, so war das nicht gemeint. Aber da hab ich jetzt überhaupt nicht mit gerechnet.“

Nach und nach realisierte Fredi, wie attraktiv Steffi eigentlich war. Als Kellnerin hatte er sie gar nicht wirklich wahrgenommen, erst jetzt fiel ihm ihr ebenmäßiges Gesicht mit den großen braunen Augen und der süßen Stupsnase auf. Dazu das glänzende schwarze Haar, das dezente Make-up, die vollen Lippen. Sollte sie jetzt noch das iPhone X besitzen, dann hatte sie Wiebke aber ganz locker von Platz eins verdrängt.

Die Getränke kamen an den Tisch und die beiden stießen miteinander an. Steffi machte es Fredi mit ihrer fröhlichen Art leicht, sich zu öffnen. Sie gerieten immer mehr ins Plaudern, bis es irgendwann auch um die persönlichen Niederlagen im Leben ging. Steffi war seit einem guten Jahr Single, nachdem sie zuvor von zwei Männern kurz nacheinander betrogen worden war. Sie lebte zur Miete in einer kleinen Dachgeschosswohnung in Myhl und arbeitete als Steuerfachgehilfin bei einem großen Steuerbüro. Den Kellnerjob in Himmerich machte sie nur, damit ihr zu Hause nicht die Decke auf den Kopf fiel.

Fredi erzählte ihr seine Geschichte und beschönigte ebenfalls nichts, weder die Liebesdramen mit Martina und Sabrina noch seine bisweilen schwierige Arbeitssituation bei Auto Oellers. Sie quatschten und tranken und lachten den ganzen Abend und waren überrascht, als der Kellner ihnen um 0.30 Uhr mitteilte, dass man jetzt gerne schließen wolle. Fredi übernahm den Deckel und brachte Steffi noch zu ihrem Auto, einem roten

Mini Cooper. Unter einem herrlichen Sternenmeer verabschiedeten sie sich voneinander und Steffi gab Fredi einen mehr als flüchtigen Kuss auf den Mund, bevor sie einstieg. Fredi sah dem Wagen hinterher, bis er am Horizont verschwunden war, und schlenderte dann langsam zu seinem Auto – beschwingt wie schon lange nicht mehr in seinem Leben.

Das Geheimnis

18

Dienstag, 17. September 2019, 17.19 Uhr

Ein hektischer Tag beim LKA neigte sich dem Ende entgegen. Hektisch allerdings nur für die Kollegen von der „Abteilung 2: Polizeilicher Staatsschutz“, die in derselben Etage untergebracht waren, wo auch Kommissar Kleinheinz sein gläsernes Büro hatte, von dem aus er das Gerenne und Gefluche auf den Fluren mit leichter Schadenfreude und einer dampfenden Tasse Kaffee in der Hand beobachtete. Eine Sonderkommission hatte mehrere islamistische Gefährder festgenommen, die nun verhört werden mussten. Solche Vernehmungen waren in der Regel sehr frustrierend, weil Beschuldigte nicht zur Aussage verpflichtet waren und die organisierte Kriminalität in geradezu provozierender Weise auf Aussageverweigerung trainiert war. Da die Vorschrift es so wollte, dass zur Belehrung gehörte, auf das Schweigerecht hinzuweisen, waren die meisten Vernehmungen dieser Art in der Regel schnell wieder beendet. Kleinheinz kannte dieses Dilemma nur allzu gut. Vor seiner Versetzung hatte es ihn immer zur Weißglut getrieben, von Verbrechern provoziert oder belogen zu werden. Und auch wenn ihm die Ermittlungsarbeit fehlte, so genoss er in diesem Moment beim Anblick des heillosen Durcheinanders auf dem Behördenflur seinen neuen Job, der in erster Linie aus Abheften und Archivieren bestand.

Der Kommissar fischte sich einen Schokoriegel aus der Schublade seines Schreibtischs. Dabei fiel sein Blick auf die Akte, die er in den letzten Tagen heimlich angelegt hatte. Hastenraths Will hatte ihn seit seinem Besuch in Saffelen häufig angerufen, um ihm von den Fortschritten seines Buchprojekts zu berichten. Dabei war dem Kommissar aufgefallen, dass statt der alten Kriminalfälle ein Name immer mehr in den Fokus zu geraten schien: Biggi Lechner. Nicht, dass Kleinheinz dem Landwirt etwas unterstellen wollte, aber sein Gespür sagte ihm, dass seinen Freund deutlich mehr mit dieser Frau zu verbinden schien, als er zuzugeben bereit war. Dass sie scheinbar spurlos verschwunden war, schien Will jedenfalls zunehmend zu beunruhigen. Auch Kleinheinz geriet darüber ins Nachdenken. Und da er zurzeit chronisch unterbeschäftigt war, hatte er, zunächst unmotiviert, dann etwas intensiver, angefangen, nachzuforschen. Sein Jagdinstinkt war vollends erwacht, als er dabei auf immer mehr Ungereimtheiten stieß. Plötzlich hatte er gemerkt, wie sehr ihm die Ermittlungsarbeit fehlte: Geheimnissen auf die Spur kommen, Indizien auswerten, Tathergänge rekonstruieren.

Eine Kollegin aus der Abteilung „Operative Fallanalyse“ klopfte an seine offene Tür und riss ihn aus seinen Gedanken. Sie verabschiedete sich mit den Worten: „Mach Schluss, Peter.“

Kleinheinz nickte freundlich und stellte fest, dass sich das Präsidium nach und nach leerte. Gleich würde die Nachtschicht übernehmen. Er zog die Akte aus der Schublade und legte sie vor sich auf den Tisch. Als er sie aufschlug, war er überrascht, wie viel er bereits zusammengetragen hatte, zumal er sämtliche Ermittlungen im Geheimen und ohne jegliche Autorisierung durchgeführt hatte. Begonnen hatte es damit, dass Kleinheinz den letzten Wohnort von Brigitte Lechner ermittelt hatte. Anfang September 1981 hatte sie eine kleine 60-Quadratmeter-Wohnung in Mönchengladbach in der Nähe vom Hauptbahnhof angemietet, wo sie aber nur bis Januar 1982 wohnte. Danach verlor sich ihre Spur. Kleinheinz hatte mit der Wohnungsbaugesellschaft, die den Wohnkomplex mittlerweile verwaltete, Kontakt aufgenommen und erfahren, dass Frau Lechner irgendwann im Januar über Nacht verschwunden sein musste und nie wieder aufgetaucht war. Der damalige Verwalter, der in der Zwischenzeit verstorben war, hatte penibel Buch darüber geführt, dass er zunächst der Polizei bei der Öffnung der Wohnung behilflich gewesen sei. Warum, das war aus den Unterlagen nicht ersichtlich, wohl aber, dass seit diesem Zeitpunkt keine Miete mehr bezahlt wurde. Das zurückgebliebene Inventar wurde vom Verwalter eine Zeitlang zwischengelagert, bevor er es dann im Sommer 1982 an die Caritas verschenkt hatte. Neugierig gemacht hatte Kleinheinz aber der Besuch der Polizei in der Wohnung. Und auch dahingehend war er fündig geworden: bei den Kollegen im Mönchengladbacher Präsidium. Eine Streifenwagenbesatzung hatte sich seinerzeit Zutritt zu der Wohnung verschafft, und zwar aufgrund einer Tippgeberin, die besorgt darum gebeten hatte, einmal nach Frau Lechner zu sehen. In ein paar dürren Sätzen war in den alten Akten beschrieben, was die Begehung der Wohnung ergeben hatte. Alles hatte auf einen geplanten Auszug hingewiesen. Die Zimmer waren aufgeräumt, der Müll entsorgt, es fehlten Pässe und Dokumente,

Kleidung und mutmaßlich Koffer, sodass davon auszugehen war, dass die Bewohnerin verreist oder, noch wahrscheinlicher, ausgewandert war. So wurde der Fall, der keiner war, schnell wieder zu den Akten gelegt. Doch damit hatte Kommissar Kleinheinz sich natürlich nicht zufriedengegeben. Ein paar Telefonate später hatte er die ominöse Tippgeberin ermittelt, die auf das Verschwinden von Frau Lechner aufmerksam gemacht hatte. Es handelte sich um eine Krankenschwester namens Marita Karliczek, die damals wie heute im Elisabeth-Krankenhaus Rheydt arbeitete. Es handelte sich dabei um eine weit über die Grenzen der Region hinaus bekannte Kinderklinik in Mönchengladbach. Von der Krankenschwester erhoffte Kleinheinz sich wichtige Informationen, denn irgendeinen Grund für ihre Sorge musste es ja gegeben haben. Am Morgen hatte er es kurz in der Klinik versucht, aber ihm war mitgeteilt worden, dass Frau Karliczek noch in Urlaub sei und Professor Dr. Löffler, der Direktor der Klinik, erst ab dem frühen Nachmittag wieder zu erreichen sei. Kleinheinz sah auf die Uhr. Jetzt könnte er Glück haben. Er wählte die Durchwahl, die man ihm gegeben hatte und der Professor nahm nach dem ersten Klingeln sogar persönlich ab. „Löffler!“

„Guten Tag, Herr Professor. Hauptkommissar Peter Kleinheinz hier vom Landeskriminalamt.“

Löffler wirkte nicht überrascht. „Ach ja, meine Mitarbeiterin hatte mir gesagt, dass Sie mich sprechen wollten. Was kann ich für Sie tun?“

„Ich recherchiere gerade ein paar Querverbindungen zu einem alten Fall. Und zwar geht es dabei um die Zeugenaussage einer Ihrer Mitarbeiterinnen. Ihr Name ist Marita Karliczek.

Im Januar 1982 hat sie bei der Polizei angerufen und darum gebeten, nach einer gewissen Brigitte Lechner zu sehen, da sie sich – Zitat – ‚große Sorgen mache'. Wären Sie so freundlich, mir zu sagen, wann und wie ich Frau Karliczek am besten erreichen kann?"

Der Professor schien zu rauchen. Eine Zigarette oder eher noch eine Pfeife, denn Kleinheinz nahm ein leises Schmauchen wahr. „Frau Karliczek befindet sich derzeit im Urlaub", antwortete der Klinikchef und blätterte in irgendwelchen Unterlagen. „Ich richte ihr aber gerne aus, dass sie sich meldet, wenn sie zurück ist. Aber bei dem Fall mit Frau Lechner kann ich Ihnen möglicherweise auch helfen. Ich war im Januar 1982 nämlich Assistenzarzt hier im Elisabeth-Krankenhaus und Frau Karliczek Schwesternschülerin. Ich kann mich noch sehr gut an die Angelegenheit erinnern. Wir haben uns noch oft darüber unterhalten. Es war ja auch ein sehr tragischer Fall, wenn ich das mal so sagen darf."

Kleinheinz runzelte die Stirn. „Tragisch? Inwiefern?" Der Professor nahm einen weiteren Zug an seiner Zigarette oder seiner Pfeife, bevor er anfing zu erzählen. Je länger er erzählte, desto stiller wurde der Kommissar am anderen Ende der Leitung. Nachdem Kleinheinz aufgelegt hatte, lehnte er sich in seinem Schreibtischstuhl zurück, starrte an die mit schmucklosen Gipsplatten abgehängte Decke seines Büros und murmelte: „Ach du Scheiße!"

Heribert

19

Mittwoch, 18. September 2019, 8.47 Uhr

In Fredis Hose machte es „Pling“. Nicht zum ersten Mal an diesem Morgen. Fräulein Regina grinste ihren Kollegen vielsagend an, als der just in diesem Augenblick mit ein paar Unterlagen ihren Empfangstresen passierte. „Na“, rief sie gönnerhaft „da ist aber jemand verliebt. Kennt man die Dame?“

„Ich wüsste nicht, was dich das angeht“, bellte Fredi zurück und nahm wieder hinter seinem Schreibtisch Platz. Bevor er sein Smartphone aus der engen Jeanshose fummelte, blickte er sich verstohlen um. Nicht, dass Heribert Oellers ihm plötzlich im Nacken stand und auch noch etwas davon mitbekam. Aber die Gefahr schien gering, denn er hörte seinen Chef durch die geschlossene Tür palavern. Oellers führte in seinem Büro eine Art Kundengespräch, denn Ortsvorsteher Hastenraths Will war bei ihm zu Gast. In der Werkstatt kümmerte sich Borowka derweil um dessen Mercedes, besser gesagt: um den lose herabhängenden Auspuff. Fredi sah das Herzchen-Emoji schon im Vorschaufenster seines Handys und musste seine PIN vor lauter Aufregung zweimal eintippen. Das war nun schon die sechste WhatsApp von Steffi an diesem Vormittag. Mit pochendem

Herzen las Fredi die Nachricht: „Ist dir auch langweilig auf der Arbeit? Ich vermiss unsere tollen Gespräche. Wann sehen wir uns wieder? Denkandich-Kussi“, gefolgt von gleich drei Emojis mit Herzaugen. Fredi lächelte selig und drückte sich das Handy an die Brust.

„Da ist aber einer verschossen. Kann das sein?“, polterte plötzlich Borowka, der wie aus dem Nichts neben ihm aufgetaucht war. „Wenn das so weitergeht, kannst du da aber bald mal ein Fass anbohren. Haha.“

„Wie, was für ein Fass?“, fragte Fredi irritiert.

Borowka verdrehte die Augen. „Boah, ey. Die Gurke einparken. Ein Rohr verlegen. Knöpern!“

„Pssst“, rief Fredi und sah sich ängstlich um, während Regina lachte. „Bist du bescheuert, hier so rumzublöken? Was willst du überhaupt hier?“

„Das Auspuff-Endstück von Will ist komplett im Arsch.“ Borowka hielt ein völlig verrostetes Stück Rohr in die Höhe. „Guck mal nach, ob wir so was noch auf Lager haben.“

Fredi tippte auf seiner Tastatur herum und studierte ein paar Excel-Tabellen auf seinem Computer. „Ja, da haben wir noch zwei von auf Lager. Kostet 50 Euro mit und 30 ohne Rechnung.“

„Bingo Bongo“, sagte Borowka und setzte seinen Weg fort, um Sekunden später an die Tür zu Oellers‘ Büro zu klopfen.

Der Autohausbesitzer brüllte: „Waaas?!“, was übersetzt so viel bedeutete wie: „Herein!“

Borowka steckte seinen Kopf ins Zimmer und wandte sich sofort an Hastenraths Will, der tief eingesunken im ausgeleierten Besucherstuhl saß. „Will, dein Endstück hat es hinter sich. Sollen wir das austauschen?“

Noch bevor der Landwirt antworten konnte, meldete sich Heribert Oellers zu Wort, der auf der anderen Seite des zugemüllten Schreibtischs saß. „Ja, sag mal! Wer hat dich denn vom Baum geschüttelt, Richard? Natürlich sollt ihr das austauschen, ihr Holzköpfe. Ich komm mir hier manchmal vor wie Asterix, umgeben von seine Mitarbeiter Kannnix, Weißnix und Machtnix. In der Zeit, wo du hier rumstehst und doofe Fragen stellst, hättest du der Auto schon fertig haben können."

„Ich dachte, ich frag erst mal, ob …", versuchte Borowka sich zu rechtfertigen, aber Oellers fuhr ihm gleich wieder in die Parade. „Ich dachte, ich dachte", äffte er ihn nach. „Wenn ich dich fürs Denken bezahlen würde, dann bekäm ich am Ende vom Monat noch was raus. Ich frag mich echt, was ihr da manchmal in der Werkstatt veranstaltet. Ihr seid so hohl, dass man euch ineinanderstapeln könnte."

„Hätte ja sein können, dass ich …", unternahm Borowka einen letzten erfolglosen Versuch.

„Hätte, hätte, Damentoilette. Gibt es Schwachsinn jetzt in der Familienpackung, oder was soll das? Komm in die Schuhe, Comanchero. Der Kunde hat schließlich nicht der ganze Tag Zeit."

„Was kostet das eigentlich?", fragte Will unvermittelt dazwischen.

Noch bevor Borowka antworten konnte, sagte Oellers vertraulich: „Wir kommen schon parat, mein Freund. Mach dir da mal keine Sorgen."

Nachdem Borowka die Tür wieder hinter sich geschlossen hatte, schüttelte der Gebrauchtwagenhändler entnervt den Kopf. „Ich müsste eigentlich das Bundesverdienstkreuz dafür kriegen, dass ich hier solche Halbaffen beschäftige. Der neue Lehrling ist so blöd, der würde noch beim Erdbeerpflücken von der Leiter fallen. Aber komm, ich reg mich nur wieder unnötig auf. Wo waren wir stehen geblieben?“

Will räusperte sich und nahm seinen Notizblock wieder zur Hand. „Es ging sich dadrum, was du noch von der letzte Abend im ‚Star Club‘ weißt.“

„Ach ja, richtig, ‚Star Club‘, da waren wir. Puh, der war noch mal sehr hart, der Abend. Ich weiß, dass ich mit der Eidams Theo Cola-Korn-Wetttrinken gemacht hab und der Theo nach der siebten Runde einfach rückwärts vom Barhocker gefallen ist. Davon hat der heute noch die fiese, kleine Narbe am Hinterkopf.“

„Stimmt“, erinnerte sich Will mit einem Grinsen. „Der ist ja sogar noch vom Notarzt getackert worden.“

„Genau. Und dann hab ich den auf sein Zimmer gebracht. Und ich mein, der Jockel hätte mir dabei geholfen … oder der Werner, das weiß ich nicht mehr genau. Da war noch richtig Remmidemmi, aber allzu lange hab ich ja leider auch nicht mehr durchgehalten.“

Oellers schwelgte begeistert in Erinnerungen, als er plötzlich abrupt innehielt und näher an Will heranrückte. Mit deutlich gedämpfter Stimme sagte er: „Hör mal, Will, was du auf überhaupt gar kein Fall in dein Buch schreiben darfst, das ist die Sache mit unser kleiner Doppelzimmertrick. Wenn die Irene das liest, dann zieht die mir mit der Gartenharke ein neuer Mittelscheitel.“

„Bist du wahnsinnig“, beruhigte Will ihn. „Die Marlene würde mir auch der Kopf abreißen.“

Beim Doppelzimmertrick, der von den „Freunden der Nacht“ bereits bei der Premieren-Kegeltour im Jahr zuvor angewendet worden war, handelte es sich um eine ebenso simple wie geniale Idee von Kajo Krings, die folgendermaßen funktionierte: Offiziell buchten immer zwei Männer ein Doppelzimmer, in dem sie angeblich gemeinsam übernachteten. Darüber ließen sie sich eine Rechnung ausstellen, die sie als Beweis zu Hause vorlegten. Inoffiziell buchte jedes Pärchen aber noch ein zweites Doppelzimmer dazu, das dann vor Ort schwarz aus der Kegelkasse bezahlt wurde. Auf diese Weise verfügte jeder Kegelbruder über ein Doppelzimmer für sich allein. Die offiziellen Zimmergenossen waren immer Will und Oellers, Kajo und Werner, Horst und Günni sowie Eidams Theo und Hermann-Josef Buschhüter gewesen. Jockel Wolters hatte als neuntes Mitglied ein reguläres Doppelzimmer für sich allein, da er der einzige Junggeselle war.

„Das muss ja nun wirklich keiner wissen“, unterstrich Oellers noch mal seinen Wunsch, dass dieses kleine Detail nach Möglichkeit unerwähnt bleiben sollte. „Und schon mal gar nicht der Vorfall mit die Christel von der ‚Scharfen Neun‘, mit die ich an der Freitagabend in ‚Leos Bierkeller‘ aus Versehen mal kurz geknutscht hatte. Das war ganz blöd passiert. Ich wollte mich gerade umdrehen von der Theke und plötzlich stand die ganz nah vor mir, so Lippe an Lippe. Und dann hat mich noch einer von hinten geschubst. Ja, du weißt, wie so Missverständnisse entstehen.“

„Erzähl mir keinen, Heribert. Das hat doch jeder mitbekommen“, lachte Will. „So kurz, wie du sagst, war das nämlich gar nicht. Der Günni konnte sich da auch noch dran erinnern. Der meinte sogar, das wären locker handgestoppte acht Minuten gewesen, die ihr euch am knutschen wart, fast ohne Luftholen zwischendurch."

Oellers' Blick verfinsterte sich. „Der Günther soll mal schön seine Fresse halten. Der ist doch an unser letzter Abend heimlich diese Biggi hinterhergeschlichen, wo du eben von dran warst."

„Du meinst, der Jockel", korrigierte Will ihn und blätterte in seinem Notizblock zurück. „Der ist an der Abend mit die Biggi rausgegangen."

„Jockel? Keine Ahnung. Auf jeden Fall, wie die Biggi gehen wollte, da sagte der Günther für mich: ‚Die schnapp ich mir gleich' und direkt danach war der verschwunden. Ich mein, ich war zwar schon breit wie ein russischer Elternabend und mir ging es auch nicht gut, aber an der Günther erinner ich mich hundertprozentig. Der hatte mir nämlich gerade noch aufgeholfen, nachdem ich in der Schirmständer gekotzt hatte und schwups – war der weg. Erinnerst du dich nicht mehr? Der hatte doch diese peinliche bunte Jogginghose an. Wo er selbst immer ‚Schnellfickerhose' für sagte. Haha."

Will schrieb sich alles genau auf, vor allem das herrliche Wortspiel mit der Spezialhose. Oellers beobachtete Wills eifriges Notieren mit leichtem Unbehagen und hakte unsicher nach: „Hör mal, das mit der versehentliche Kuss mit die Christel, das schreibst du aber nicht, oder?"

Will strich sich nachdenklich über sein stoppeliges Kinn, während er mit ernster Miene antwortete: „Sagen wir mal so. Das hängt im Wesentlichen davon ab, wie teuer der neue Auspuff wird." Er ließ Oellers drei Sekunden in der Luft zappeln, bevor er losprustete und sich über seinen gelungenen Scherz freute.

Der Gebrauchtwagenhändler zog ein Stofftaschentuch aus der Tasche seines Kittels, wischte sich damit den Schweiß von der Stirn und lächelte gequält mit.

Die Grüne Anakonda

20

Mittwoch, 18. September 2019, 11.43 Uhr

Hastenraths Will rutschte auf dem Beifahrersitz hin und her. „War das nötig, dass wir unbedingt noch vorm Mittagessen fahren mussten?“, grummelte er missmutig, während er trotzig durchs Seitenfenster die vorbeirauschende Landschaft beobachtete.

Hauptkommissar Kleinheinz, dessen Blick starr auf die Straße geheftet war, antwortete mit ruhiger Stimme: „Das wirst du schon überleben. Außerdem macht das bisschen Gemüse, das du bekommen hättest, den Braten auch nicht fett.“ Er musste über sein unfreiwilliges Wortspiel kurz grinsen, bevor er fortfuhr: „Glaub mir, ich hätte dir dein salzarmes Ratatouille gegönnt, wenn es nicht wichtig wäre.“

Will verdrehte genervt die Augen. „Ja, ja. So wichtig, dass du mir noch nicht mal sagst, wo wir hinfahren?“

„Das hab ich dir doch gesagt. Nach Viersen.“

Will wandte sich ihm schnaubend zu. „Ja schon, aber nicht nach wem.“

Kleinheinz schaltete vom vierten in den dritten Gang, um eine scharfe Kurve zu nehmen. „Zu wem“, korrigierte der Kommissar oberlehrerhaft. „Das wirst du noch früh genug erfahren.

Wichtig ist, dass du dich genau an das hältst, was ich dir gesagt habe. Wir führen eine Befragung durch, du bist als eine Art Experte dabei und achtest vor allem auf mein Zeichen."

Will winkte verärgert ab und widmete sich wieder der Landschaft, die mittlerweile von saftigem Grün in tristes Grau gewechselt hatte. Sie passierten das Ortsschild von Viersen und Kleinheinz blickte kurz auf das Display des Navigationsgeräts. Drei Straßen später bog er rechts ab und steuerte seinen Wagen in ein verwinkeltes Neubaugebiet, das komplett von einem einzigen Architekten entworfen worden zu sein schien. Die schlichten und winzigen Doppelhaushälften glichen einander wie ein Ei dem anderen und unterschieden sich lediglich durch den Anstrich oder die Gestaltung des Vorgartens. Vor dem Haus mit der Nummer 114 bremste Kleinheinz abrupt und stoppte am Bordstein.

Will schälte sich ächzend aus dem Sitz und trottete hinter dem Kommissar her zur Tür. Auf dem Klingelschild stand „Koppers". Will hatte den Namen noch nie gehört. Ein unscheinbarer, fast schüchterner Mann öffnete die Tür. Auch ihn hatte Will noch nie gesehen. Er war von mittlerer Statur, hatte einen leichten Bauchansatz und beginnende Geheimratsecken im ansonsten dunkelbraunen Haar. Der Mann lächelte freundlich und wirkte für einen Moment verdutzt, als er neben dem Kommissar den älteren Herrn mit Karohemd, zu großer Hose und Gummistiefeln erblickte. Kleinheinz bemerkte das und sagte, Will sei der angekündigte Polizeiexperte für den Bereich „Land- und Forstwirtschaft", nachdem er sich seinerseits als LKA-Beamter ausgewiesen hatte. Der Mann nickte, stellte sich selbst als Stephan Koppers vor und führte sie durchs Haus auf eine kleine Terrasse, die an einen noch kleineren Garten grenzte. Auf einem Holztisch, um den drei Klappstühle standen, hatte er eine Art Kaffeetafel aufgebaut. In der Mitte stand eine Etagere mit Gebäck. Nachdem sein Besuch sich gesetzt hatte, nahm er aus einem Regal unter einem Vordach drei Gläser und füllte sie mit Sprudelwasser. Dann stellte er dem Kommissar die Frage, die auch Will sich bereits die ganze Zeit stellte: „So, und warum genau sind Sie noch mal hier? Ich hab das am Telefon nicht so ganz verstanden. Es geht um unseren Holger, oder?"

Will sah ihn überrascht an. Holger? Ging es etwa um den Sohn von diesem Koppers? Seltsam, die uninspirierte Einrichtung hatte auf einen Junggesellenhaushalt hingedeutet. Vielleicht war er alleinerziehender Vater.

„Ganz genau", antwortete Kleinheinz mit ernster Miene. „Es geht um die Grüne Anakonda."

Jetzt war Will vollends verwirrt. Holger? Anakonda? Was sollte der Quatsch? Oder spielte ihm etwa sein Hirn einen üblen Streich? Möglicherweise vernebelte der herrliche Duft der Nussecken auf der Etagere seine Sinne. Ausgerechnet Nussecken. Die liebte er über alles – aber nur die mit Marzipan. Sein Magen rumorte.

Stephan Koppers schien die Unruhe des Landwirts zu bemerken. „Oh, entschuldigen Sie bitte. Was bin ich nur für ein schlechter Gastgeber? Ich hab ganz vergessen, Ihnen Kaffee anzubieten und ein paar Nussecken. Die hab ich eben noch schnell geholt beim Bäcker."

„Sehr gerne. Die riechen ja fantastisch", pflichtete Kleinheinz ihm bei und ließ sich bereitwillig ein Gebäckstück auf den Teller legen.

Als der Hausherr auch Will eine Nussecke anbot, winkte der schweren Herzens ab. „Ich würde zu gerne, aber ich darf im Moment nicht. Der Arzt hat es mir leider verboten."

„Das ist aber schade", entgegnete Koppers und legte die Nussecke stattdessen auf seinen Teller. „Die sind nämlich sogar mit feinstem Marzipan. Wissen Sie, ich liebe Nussecken über alles, aber nur die mit Marzipan."

Will musste einen Stoßseufzer unterdrücken.

„Aber eine Tasse Kaffee nehmen Sie doch, oder?"

„Na ja, eine Tasse wird wohl nicht schaden", antwortete Will. „Aber bitte ohne Zucker. Den darf ich leider im Moment auch nicht."

„Oh, das tut mir leid", sagte Koppers mit spürbarem Mitgefühl. „Das könnte ich nicht. Zu viel Zucker im Kaffee ist eine meiner größten Schwächen."

„Kommen wir doch zurück zur Grünen Anakonda", unterbrach Kleinheinz das Fachgespräch über ungesunde Ernährung. „Wir möchten Ihre Zeit nicht unnötig in Anspruch nehmen. Der Fall, um den es geht, ist recht kompliziert. Um es kurz zu machen: Gemeinsam mit Interpol haben wir einen internationalen Tierschmugglerring im Visier, der unmittelbar vor der Zerschlagung steht. Unter anderem sieht es so aus, dass wir bald eine größere Ladung mit Anakondas aus Südamerika abfangen werden. Und der Direktor des Krefelder Zoos hat mir gesagt, dass Sie dort der Experte für Würgeschlangen sind. Deshalb wollte ich Sie gern um ein paar Informationen zu den Charakteristika dieser Tiere bitten. Wenn es okay ist, würde ich Ihre Ausführungen gerne aufzeichnen." Er legte sein Smartphone auf den Tisch und aktivierte die Diktierfunktion.

Koppers nickte sichtlich geschmeichelt und drückte den Rücken durch, sodass er kerzengerade am Tisch saß. „Natürlich, das mach ich gerne, aber da hat mein Chef ein bisschen übertrieben. Ich arbeite zwar als Tierpfleger im Regenwaldhaus und habe mich ein bisschen auf Schlangen spezialisiert, aber als Experte würde ich mich nicht bezeichnen."

Will nippte an dem ungesüßten Kaffee und hätte ihn am liebsten sofort wieder ausgespuckt. Der schokoladige Duft der Nussecken machte ihn verrückt. Am liebsten hätte er die Krümel, die Kleinheinz aus dem Mund auf sein Poloshirt gefallen waren, aufgesammelt und direkt aus der Hand verschlungen. Stattdessen sollte er sich jetzt einen Vortrag über Reptilien anhören? Was sollte dieser Schwachsinn? Doch es war zu spät, denn Stephan Koppers hatte bereits tief Luft geholt.

„Also", begann er und klang dabei so staatstragend wie ein Professor bei der Vorlesung. „Die Grüne Anakonda wird auch Große Anakonda genannt, weil sie weltweit zu den größten Schlangen gehört. Unser Holger zum Beispiel ist acht Meter lang und wiegt fast 200 Kilo. Anakondas sind zwar nicht giftig, aber trotzdem ziemlich gefährlich, denn sie sind verdammt gute Jäger. Anakondas lauern zum Beispiel im Wasser auf Beute. Es ist Wahnsinn, aber die können 45 Minuten unter Wasser bleiben, ohne zu atmen. Sobald sie die Beute haben, am liebsten Wasserschweine und so, wickeln sie sich darum und erwürgen sie. Unser Holger ist nicht ganz so gefährlich, weil er ja regelmäßig gefüttert wird, aber wenn Sie am Zoll Schlangen konfiszieren, die schon etwas länger unterwegs sind, dann sollten Sie durchaus vorsichtig sein. Hunger kann ganz schön aggressiv machen."

Will nickte zustimmend. Das konnte er vor allem im Moment nur bestätigen.

Koppers fuhr unbeirrt fort. „Anakondas sind aus der Natur lebende Nahrung gewöhnt, deshalb müssen wir Pfleger die Futtertiere töten und ganz schnell – sozusagen noch warm – verfüttern. Holgers Lieblingsspeise sind Meerschweinchen. Aber erzählen Sie das bitte nicht den Kindern."

Koppers zwinkerte mit dem Auge und Kleinheinz lachte. Etwas zu laut und anbiedernd, wie Will fand. Plötzlich spürte der Landwirt einen leichten Schlag gegen sein Schienbein. Der Kommissar hatte ihn unter dem Tisch getreten. Da fiel ihm ein, dass sie ein Zeichen vereinbart hatten, bei dem Will sagen sollte, dass er zur Toilette müsse. Das Zeichen war, dass Kleinheinz sich an der Nase spielte, was er wohl schon eine ganze Weile lang tat, wie Will aber erst jetzt auffiel. Als Koppers gerade erzählte, dass Anakondaweibchen bis zu 80 Kinder auf einmal bekommen, räusperte Will sich also und unterbrach den Redeschwall des Tierpflegers. „Entschuldigung, ich müsste mal nach Klo. Können Sie mir gerade zeigen, wo das ist?"

„Wie bitte? Ach so, ja natürlich. Direkt neben der Haustür."

„Wo?"

„Neben der Haustür. Warten Sie, ich komm mit."

Zumindest das hatte geklappt. Will sollte nämlich dafür sorgen, dass Kleinheinz kurz allein war, wozu auch immer das gut sein sollte. Dafür nahm er sogar in Kauf, dass Koppers ihn für ziemlich dämlich halten musste, weil er nicht mal in der Lage war, das Gästeklo zu finden, das sich wie in 98 Prozent aller Fälle neben der Haustür befand. Kleinheinz würde auf der Rückfahrt einiges zu erklären haben. Koppers begleitete den Landwirt zur Toilette und öffnete ihm sogar die Tür. Will war angenehm überrascht über die hervorragende Ausstattung. Auf einem Schränkchen zwischen Waschbecken und Klo lag ein ansehnlicher Stapel von Zeitschriften, Büchern und sogar ein E-Book-Reader.

Koppers sah sich offensichtlich genötigt, das zu erklären. „Na ja, ich müsste hier mal wieder aufräumen. Aber ich lese nun mal sehr gerne auf dem Klo."

„Dafür müssen Sie sich doch nicht rechtfertigen", wiegelte Will ab. „Ich habe da vollstes Verständnis für. Das ist bei mir haargenau so. Ich habe sogar extra eine eigene Toilette nur für mich, die ich immer meine ‚Oase der Ruhe' nenne."

Koppers nickte. „Das versteh ich nur zu gut. Also dann, genießen Sie es."

Und das tat Will. Da er ohnehin kein großes Interesse an weiteren Ausführungen zur Trächtigkeit von Anakondadamen hatte, nahm er sich reichlich Zeit, um sich ein wenig durch den Lesestoff zu arbeiten, der genau die richtige Mischung aus aktuell und zeitlos, Sport, Politik und Unterhaltung bot. Besser hätte er die Titelauswahl für diese Bibliothek auch nicht zusammenstellen können.

Als er nach zehn Minuten auf die Terrasse zurückkehrte, war Kleinheinz gerade dabei, sich zu verabschieden. Will beobachtete voller Entsetzen, dass der Kommissar sich die restlichen Nussecken einpacken ließ, sodass ihn auch noch während der gesamten Rückfahrt der wunderbare Duft von Schokolade, Nüssen und Marzipan quälen würde.

Nachdem sie ins Auto gestiegen und um die nächste Ecke gefahren waren, platzte es aus dem Landwirt heraus: „So, jetzt reicht es mir. Ich will auf der Stelle wissen, was der ganze Quatsch sollte. Und vor allem, warum ich extra mitfahren musste, für mir ein blödsinniger Vortrag über schwangere Schlangen anzuhören. Da hab ich, weiß Gott, Besseres zu tun … auch wenn ich im Moment nix zu tun hab."

Ein leises Lächeln umspielte Kleinheinz' Lippen. Der Wutausbruch schien ihn zu amüsieren, was Will nur umso wütender machte.

„Ich höre!", blaffte er den Kommissar an.

Der blickte unbeeindruckt vor sich auf die Straße und antwortete: „Ich habe mir gedacht, dass es eine gute Idee ist, Stephan Koppers kennenzulernen."

Will lief rot an, so genervt war er von Kleinheinz' Geheimnistuerei. Seine Halsschlagader pochte.

„Wie? Was? Warum? Wer zum Teufel ist überhaupt dieser Stephan Koppers?"

Kleinheinz zögerte kurz, bevor er sagte: „Das ist der Sohn von Biggi Lechner. Geboren ziemlich genau neun Monate nach eurem Kegelwochenende im Sauerlandstern."

Wills Gesichtsfarbe wechselte auf der Stelle von tiefrot zu kreidebleich.

Verbotene Früchte

21

Mittwoch, 18. September 2019, 16.03 Uhr

In Ermangelung eines Cognacschwenkers nahm Hastenraths Will einen tiefen Schluck direkt aus der Dujardin-Flasche. Kommissar Kleinheinz sah sich nervös um, denn er wollte auf gar keinen Fall von Marlene der Mittäterschaft überführt werden. Aus diesem Grund hatte er Wills Drängen auch nur sehr widerwillig nachgegeben, als der ihn genötigt hatte, auf dem Rückweg am Supermarkt anzuhalten, damit er dort eine Flasche seines Lieblingsweinbrands kaufen konnte – wohl wissend, dass sie beide damit die strengen Sanktionen seiner Frau unterlaufen würden.

Kleinheinz und Will saßen nebeneinander auf der morschen Holzbank mit dem leichten Gefälle, die vor dem Hühnerstall stand, der seit seiner Stilllegung im Jahr 2009 dem Verfall preisgegeben worden war. Von da an hatte er sich für die beiden Ermittler zu einem konspirativen Besprechungsort entwickelt, dessen Privatsphäre normalerweise von Marlene Hastenrath respektiert wurde. Normalerweise. Kurz nach der vermeintlichen Herzattacke ihres Mannes jedoch hatte die resolute Bäuerin bei einer Hühnerstallrazzia das Geheimversteck ausgehoben, das sich neben dem windschiefen Häuschen aus Gasbetonsteinen mit dem langsam verrottenden Schieferdach, den zwei blinden Fenstern und der quietschenden Holztür befand. In einem mit Totholz getarnten Erdloch hatte Will über Jahre einen diskreten Vorrat an Spirituosen und Zigarren verwaltet. Aber nicht nur das. Mit der Zeit hatte er das Versteck zu einer ansehnlichen unterirdischen Minibar ausgebaut, in der sogar haltbare Knabberartikel und ein sicher verpackter Cognacschwenker ihren Platz gefunden hatten. Jetzt musste es halt ohne Glas gehen und Will ließ den handwarmen Dujardin direkt aus der Flasche in seine Kehle laufen.

Hofhund Attila bellte und Kleinheinz fuhr herum. Er verschüttete ein wenig seiner Rhabarberschorle, die er sich gekauft hatte.

„Keine Angst, das ist bloß der Zalando-Bote für Marlene", beruhigte Will ihn, während er sich mit dem Ärmel seines Hemds den Mund abwischte. „Jetzt geht es mir wieder etwas besser", fügte er an und ließ wie zur Bestätigung einen leisen Rülpser entweichen.

„Prost", sagte der Kommissar. Dann kam er vorsichtig zur Sache: „Sag mal, so aufgewühlt hab ich dich noch nie erlebt. Noch nicht mal damals bei der Geschichte mit Salome, der Tänzerin*. Dich scheint ja mehr mit dieser Biggi zu verbinden als reine Sympathie."

„Blödsinn", entgegnete Will empört. „Ich mach mir nur so meine Gedanken, was wohl aus die geworden ist. Und ich war überrascht, dass du dich schon so intensiv mit der Fall beschäftigt hattest. Ich hatte die ganze Zeit der Eindruck, dass ich dich damit nerve."

* Der Tango des Todes

„Ach was", erwiderte Kleinheinz und nippte an seiner Schorle. „Ich hab damit aus Langeweile angefangen, aber je mehr ich mich da reingefuchst hab, desto neugieriger wurde ich selber. Mittlerweile bin ich der Überzeugung, dass wir hier einer Sache auf der Spur sind, bei der wir bis jetzt gerade mal an der Oberfläche gekratzt haben. Ich werde immer hellhörig, wenn es zu viele Zufälle auf einmal gibt. Das plötzliche Verschwinden von Biggi Lechner aus ihrer Wohnung in Mönchengladbach ist erst mal nichts Außergewöhnliches. Es gibt viele Menschen, die alle Brücken hinter sich abbrechen und ein neues Leben beginnen. Interessant wurde es erst durch die geheimnisvolle Tippgeberin, bei der ich mich fragte, warum sie so besorgt gewirkt hatte. Die Antwort erhielt ich von Professor Löffler."

„Der dir gesagt hat, dass bei diese Schwester Marita ein Findelkind abgegeben worden war. Aber wie war die Frau dadrauf gekommen, dass es sich dabei um der Sohn von Biggi gehandelt hat?"

„Na ja, sie hatte das Kind laut Löffler persönlich in Empfang genommen, weil sie Nachtdienst an der Rezeption gehabt hatte und es zu der Zeit noch keine Babyklappen gab. Als sie das Kind daraufhin versorgt hatte und wickeln wollte, entdeckte sie auf seinem Rücken ein auffälliges Feuermal. Da es sie an die typischen Autoaufkleber in der Form der Insel Sylt erinnerte, wusste sie sofort, dass sie das Kind kannte. Sie selbst war dabei gewesen, als es ein halbes Jahr zuvor, Mitte Juni, auf der Entbindungsstation des Elisabeth-Krankenhauses das Licht der Welt erblickt hatte. Frau Karliczek hatte sich um die Mutter gekümmert, der es in den zwei Tagen nach der Geburt gesundheitlich nicht sehr gut gegangen war."

„Biggi!“, stammelte Will.

„Ganz genau, Brigitte Lechner. Die junge Schwesternschülerin hatte viel Zeit mit ihr verbracht, nachdem sie gemerkt hatte, dass sie es mit einer traurigen und leicht depressiven Person zu tun hatte. Durch ihre einfühlsame Art brachte sie Biggi dazu, sich immer mehr zu öffnen. In einem schwachen Moment hatte sie ihr offenbart, dass das Kind aus einer Vergewaltigung stammte, sie sich aber entschlossen hätte, es allein großzuziehen. Am dritten Tag hatte Frau Karliczek frei gehabt und am vierten Tag hatte man ihr mitgeteilt, dass Frau Lechner sich und ihr Kind selbst entlassen hatte. Von da an hatte sie nichts mehr von ihr gehört und den Vorfall schon so gut wie vergessen – bis zu jenem Abend, als das Baby plötzlich vor ihr auf dem Wickeltisch lag. Voller Sorge, dass die Mutter sich in ihrer Verzweiflung etwas angetan haben könnte, hat sie dann die Polizei gerufen.“

„Die dann wiederum festgestellt hat, dass sie angeblich ausgewandert ist. Was natürlich absoluter Quatsch ist. Ich meine, ich kannte die Biggi zwar nicht gut, aber ich bin mir sicher, dass die ein total verantwortungsvoller Mensch war. Die hätte doch niemals ihr Baby zurückgelassen. Welche Mutter würde so etwas tun?“

„Genau das ist der Punkt“, antwortete Kleinheinz und stand auf. Wenn er auf und ab ging, konnte er besser nachdenken. Nachdem er ein paar Schritte gegangen war, stoppte er und fuhr fort: „Keine Mutter würde das tun. Irgendwas muss vorgefallen sein und es hat zu tun mit eurem Kegelausflug zum Sauerlandstern. Ich meine, ich bin zwar kein Gynäkologe, aber es erscheint mir aufgrund des Geburtstags von Stephan Koppers nicht unwahrscheinlich, dass er an dem berühmten Wochenende in Willingen gezeugt wurde. Er ist am 14. Juni 1981 geboren, ziemlich genau neun Monate später. Und du hast mir gesagt, dass Biggi weder vor noch nach diesem Wochenende einen festen Partner hatte, richtig?“

Will nickte abwesend, aber etwas anderes schien ihn zu beschäftigen. „Weiß dieser Stephan von die Sache?“

Kleinheinz schüttelte den Kopf. „Nein, deshalb hab ich mir ja diese Geschichte mit den Tierschmugglern ausgedacht. Nachdem ich herausgefunden hatte, dass er von einer Familie Koppers adoptiert worden war und als Tierpfleger im Krefelder Zoo arbeitet, hat mir sein Chef erzählt, dass er sich mit großer Begeisterung zum Reptilienspezialisten entwickelt hätte. Wenn man Leute über ihre größte Leidenschaft befragt, schöpfen sie am wenigsten Verdacht. Ich hielt es für taktisch klüger, ihn noch nicht mit in die Geschichte hereinzuziehen. Schließlich könnten wir ihm zum derzeitigen Zeitpunkt zwar beantworten, wer seine Mutter ist. Aber bevor wir das machen, sollten wir erst mal herausfinden, was aus ihr geworden ist. Und die zweite Frage, die sich aufdrängt, ist: Wer ist der Vater?“

Will starrte mit leerem Blick auf den Boden vor sich. Langsam setzte er die Flasche an seine Lippen und trank.

Kleinheinz beobachtete ihn dabei mit wachem Blick. Er ging eine Weile vor ihm auf und ab, bevor er weitersprach: „Nach allem, was du mir erzählt hast, kann nur einer von eurer Kegeltruppe als Vater infrage kommen: Kajo Krings! Er hat zugegeben, dass er an diesem Wochenende mit Biggi Sex hatte. Es sei denn … du hast mir etwas verschwiegen und es kommt noch jemand anderer als Vater in Betracht.“

Will schnaufte wie ein altes Pferd. Plötzlich warf er die halbvolle Flasche mit voller Wucht weg. Sie zerschellte klirrend an dem alten Holzblock, auf dem früher die Hühner geköpft wurden.

Kleinheinz zuckte kurz zusammen und fuhr dann mit sanfter Stimme fort: „Ist es dir nicht auch aufgefallen? Viel zu viel Zucker im Kaffee, Nussecken mit Marzipan, eine ausgewählte Zeitschriftensammlung auf dem Klo, wie du im Auto begeistert erzählt hast …"

Will fuhr sich mit den Händen durchs Gesicht. Es war schweißnass. „Nein, das kann nicht sein", rief er verzweifelt.

„Kann nicht oder darf nicht?", insistierte Kleinheinz. „Du warst 1980 schon mit Marlene verheiratet, stimmt's?"

Der Landwirt sprang auf. Fast wäre ihm dabei seine Kappe vom Kopf gefallen. Er wusste nicht wohin und drehte sich stattdessen zweimal sinnlos im Kreis, bevor er seinen Freund mit feucht schimmernden Augen anstarrte, unfähig, irgendetwas zu sagen.

Deshalb übernahm wieder der Kommissar. „Will, wenn du einem vertrauen kannst, dann mir. Ich werde Marlene nichts davon erzählen. Sag mir: Hattest du etwas mit Biggi Lechner?"

Der Landwirt blickte kraftlos und mit herunterhängenden Schultern zu Boden. „Ich weiß es nicht", murmelte er tonlos.

„Wie bitte, du weißt es nicht? Also, wenn ich eins wüsste, dann …"

„So einfach ist das nicht", unterbrach Will ihn und ließ sich schlaff auf die Holzbank sinken. „Das ist eine lange Geschichte."

Kleinheinz nahm neben ihm Platz und legte seinem Freund den Arm auf die Schulter. „Ich hab Zeit", sagte er.

Will tat einen tiefen Seufzer, bevor er zu erzählen begann: „Es war unser letzter gemeinsamer Abend im Sauerlandstern. Samstag, der 20. September 1980!“

Der Sauerlandstern

22

Samstag, 20. September 1980, 22.39 Uhr

Schon Martin Luther wusste: „Iss, was gar ist, red, was wahr ist, und trink, was klar ist." Und obwohl Hastenraths Will strenggläubiger Gelegenheitskatholik war, hielt er sich an die Weisheit des berühmten Protestanten und nahm ein überschwappendes Glas Doppelkorn vom Tablett, das Heribert Oellers ihm hinhielt.

„Hau rein", rief der junge Mechaniker, der im Autohaus seines Vaters in der Werkstatt schuftete, was man an seinen Fingern erkennen konnte, deren Nagelbett er nie vollständig vom Öl befreit bekam. „Eidams Theo ist raus. Mit dem wird das heute nix mehr. Dabei war der gestern noch so gut in Form, wie der nach sechs Asbach-Cola noch die Bärbel von der ‚Scharfen Neun' nachts hinterm Reisebus vernascht hat."

Will trank sein Schnapsglas auf ex leer und stellte es auf der Theke ab, an der er lehnte. Er sah auf seine teure Omega-Armbanduhr, die ihm sein Vater vor zwei Jahren zu Weihnachten geschenkt hatte, da nach dessen Meinung ein künftiger Hofbesitzer als Statussymbol neben einem Mercedes auch eine hochwertige Uhr besitzen sollte, um in der Geschäftswelt ernst genommen zu werden. „Oh, so früh?", sagte Will und pfiff dabei leise durch die Zähne. „Erst zwanzig vor elf. Das ist aber neuer Negativrekord. Wie geht es der Theo überhaupt? Der hat ja geblutet wie ein Schwein. Ich konnte gar nicht hingucken, wie der Notarzt dem getackert hat.“

Oellers drückte einer vorbeilaufenden Kellnerin das leere Tablett in die Hand und schüttete seinen Korn herunter, bevor er antwortete. Er lallte leicht, was wahrscheinlich auf das Wetttrinken zurückzuführen war, das er zuvor gegen den armen Theo gewonnen hatte, der nach einem Sturz vom Barhocker disqualifiziert worden war. „Ach, das wird schon wieder bei dem sein Eisenschädel. Der Arzt hat dem mit ein Satz Schlaftabletten ins Reich der Träume geschickt und gesagt, dass der morgen ein dicker Kopf hat.“

„Wer hat das nicht von uns?“, rief Will lachend, während er sich das zweite Glas Korn ebenfalls in einem Zug genehmigte. Er musste sich schütteln. Der junge Landwirt war, wie alle Mitglieder des Kegelclubs „Die Freunde der Nacht“, zwar ein geübter Freizeittrinker, aber der diesjährige Vereinsausflug, der sie in den Sauerlandstern geführt hatte, hatte selbst ihn an seine Grenzen gebracht. Der gestrige Abend mit der traditionellen Kneipenrunde durchs Dorf oder dem „Zug durch die Gemeinde“, wie es hieß, war schon heftig gewesen, aber der heutige Abschlussabend hatte noch einmal einen draufgesetzt. Dennoch genoss Will diese Partyauszeit, denn sein Alltag in Saffelen bestand zurzeit ausschließlich aus harter Arbeit auf dem elterlichen Bauernhof, den er übernehmen sollte, und einem Dasein als oft überforderter Ehemann und Vater.

Der Jungbauer war bereits seit zwei Jahren verheiratet, weil seine Jugendliebe Marlene unerwartet schwanger geworden war. Zwar nicht so unerwartet wie Maria von Maria und Josef, aber dennoch in einer Phase, in der Will noch lange nicht damit gerechnet hatte. Den Gesetzen des Dorfes folgend, hatten die beiden noch schnell geheiratet, bevor sich das Hochzeitskleid in Marlenes Bauchbereich wölben konnte. So wurde ihre Tochter Sabine ein kerngesundes Siebenmonatskind. Will liebte seine Frau und auch seine Eltern liebten sie, denn sie hatte viele Morgen Land als Mitgift mit in die Ehe eingebracht.

Ab und zu aber musste Will aus dem Alltagstrott ausbrechen, genau wie sein Freund Heribert Oellers, der sehr unter der harten Hand seines cholerischen Vaters zu leiden hatte. Auch Heribert war bereits verheiratet, und zwar mit Irene von drei Straßen weiter. Die beiden Freunde genossen die vorübergehende Freiheit, die in Willingen herrschte, auch wenn sie in diesem Jahr etwas vorsichtiger agieren mussten, weil zufällig auch der Saffelener Frauenkegelclub „Die scharfe Neun“ am selben Wochenende im Sauerlandstern eingecheckt hatte. Zwar galt unter Kegelbrüdern und -schwestern der Eid „Was in Willingen passiert, bleibt in Willingen“, aber man konnte ja nie wissen. Will gehörte sowieso eher zu den vorsichtigen Vertretern, was das weibliche Geschlecht anging. Auch im letzten Jahr war er trotz des Doppelzimmertricks nicht fremdgegangen, weil bei ihm übermäßiger Alkoholkonsum und schlechtes Gewissen eine ungute Mischung ergaben. Sein Alibizimmergenosse Heribert Oellers, der schon wieder Richtung Tanzfläche unterwegs war, war weniger befangen und hatte am Vorabend in „Leos Bierkeller“ mit einer betrunkenen Christel von der “Scharfen Neun” herumgeknutscht, mit der er irgendwann spurlos verschwunden war. Und auch von Kajo, dem

Womanizer der Truppe, wurde kolportiert, dass er die Nacht mit Fine verbracht hatte, der Vorsitzenden der „Scharfen Neun“. Will fand Fine zwar auch recht attraktiv, wäre aber nie auf die Idee gekommen, sich auf jemanden aus dem eigenen Dorf einzulassen. Viel zu gefährlich. Außer vielleicht auf Biggi, die hübsche, etwas schüchterne Blondine, die in Saffelen bei ihrer Oma auf der Pastor-Müllerchen-Straße lebte. Sie war ebenfalls Mitglied der „Scharfen Neun“ und Will war am Vorabend in „Leos Bierkeller“ zufällig mit ihr ins Gespräch gekommen – zum ersten Mal überhaupt. In Saffelen waren sie sich zuvor nur sehr sporadisch begegnet – was Will sehr bedauerte, nachdem er festgestellt hatte, wie sympathisch sie war. Beide waren angenehm angesäuselt gewesen und hatten sich in einen regelrechten Rausch geredet. Es hatte Will sehr betroffen gemacht, als er erfuhr, dass Biggi als jugendliche Waise nach Saffelen gekommen war, nachdem ihre Eltern bei einem Autounfall ums Leben gekommen waren, zumal seine eigene Jugend behütet und sorgenfrei gewesen war. Die beiden waren so sehr ins Gespräch vertieft gewesen, dass der Kellner sie morgens um fünf bitten musste, das Lokal zu verlassen, da man schließen wolle. Will und Biggi hatten gar nicht mitbekommen, wie sich „Leos Bierkeller“ nach und nach geleert hatte und „Die Freunde der Nacht“, „Die scharfe Neun“ und alle anderen Feierwütigen bereits in die Nacht verschwunden waren. Will hatte Biggi anschließend zu ihrem Hotelzimmer gebracht, wo sie sich für das tolle Gespräch bedankt und mit einem Wangenkuss von ihm verabschiedet hatte.

Dieser scheue Hauch körperlicher Annäherung wirkte selbst am heutigen Abend noch nach. Will stand an der Theke des

Starclubs und ließ seinen Blick über die wogende, schwitzende Masse auf der Tanzfläche schweifen. Er hatte Biggi den ganzen Tag über noch nicht gesehen und hoffte nun darauf, vielleicht noch mal den gestrigen Gesprächsfaden wieder aufnehmen zu können, bevor beide Vereine am nächsten Tag wieder abreisen würden, zurück in ihr normales Leben. Er war sich allerdings nicht sicher, ob es überhaupt eine gute Idee war, die Unterhaltung vom Vortag fortzuführen. Zumal er nach dem langen Tag, der die tapfere Kegeltruppe durch insgesamt sechs Lokalitäten geführt und mit Eidams Theo bereits ein erstes Opfer gefordert hatte, schon sehr angeschlagen war. Wills junge Leber war zwar noch sehr belastbar, aber selbst Profis wie Heribert Oellers oder Günni zeigten schon erste Anzeichen körperlicher Ausfallerscheinungen.

Die beiden erblickte Will in einer schummrigen Ecke auf der gegenüberliegenden Seite. Günni war in seiner bunten Jogginghose gut zu erkennen. Er schien Oellers aufzuhelfen, der sich offensichtlich soeben in einen Schirmständer übergeben hatte. Der kreidebleiche Mechaniker ließ sich nur mit Mühe wieder aufrichten. Will suchte den Raum weiter nach seinen Mitstreitern ab. Hermann-Josef „Buschi" Buschhüter war nicht zu sehen, aber das war meistens der Fall. Innerhalb des Vereins war er immer der stille Beobachter gewesen, der Außenseiter, der stets als erster Schluss machte. Wahrscheinlich war er längst auf sein Zimmer verschwunden. Aber auch Partylöwe Kajo war nirgends zu entdecken, nicht einmal in der Nähe von Werner, obwohl die beiden normalerweise unzertrennlich waren. Möglicherweise hatte Kajo sich mit einer Dame des Wuppertaler Kegelclubs „Die wilden Hühner" in eine ruhigere

Ecke zurückgezogen, während Werner noch in Arbeit war. Zwei deutlich angeschickerte „wilde Hühner“ – zumindest verriet die Aufschrift ihrer knallgelben T-Shirts deren Zugehörigkeit – warben recht offensiv um seine Gunst, wobei die etwas korpulentere Dame das Rennen zu machen schien, denn ihre Hand war bereits im offenen Hosenstall von Werner verschwunden, während das zweite Huhn noch hektisch auf ihn eingackerte. Ach, und da kam Horst Lipka gerade vom Klo zurück. Das Hemd hing ihm aus der Hose, die er zudem falsch zugeknöpft hatte. Der gelernte Maurer, der dabei war, in der Bauunternehmung Brauweiler Karriere zu machen, und sogar mit der Tochter vom Chef liiert war, schwankte zwar leicht, schien sich aber noch gut unter Kontrolle zu haben. Als er Will sah, hob er breit grinsend beide Daumen in die Luft und stürzte sich wieder ins Getümmel auf der Tanzfläche.

Dann endlich erblickte Will sie: Biggi Lechner stand in der Nähe der Ausgangstür und sah mit ihren hochgesteckten Haaren genauso bezaubernd aus, wie er sie vom Vorabend in Erinnerung hatte. Der Landwirt bestellte schnell ein großes Bier und eine Grüne Witwe. Das war Blue Curaçao mit Orangensaft und wie Will seit gestern wusste, Biggis Lieblingsgetränk. Als der Barkeeper, der scheinbar nur auf schnelle Herrengedecke spezialisiert war, nach endlosen Minuten mit dem Mixen fertig war, wollte Will gerade mit den Getränken quer durch den Saal zu Biggi gehen, um den unterbrochenen Gesprächsfaden wieder aufzunehmen, als er abrupt innehielt. Mit Entsetzen beobachtete er, dass das Objekt seiner Begierde im Begriff war, zu gehen. Aber nicht nur das. Ausgerechnet Jockel, der einzige Junggeselle der Truppe, half ihr in die Jacke und redete unaufhörlich auf sie ein. Sie quittierte seine Worte zwar mit einem eher sparsamen Lächeln, wehrte ihn aber nicht ab, als er seinen Arm um ihre Hüfte legte und sie nach draußen begleitete.

„Was für ein Kameradenschwein“, entfuhr es Will, obwohl er wusste, dass Jockel nichts Verbotenes tat, schließlich war er im Gegensatz zu allen anderen sogar Single – und Biggi auch.

Wie in einem schlechten Film legte der DJ just in diesem Augenblick auch noch „Du bist nicht allein“ von Roy Black auf und der Star Club bebte, weil die Leute auf der Tanzfläche den Refrain so laut mitsangen. Will war komplett bedient. Frustriert leerte er sein Glas Bier in einem Zug. Dann sah er sich die Grüne Witwe in seiner rechten Hand an, die ihn immerhin stolze 5,50 Mark gekostet hatte. Da er ein sparsamer Landwirt war, entfernte er vorsichtig die Orangenscheibe, das Schirmchen und den Strohhalm und setzte sich auch das Cocktailglas widerwillig an die Lippen. Er stürzte es herunter, ohne einmal zu schlucken, aber die Süße des Getränks ließ ihn dennoch würgen. Wie konnte man so etwas nur trinken? Sofort bestellte er sich ein Herrengedeck, ein Pils und einen Korn, um geschmacklich zu kontern. Der Abend war für ihn sowieso gelaufen.

Vier Bier und ein unmotiviertes Gespräch mit dem Barkeeper später erhob sich Will unsicher von seinem Hocker und musste sich sofort an der Theke festhalten. Die Welt um ihn herum drehte sich bedenklich. Zum Glück befand sich sein Hotelzimmer im selben Gebäude, sodass er nur versuchen musste, mit dem Aufzug in die dritte Etage zu gelangen. Er öffnete mühsam die Tür seines Hotelzimmers und schwankte hinein. Bevor er sich ins Bett fallen ließ, versuchte er, sich die Schuhe im Stehen auszuziehen. Das misslang und er kippte vornüber. Als er sich auf der Nachtkommode abstützte, fiel der Radiowecker zu Boden. Er hob ihn auf und die grellen roten Zahlen blendeten ihn: 23.50 Uhr. „Pfff. Noch nicht mal Mitternacht“, murmelte er und schämte sich, dass er so früh schlapp gemacht hatte. Er ließ sich vollständig bekleidet ins Bett fallen und schlief sofort ein.

In einem wilden Traum wurde er von einem riesigen Schirmständer verschluckt. Bei dem verzweifelten Versuch, herauszuklettern, erschien plötzlich der riesenhafte Kopf von Heribert Oellers über der Öffnung und begann zu würgen. Noch bevor sich jedoch dessen Mageninhalt über ihn ergoss, befand Will sich mit einem Mal am Fuße einer endlos langen Treppe, die ins Nichts führte. Ein Stoß von hinten ließ den Landwirt taumeln. Er stürzte hinunter und fiel und fiel. Als er irgendwann hart aufschlug, wurde er wach. Er hob den Kopf und stellte fest, dass er auf dem Boden neben seinem Bett lag. Sein Rücken schmerzte und er brauchte einen Moment, um seine Sinne zu sortieren. Vor allem das Pochen in seinem Kopf machte ihn verrückt. Plötzlich bemerkte er, dass das Pochen gar nicht aus seinem Kopf, sondern von der Tür kam. Jemand klopfte laut und schnell. Will rappelte sich benommen auf und schaute auf den Radiowecker: 0.20 Uhr. Gerade mal eine halbe Stunde hatte er geschlafen.

Auf wackligen Beinen schwankte er zur Tür und öffnete sie. Als er sah, wer so vehement dagegenhämmerte, war er schlagartig wieder nüchtern. Biggi Lechner stand vor ihm. Die Haare trug sie nun offen, aber irgendwie wirkten sie zerzaust und unfrisiert. Die Wimperntusche war verlaufen, offensichtlich hatte sie geweint. Als Will sah, dass zudem ihre Bluse zerrissen war und sie blutige Kratzer an ihrer Hand hatte, wurde ihm klar, dass irgendetwas passiert sein musste. „Mein Gott, Biggi. Was ist denn …? Komm erst mal rein." Nachdem sie eingetreten war, blickte Will noch einmal in den Flur, der aber menschenleer war. Er schloss die Tür hinter sich.

Biggi hatte auf der Bettkante Platz genommen und vergrub ihr Gesicht in ihren Händen. Ihr klägliches Schluchzen brach ihm fast das Herz. Er lief ins Badezimmer, füllte das Zahnputzglas mit Wasser und reichte es ihr. Dankbar nahm sie es an und leerte es hastig. Danach atmete sie tief durch und sagte: „Es tut mir leid, dass ich dich so spät noch wecke, aber ich wusste nicht, wo ich hinsollte. Der Portier hatte wohl Mitleid mit mir und hat mir deine Zimmernummer verraten."

Will nahm ihr gegenüber auf einem kleinen Sesselchen Platz und fragte: „Was ist denn passiert?"

Biggi, die sich ein wenig zu beruhigen schien, antwortete mit brüchiger Stimme: „Da möchte ich jetzt nicht drüber reden. Ich möchte eigentlich nur noch schlafen. Darf ich heute Nacht bei dir bleiben? Du bist der Einzige von diesen ganzen Idioten, dem ich vertraue."

Will wusste nicht, was er sagen sollte. Die Situation überforderte ihn völlig. „Ja … also ich, na klar. Natürlich kannst du hier übernachten. Ich hab aber kein … Beistellbett oder so."

Endlich huschte ein angedeutetes Lächeln über ihr Gesicht. „Wir sind doch zwei erwachsene Menschen, Will. Ich denke, das Doppelbett ist breit genug für uns beide. Darf ich mich kurz frisch machen? Ich muss fürchterlich aussehen."

Will brachte keinen Tonn heraus. Die Frau, die verbotene Fantasien in ihm ausgelöst hatte, bat ihn, mit ihm zusammen in einem Bett zu übernachten. Ihm war natürlich klar, dass er das nicht als Aufforderung zu irgendwas zu verstehen hatte, sondern dass sie Schutz bei ihm suchte, weil ihr ganz offensichtlich etwas zugestoßen war. Und wenn er eines war, dann ein Gentleman, und so stammelte er schließlich: „Natürlich. Geh nur ins Bad. Da liegen Handtücher und ein Bademantel und Seife und …“

„Danke“, sagte sie leise und verschwand im Badezimmer.

Die Dusche wurde aufgedreht und Will war sich sicher, wieder ein leises Schluchzen zu hören. Aufgewühlt ging er im Zimmer auf und ab und überlegte, was er machen sollte. Er wollte Biggi auf keinen Fall mit Nachfragen bedrängen, obwohl ihn natürlich brennend interessierte, was genau passiert war. Ob Jockel handgreiflich geworden war? Zutrauen würde er es diesem verkniffenen Typen, der immer ein bisschen linkisch rüberkam. Vor allem, falls sie ihn abgewiesen hatte. Sollte es so sein, dann würde er den Drecksack ungespitzt in den Boden schlagen.

Will war noch ganz in Gedanken versunken, als sich die Badezimmertür wieder öffnete und Biggi heraustrat. Sie trug einen weißen Bademantel mit dem Logo vom Sauerlandstern auf der Brust. Sie fächerte ihr feuchtes Haar über ihre Schulter aus und lächelte: „Ich danke dir so sehr, lieber Will. Ist das okay, wenn ich mich hinlege? Ich bin todmüde. Und ich möchte nicht mehr reden. Vielleicht morgen.“

Will fehlten die Worte. Er hatte so eine schöne Frau noch nie in seinem Leben gesehen. Da der Alkohol diesen Eindruck noch verstärkte, musste er intensiv gegen seine Erregung ankämpfen, indem er abwechselnd an seine Steuererklärung und an die Reinigung seines Güllefasses dachte. Tapfer antwortete er: „Aber natürlich. Am besten, du nimmst die rechte Bettseite.

Die ist noch unbenutzt. Auf dem Nachttisch liegt sogar noch die Schokolade vom Kopfkissen."

„Danke. Und du? Willst du etwa in deinen normalen Klamotten schlafen? Ist das nicht unbequem?"

Will sah an sich herab. Erst jetzt fiel ihm auf, dass er ja noch komplett angezogen war und vor allem, dass seine Sachen ekelhaft nach kaltem Rauch und abgestandenem Bier rochen. Peinlich berührt stammelte er: „Oh nein … natürlich nicht. Ich wollte mich auch gerade frisch machen." Mit einer schnellen Bewegung verschwand er im Badezimmer und ließ sich dort auf den Boden sinken. Wie sollte er diese Nacht nur überstehen? Neben dieser Frau würde er kein Auge zumachen können.

Er hörte, dass sie den Fernseher angemacht hatte. Will zog sich aus, legte seine miefenden Sachen auf einen Haufen und schob diesen in die Ecke. Nur seine Unterhose behielt er an. Es handelte sich um eine Grobrippunterhose mit Eingriff, die zwar sehr bequem, aber auch entsprechend unsexy war. Er roch noch einmal an seinem T-Shirt und befand es für gerade noch vertretbar, es über Nacht zu tragen. Er streifte es über und bedeckte damit den Großteil seiner Unterhose.

Zehn Minuten später betrat Will wohlriechend das Zimmer, denn er hatte sämtliche Düfte und Cremepröbchen, die das Hotel bereitgestellt hatte, aufgetragen und sich besonders intensiv die Zähne geputzt. Da er sich wegen seiner zweckmäßigen Funktionsunterhose schämte, schlüpfte er, so schnell es ging, unter seine Decke. Der Fernseher lief, aber Biggi fielen immer wieder die Augen zu. Nachdem Will sich umständlich sein Kissen zurechtgeklopft hatte, legte Biggi ihren Kopf auf seine Schulter und schlief auf der Stelle ein.

Im Fernsehen lief die Wiederholung eines Tatorts mit Hansjörg Felmy als Kommissar Haferkamp. Der Titel dieser Folge lautete zu allem Überfluss „Lockruf“. Vielen Dank auch, dachte Will. Nach kurzer Zeit sorgten aber auch bei dem jungen Landwirt die Anstrengungen des Tages und der reichlich konsumierte Alkohol dafür, dass er selig einschlummerte. Allerdings wurde er schon kurz danach wieder wach, als sich eine schlanke Hand ihren Weg durch den Eingriff seiner Unterhose bahnte. Er riss die Augen auf und brauchte eine Weile, um zu realisieren, was gerade passierte. Nämlich gar nichts. Er hatte geträumt. Und lange geschlafen, denn es war bereits helllichter Tag und die Sonne schien durch die dünnen Vorhänge ins Zimmer. Der Fernseher war aus und das Bett neben ihm leer und gemacht. Auf dem Kopfkissen lag das Stück Schokolade und ein Zettel, auf dem in Schönschrift geschrieben stand: „Lieber Will, dank dir hat eine schlimme Nacht ein sehr schönes Ende gefunden. Kuss Biggi.“

Dunkle Wolken

23

Mittwoch, 18. September 2019, 16.46 Uhr

Kommissar Kleinheinz legte die Hände in den Nacken und schaute hinauf in den wolkenlosen Himmel. „Oh mein Gott", murmelte er. „Was heißt das jetzt? ‚Sehr schön' im Sinne von ‚ruhig' oder ‚sehr schön' im Sinne von …?"

„Ich weiß es doch auch nicht", rief Will und strich sich verzweifelt durchs Gesicht. „Was für eine Katastrophe. Wenn Stephan Koppers mein Sohn ist, dann bin ich komplett im Arsch."

Der Landwirt sprang auf und tigerte auf dem platt getretenen Trampelpfad, der neben dem Hühnerstall entstanden war, hin und her. „Weißt du, was das bedeuten würde, wenn das rauskommt?", rief er verzweifelt und blickte dabei in den Himmel, als wenn er auf ein Zeichen von Gott wartete. „Marlene würde mich vom Hof jagen und mein guter Ruf als Ortsvorsteher wäre zerstört. Ausgerechnet ich, der damals dafür gesorgt hatte, dass unser alter Pastor versetzt wurde, nachdem er sich etwas zu intensiv um seine Haushälterin gekümmert hat. Seitdem gelte ich als das moralische Gewissen von Saffelen."

Kleinheinz musste unfreiwillig lachen. „Nun trag mal nicht so dick auf. Du und das moralische Gewissen?! Wie viele

Blech- und Kaffeedosen mit Geld sind hier auf dem Grundstück vergraben? Zehn? Zwanzig?"

Will fuhr herum und funkelte den Kommissar mit seinen dunklen Augen an. „Das ist für schlechte Zeiten. Außerdem ist Schwarzgeld was ganz anderes. Das fällt hier bei uns unter ‚Sitten und Gebräuche'."

„Ach, und Fremdgehen nicht?"

Will überlegte kurz, bevor er antwortete: „Ja schon, aber bei ein Ortsvorsteher werden ganz andere Maßstäbe angesetzt. Außerdem müsste ich mich ja für ein Seitensprung verantworten, an den ich mich noch nicht mal erinnern kann. Das wär doch total ungerecht."

„In dem Punkt muss ich dir recht geben", meinte Kleinheinz und erhob sich ebenfalls von der Holzbank. „Ich geh mal davon aus, dass du bei Marlene keine mildernden Umstände erwarten darfst, nur weil du keine Erinnerung an deine Tat hast."

Will schüttelte niedergeschlagen den Kopf, während Kleinheinz weitersprach: „Aber was deine politische Laufbahn angeht, da würde ich mir keine Sorgen machen. Überleg doch mal: Horst Seehofer ist erst Ministerpräsident geworden, *nachdem* er fremdgegangen und dabei aus Versehen Vater geworden war. Na ja, wie dem auch sei. Bevor wir die Spur von Biggi weiterverfolgen, sollten wir erst mal herausfinden, ob du überhaupt der Erzeuger von Stephan Koppers bist. Schließlich ist Kajo ja auch noch im Rennen."

Will blieb stehen und runzelte die Stirn. „Und wie willst du das herausfinden, ohne die Biggi danach zu fragen?"

„Ganz einfach", antwortete Kleinheinz. Er hob die klobige Aktentasche, die er schon den ganzen Tag mit sich herumschleppte, auf die Holzbank und ließ die beiden Schlösser rechts und links aufschnappen. Will hatte sich schon gefragt, was da wohl drin sein mochte, schließlich hatte er seinen Freund noch nie mit einer Aktentasche gesehen. Kleinheinz griff vorsichtig hinein und zog einen durchsichtigen Plastikbeutel mit Reißverschluss heraus. In dem Beutel befand sich ein Glas, das Will sofort als eines der Gläser erkannte, in denen ihnen Koppers Wasser serviert hatte.

„Hast du das etwa der Stephan geklaut?", fragte der Landwirt empört.

Kleinheinz nickte. „Du erinnerst dich vielleicht an unser vereinbartes Zeichen, das du übersehen hast?"

Sofort meldete sich bei Will der blaue Fleck, der sich auf seinem Bein gebildet hatte.

Kleinheinz fuhr fort: „Nachdem ihr beide auf dem Weg zum Klo wart, habe ich das benutzte Glas von Stephan sicher verpackt, gegen ein anderes aus der gleichen Serie aus dem Regal ausgetauscht und genauso weit mit Wasser gefüllt. Damit habe ich erstklassige DNA für einen genetischen Abgleich. Und zwar mit deiner DNA, die ich jetzt entnehmen werde."

„Wie jetzt?"

Kleinheinz zog aus seiner Tasche ein kleines Kästchen hervor, in dem sich ein Set zur Speichelentnahme befand. Er forderte Will auf, seinen Mund zu öffnen, was gar nicht nötig war, weil der bereits vor Erstaunen offen stand. Mit einem Wattestäbchen strich der Kommissar mehrfach kräftig über die Innenseiten beider Wangen seines Freundes und verstaute es anschließend ebenfalls in einem Plastikbeutel. Dann steckte er die Speichelprobe und das Glas behutsam zurück in die Tasche. Er drückte die Schnappschlösser wieder zu, klemmte die Tasche unter den

Arm und verabschiedete sich mit einem knappen Nicken. „Ich bring das morgen ins Labor und mach den Jungs ein bisschen Druck. Die sind leider im Moment total überlastet. Ich geb dir aber Bescheid, sobald ich weiß, ob du dein Testament noch mal ändern musst."

Will rang sich ein halbherziges Lächeln ab und sah seinem Freund hinterher, wie der in Richtung Hof verschwand, wo er seinen Wagen geparkt hatte. Der Landwirt atmete mehrmals tief durch und ließ seinen Blick ziellos umherwandern, bis er an den Scherben seiner Dujardin-Flasche hängen blieb, die rund um den Hühner-Henker-Holzklotz verstreut lagen. Der gute Weinbrand war längst im Boden versickert. Eine Schande, zumal Will gerade jetzt einen guten Schluck zur Beruhigung seiner Nerven hätte vertragen können. Er sah auf seine Armbanduhr. In fünf Minuten würde Harry Aretz seine Gaststätte öffnen. Marlene hatte ihm zwar strikt verboten, dort einzukehren, aber auf ein Geheimnis mehr oder weniger kam es jetzt wirklich nicht mehr an.

Die Kegelbahn

24

Mittwoch, 18. September 2019, 17.03 Uhr

„Lange nicht gesehen, Will. Was macht die Pumpe? Bist du wieder fit?“ Harry Aretz war normalerweise kein Mann der großen Worte, aber die Freude über das unverhoffte Wiedersehen mit einem seiner besten Kunden schien ihn gesprächig zu machen. „Seit du nicht mehr kommst, sind die Umsätze total eingebrochen.“

Will lachte müde mit. Sieh an, dachte er, der staubtrockene Harry konnte ja auch witzig sein.

Der Wirt stellte ein frisch gezapftes Pils vor Will auf die Theke. „Hier, das erste Bier des Tages geht traditionell aufs Haus.“

Der Landwirt war zu dieser frühen Stunde der einzige Gast. Das war ihm nur allzu recht, denn jeder Augenzeuge erhöhte die Gefahr, dass Marlene Wind von seiner unerlaubten Stippvisite bekam. „Eigentlich darf ich im Moment nur Wasser trinken“, murmelte Will.

„Ach was“, rief Harry. „Stell dir einfach vor, das wär ein leckeres Schaumsüppchen. Schön vegan und gesund. Du darfst nicht vergessen: Schon 36 Bier decken der Tagesbedarf an Vitamin C. Hahaha.“

Will sah verdutzt auf. „Sag mal, hast du heute Morgen ein Clown gefrühstückt, oder was ist mir dir los?“

„Ach, ich hab einfach gute Laune“, antwortete der Wirt, während er mit einem Spültuch über die Theke wischte. „Ich bin letzte Nacht zum ersten Mal Onkel geworden!“

Will setzte das Bier wieder ab, das er gerade zum Mund führen wollte. „Ist nicht wahr?! Der Morris ist Vater geworden?“

„Maurice.“

„Ja, sag ich doch. Das ist ja toll! Ich kann mich noch gut dadran erinnern, wie der hier bei dir gearbeitet hat.“

„Hör bloß auf mit diese unselige Geschichte*. Aber das liegt alles längst hinter dem. Der hat eine ganz tolle Frau gefunden und ist zu sie ins Sauerland gezogen. Und gestern Nacht ist der kleine Jöl angekommen: 4.680 Gramm, 62 cm. Ein ganz schöner Brocken. Hier guck mal das Bild.“ Harry zog sein Handy hervor und zeigte Will das Foto eines schlafenden Riesenbabys, das kaum in seinen Strampler passte.

„Was ist denn Jöl für ein Name?“, fragte Will irritiert.

„Keine Ahnung. Aber so steht das hier druntergeschrieben, guck: J-O-E-L.“

Will schüttelte den Kopf. „Diese modernen Namen immer. Und ich dachte schon, unser Enkelkind Justin-Dustin hätte ein außergewöhnlicher Name. Dabei heißen bei dem in der Klasse noch drei andere so. Das ist das Problem mit Trendnamen.“ Endlich konnte er einen Schluck von dem frisch gezapften Bier nehmen. Das kühle Getränk rann seine Kehle hinunter und er stellte erleichtert fest, dass er seine Geschmacksnerven noch nicht eingebüßt hatte durch das viele Mineralwasser, das er in letzter Zeit immer hatte trinken müssen.

*Das Schweigen der Kühe

„Noch eins?“, fragte Harry und Will bemerkte erst jetzt, dass er das Glas in einem Zug geleert hatte. Dennoch lehnte er standhaft ab.

„Nee, das war jetzt nur für der Geschmack. Ich muss mich leider wirklich noch zurückhalten und an meine Gesundheit denken. Mach mir stattdessen lieber ein Magenbitter.“

Plötzlich kam ihm eine Idee. „Sag mal, Harry. Nutzt du die Kegelbahn eigentlich gar nicht mehr?“ Er deutete mit dem Kopf auf den Nebenraum, von dem eine Treppe abging, über die man zur Kegelbahn im Keller gelangte.

Harry schüttelte den Kopf. „Leider kaum noch. Der letzte aktive Kegelclub hat sich im Februar aufgelöst, nachdem das vorletzte Mitglied gestorben war. Seitdem deck ich da unten ab und zu für kleinere Beerdigungen ein. Ich hab festgestellt, dass bei eine Trauerfeier wesentlich mehr gesoffen wird, wenn dabei gekegelt werden kann.“

„Das ist ja logisch“, bestätigte Will fachmännisch. „Ich erinnere mich hier an legendäre Abende mit ‚Die Freunde der Nacht‘. Aber es gibt deutlich mehr von diese Abende, an die ich mich nicht mehr erinnern kann.“ Sie lachten laut.

Will trank seinen Magenbitter aus gesunden Kräutern und ließ sich anschließend die Kegelbahn zeigen. Nichts hatte sich verändert. Weder der Linoleumboden noch die Holzvertäfelung oder die vertraute Geruchsmelange aus kalter Asche, abgestandenem Bier und altem Frittenfett. Bei den Pokalen in der Vitrine stand sogar noch der einzige, den „Die Freunde der Nacht“ jemals gewonnen hatten. Er stammte von einem Turnier in Sittard, bei dem wegen eines heftigen Unwetters nur zwei Mannschaften erschienen waren, neben ihnen noch ein holländischer Club.

Der internationale Vergleichskampf hatte damit geendet, dass „Die Freunde der Nacht“ im Finale des feuchtfröhlichen Kräftemessens genau einen Pudel weniger geworfen hatten als ihre Widersacher, insgesamt also nur 132. Und dann entdeckte Will noch ein leicht vergilbtes Bild inmitten einiger Zeitungsausschnitte und Fotografien, die wahllos an eine Korkwand gepinnt waren. Es zeigte ihn und seinen Kegelclub vor dem Sauerlandstern. Da es undatiert war, fragte er: „Weißt du noch, von wann das ist?“

„Ja klar“, antwortete Harry wie aus der Pistole geschossen. „Das ist von eure legendäre letzte Fahrt nach Willingen. Du weißt schon, wo …“

„Ja, ich weiß“, unterbrach Will ihn. „Mir kommt da gerade eine fantastische Idee. Wenn ich richtig zurückrechne, haben wir uns vor genau 40 Jahre gegründet, nämlich 1979. Das wäre doch der ideale Anlass, dass wir es noch mal richtig krachen lassen und hier am Originalschauplatz ein Jubiläumskegelabend mit alle Mann veranstalten. Auf die alten Zeiten.“

Harry strahlte übers ganze Gesicht. „Das wär toll. Endlich mal wieder Stimmung in der Bude. Und die Anlage hier ist noch top in Schuss, die hab ich erst 2002 komplett modernisieren lassen. Die ist technisch eins a. Immer, wenn einer ein Kackstuhl wirft, bekommen wir oben an der Theke ein akustisches Signal, dass wir eine neue Runde Schnaps fertig machen können.“

Will zeigte auf eine Aussparung in der Decke, die sich auf der gesamten Breite direkt über der Abwurfmarkierung befand. „Was ist das denn da? Das ist aber neu, oder?“

Harrys Blick folgte Wills Zeigefinger. „Ach das. Ja, das ist ein massives Rollgitter, das ich vor Jahre mal hab anbringen lassen. Das kannst du runterziehen und damit die Kegelbahn verriegeln. Das war die Zeit, als ich der Raum öfters mal für Partys von der Dorfjugend vermietet hab. Die haben immer bloß Scheiße gebaut und die Kugeln durch die Gegend geschmissen. Es wird Zeit, dass hier wieder Partys mit Niveau stattfinden. Wann wollt ihr denn euer Jubiläumsabend feiern?"

„Mal gucken. Nächste Woche oder so. Ich muss erst mal mit die ‚Freunde der Nacht' sprechen. Und dann gibt es hier ein zünftiger Jahrestag. Genauso wie damals: mit Schnitzel, Schnaps und versaute Witze. Was kriegst du dafür als Miete?"

„Wenn ihr noch halb so gut in Form seid wie damals, dann reicht mir der Ausschank völlig. Was war das noch mal für ein Schnaps, den ihr immer getrunken habt?"

„Du meinst unser Ritual-Schnaps? Wo immer jeder sein Glas in die Höhe gehalten hat und wir dann zusammen gebrüllt haben: ‚Freunde der Nacht, Freunde für immer!' Und dann Kopp in Nacken und weg damit. Das war der berühmte Saffelener Höllentropfen, den der Schlömer Karl-Heinz heute noch in sein Gartenhäuschen brennt."

„Ach ja, richtig." Jetzt fiel es auch Harry wieder ein. „Dann guck ich mal, dass ich bis dahin eine Kiste davon bei dem in Auftrag gebe. Oder besser zwei."

Love is in the air

25

Freitag, 20. September 2019, 20.34 Uhr

Rita räumte die leeren Teller ab, während Borowka sich über die mittlerweile beachtliche Wölbung oberhalb seines Gürtels strich. Wenn Gäste zu Besuch waren, bestand seine Frau immer darauf, dass er ein frisches T-Shirt anzog, das er sich in die Hose steckte. Sie war der Meinung, das würde eleganter aussehen, obwohl er fand, dass er dadurch sogar noch ein bisschen dicker wirkte als beispielsweise im Blaumann. In jedem Fall musste er sich eingestehen, dass er seit seiner kurzen Fitnessstudio-Phase, die unrühmlich und schlagartig mit einer Mittelfußfraktur beendet worden war*, kaum noch Sport getrieben hatte, abgesehen von ein wenig Alibitraining mit der Saffelener Fußballreserve, wo er aber aufgrund einer Langzeit-Rotsperre derzeit nicht spielberechtigt war. Plötzlich entfuhr ihm ein unabsichtlich lauter Rülpser.

„Bist du bescheuert, Richard?“, rief seine Frau empört aus der Küche. „Ich bin froh, dass der Jerome endlich eingeschlafen ist und dann machst du so ein Krach?!“

Auch Fredi und Steffi waren heftig zusammengezuckt. Die beiden hatten den ganzen Abend wie siamesische Zwillinge

*Die Stunde der Wahrheit

nebeneinander am Tisch gesessen und die Finger kaum voneinander lassen können. Und auch jetzt waren sie gerade wieder dabei, sich gegenseitig zu liebkosen, als Borowkas etwas zu laut geratener Brunftschrei die Turtelei jäh unterbrach.

„Tschuldigung, ich glaub, ich hab was viel gegessen."

„Es war aber auch wirklich lecker. Danke für die Einladung", rief Steffi gerade so laut, dass Rita es auch in der Küche hören konnte. Die Kellnerin aus dem Haus Waldesruh in Himmerich hatte sich für ihren Antrittsbesuch als neue Partnerin von Fredi richtig in Schale geworfen. Ihr langes, schwarzes Haar umschmeichelte ihr hübsches Gesicht mit der Stupsnase, auf die immer wieder eine widerspenstige Locke fiel. Sie trug einen schicken Hosenanzug, der ihre schlanke Figur perfekt zur Geltung brachte, dazu offene Schuhe. Borowka hatte seinen Augen kaum getraut, als er die Tür geöffnet hatte. Fredi hatte ihm zwar in den höchsten Tönen von seiner neuen Freundin vorgeschwärmt, aber angesichts der recht chaotischen und meist enttäuschenden Frauenvorgeschichte seines Kumpels hatte Borowka maximal mit einem mittleren Cheeseburger gerechnet. Fredi und Borowka hatten in ihrer ungestümen Jugendzeit ein dreistufiges Ranking eingeführt, nach dem sie das Aussehen von Frauen bewerteten: Big Mäc, Cheeseburger und Hamburger. Da sich bei dieser Einteilung eine gewisse sexistische Tendenz nicht ganz abstreiten ließ, war es bis heute ihr Geheimcode geblieben. Steffi war in Borowkas Augen auf jeden Fall ein absoluter Big Mäc, was er Fredi noch an der Tür zuraunte. Leider ließ ihn diese Einschätzung auch befürchten, dass es sich nur um ein kurzes Gastspiel an Fredis Seite handeln würde, denn die beiden Freunde waren sich bewusst, dass sie selbst allerhöchstens in der männlichen Cheeseburger-Klasse unterwegs waren.

In der Zwischenzeit war Rita aus der Küche zurückgekehrt und hatte wieder am Tisch Platz genommen. „Ach was", sagte sie. „Wir haben uns total gefreut, dich kennenzulernen. Der Fredi kommt ja aus dem Schwärmen gar nicht mehr raus."

Steffi schmiegte sich an die Schulter von Fredi, der diese Geste mit seinem Kopf erwiderte. „Der Fredi ist aber auch ein toller Typ. Der ist immer so liebevoll und achtet darauf, dass es mir gut geht. Das kenn ich gar nicht von meinen Ex-Freunden."

Rita lächelte das Pärchen verzückt an. „Ach, wie süß." Dann wandte sie sich an ihren Mann und zischte ihm zu: „So was Nettes hast du noch nie zu mir gesagt."

„Wie bitte?", entrüstete sich Borowka, um gleichzeitig festzustellen, dass seine Frau mit ihrem Vorwurf gar nicht so falsch lag. In seinem Kopf ratterte es. Er musste jetzt unbedingt etwas Romantisches sagen, sonst würde er in dieser Runde ganz schnell ins Hintertreffen geraten. „Das stimmt doch gar nicht", stammelte er unbeholfen. „Ich hab doch letztens erst das komische, überteuerte Blumenkleid gelobt, was du dir bei Zalando bestellt hattest. Wo du mich gefragt hast, wie ich das finde. Erinnerst du dich nicht?"

Ritas Miene verfinsterte sich. „Und wie ich mich dadran erinnere!" Schnaubend drehte sie sich zu Fredi und Steffi um. „Wisst ihr, was der dadrauf gesagt hat? Er sagte: ‚Das Kleid ist was unförmig geschnitten, aber dir steht es.'"

Steffi musste spontan lachen. „Ihr seid echt lustig. Ich finde, dass ihr total gut miteinander harmoniert."

„Echt jetzt?“, fragte Rita verblüfft. Auch Borowka schien überrascht.

„Ja wirklich“, sagte Steffi. „Glaubt mir, ich hab in meinem Job schon so viele Paare gesehen und ich weiß, wann die Chemie stimmt und wann nicht. Und ihr seid wie füreinander gemacht.“

„Die sind ja auch schon seit über 25 Jahre zusammen“, warf Fredi ein. „Seit die Schule. Aber das stimmt schon, was die Steffi da sagt. Ihr seid zwar manchmal was unterschiedlich, aber irgendswie kann ich mir euch beide auch nicht auseinander vorstellen. Ihr seid so wie dieses berühmte Liebespaar, wovon letztens noch der Film im Fernseher lief.“

„Bonnie und Clyde?“, fragte Borowka.

„Nee, das war was Historisches.“

„Romeo und Julia?!“

„Nee, nicht Romeo und Julia. Ah, jetzt weiß ich es wieder: Die Schöne und das Biest.“

Für ein paar Sekunden herrschte irritiertes Schweigen, dann brachen alle vier in lautes Gelächter aus. Rita sprang beschwingt auf und rief: „Und jetzt machen wir es uns gemütlich. Ich hol uns eine Tüte Chips und eine Flasche Rotwein und dann machen wir ein schöner Spieleabend.“

„Oh nee“, stöhnte Borowka. „Bitte kein Spieleabend. Das haben wir doch letztens erst gemacht.“

Rita überlegte kurz, bevor sie erwiderte: „Wie letztens? Das ist fünf Jahre her. Das war, als Jochen und Samantha hier waren, meine Kollegin aus dem Sonnenstudio.“

„Kann sein“, jammerte Borowka. „Aber das war doch schrecklich. Weißt du das denn nicht mehr? Da haben wir dieses ‚Trivial Prosit‘ gespielt mit die bunten Steine, wo wir haushoch verloren haben, weil da bloß so unlösbare Fragen bei waren. So was wie: ‚Auf welche von seine drei Weltreisen starb Captain Cook?‘ Ich mein, wer weiß denn so was? Was hab ich denn mit Captain Cook am Hut? Den kannte ich vorher bloß aus die Fischstäbchen-Werbung.“

„Wir können ja auch Karten spielen oder kniffeln oder…“, unternahm Rita einen weiteren Versuch, aber Fredi unterbrach sie. „Das ist total lieb von euch. Aber ich glaube, wir brechen jetzt lieber auf. Es ist ja auch schon spät.“

Borowka guckte auf seine Uhr. „Spät? Es ist gerade mal viertel vor neun.“

Fredi und Steffi lächelten sich verträumt an und Borowka verstand. „Ach so“, tönte er süffisant. „Ihr habt noch was vor. Deshalb hast du eben die ganze Eierdekoration vom Kartoffelsalat weggegessen. Sehr gut, Fredi, das gibt richtig Tinte auf der Füller.“

Rita stieß ihm den Ellenbogen in die Seite. „Sag mal“, raunzte sie ihn an.

„Ist schon gut“, rief Steffi lachend. „Ich finde das gut, wenn Leute sagen, was sie denken. Aber ich kann dich beruhigen, Richard. Der Fredi braucht keine Eier zu essen. Ich bin sehr zufrieden. Ich kann mich nicht erinnern, jemals einen so einfühlsamen und ausdauernden Liebhaber gehabt zu haben.“ Fredi strahlte übers ganze Gesicht und schnappte sich seine Jacke, die über der Stuhllehne hing.

Nachdem Rita die beiden zur Tür gebracht hatte, kehrte sie zurück zum Esstisch, wo ihr Mann nachdenklich sein fast leeres

Bierglas in der Hand wog. „Mit die Antwort hast du nicht gerechnet, was?", fragte Rita belustigt und ging durch in die Küche.

Borowka schüttelte ungläubig den Kopf. „Im Leben nicht. Vor allem, weil der Fredi doch impotent ist."

„Boah, wie oft soll ich dir das denn noch erklären?", rief Rita von hinten, während sie sich daran machte, die Teller und das Besteck in den Geschirrspüler zu räumen. „Der Fredi ist nicht impotent, der ist nur zeugungsunfähig. Das ist ein himmelweiter Unterschied. Die beiden haben wenigstens noch ein Liebesleben. Wann hatten wir eigentlich das letzte Mal Sex? Lass mich überlegen. Der Jerome wird bald sechs, also vor fast sieben Jahre."

„Das ist doch Blödsinn", rief Borowka empört. „Wir hatten auf jeden Fall auch danach noch mal … Hier, zum Beispiel wie Schützenfest war, wo wir beide so schön angeschickert waren. Weißt du nicht mehr? Hinter das Trafohäuschen. Das war das Jahr, wo Wolli und Gisela unser Königspaar waren."

„Stimmt, du hast recht! Aber du weißt schon, dass die Gisela dem Wolli vor über fünf Jahre laufen gegangen ist mit der Tantralehrer von der Volkshochschule?"

„Oh", sagte Borowka. „Ist das schon wieder so lange her?"

Rita kam zurück an den Tisch und wischte mit einem feuchten Lappen über die Holzoberfläche. Sie nickte, ohne die Angelegenheit weiter zu kommentieren. Borowka sah sich zu einer Erklärung genötigt: „Ich hab ja auch immer wahnsinnig viel Stress bei Auto Oellers."

„Na ja, du lässt dich aber auch oft genug krankschreiben."

„Logolektrisch, wann sollte ich denn sonst nebenbei arbeiten gehen? Aber lass uns nicht streiten, Schatzi. Mir kommt da gerade eine sehr gute Idee."

Rita schüttelte die Krümel von den Stuhlkissen und beobachtete Borowka dabei, wie der zum CD-Regal ging, nach kurzer Suche eine CD herauszog und in den Player schob. Mit sattem Sound erklang die rauchige Stimme von Joe Cocker. „You can leave your hat on."

Lasziv bewegte Borowka sich unter der Wohnzimmerlampe wie zu seinen besten Zeiten unter der Diskokugel in Himmerich und zog dabei langsam sein T-Shirt aus der Hose. Mit einem provozierenden Augenzwinkern tänzelte er an der überraschten Rita vorbei in Richtung Küche. Während er mit der einen Hand an seinem Gürtel herumnestelte, öffnete er mit der anderen den Kühlschrank. Ein kurzer Blick hinein verriet ihm, dass der mal wieder weder frisches Obst noch sonstige Lebensmittel enthielt, die man seinem Partner verführerisch in den Mund hätte stecken können. Egal, dachte Borowka. Seine Frau hatte wahrscheinlich auch so längst gemerkt, worauf er hinauswollte. Schließlich hatten sie sich den Film „9 ½ Wochen" früher fast jedes Wochenende auf Video angeschaut und dabei jedes Mal bis zur Lebensmittelszene vorgespult. Mit einer fließenden Bewegung schloss Borowka die Kühlschranktür hinter sich und schlängelte sich wieder auf Rita zu. Die hatte mittlerweile das Wischtuch weggeworfen und leckte sich erwartungsvoll mit der Zunge über ihre knallroten Lippen. „Du meinst doch nicht etwa … jetzt und hier?"

„Oh doch", hauchte Borowka mit verführerischem Timbre. „Ich finde, wir sollten der Esstisch endlich mal wieder für was anderes benutzen, als nur für dadran zu essen!"

Rita kicherte. „Und wenn der Jerome wach wird?"

„Dann fragen wir dem, ob der sich über ein kleines Geschwisterchen freut."

Dieser Satz zauberte ein breites Lächeln auf Ritas Gesicht. Sie ließ sich nicht lange bitten und knöpfte langsam ihre Bluse auf. Borowka ging mit elastischen Beinen auf sie zu. Als er vor ihr stand, zog er mit einer blitzschnellen Bewegung den Gürtel heraus, sodass seine Hose zu Boden fiel. Während er seine Frau auf den Esstisch hob, skippte die CD auf den nächsten Titel und das treibende Intro von „Love is in the air" legte sich wie eine kuschelige Decke unter die beiden ineinander verschlungenen Körper.

Der fremde Sohn

26

Freitag, 20. September 2019, 20.46 Uhr

Marlene Hastenrath starrte gebannt auf den flimmernden Fernseher. Sie saß, wie jeden Abend, auf dem kunstvoll verzierten Biedermeiersofa, während Will, ebenfalls wie jeden Abend, im Fernsehsessel daneben Platz genommen hatte. Vor ihr auf dem gekachelten Tisch stand ein großes Holzschneidebrett mit zwei großzügig geschmierten, mit Petersilie verzierten Leberwurstbroten, einem gepellten Ei und drei Gewürzgurken. Dazu ein großes Glas Bier. Auf der Kante des Tisches, in Reichweite von Will, standen ein Tellerchen mit zwei geschälten Möhren und ein Glas Mineralwasser. Während Marlene kauend und hoch konzentriert das Geschehen auf dem Bildschirm verfolgte, spielte Will nervös mit seinem Handy herum, was seiner Frau natürlich trotz ihres Interesses am Fortgang der Handlung des Fernsehfilms nicht entgangen war. Sie war bereits misstrauisch geworden, als Will ihr zu Beginn des Fernsehabends bereitwillig und ohne Murren die Fernbedienung überlassen hatte und sogar ihrem Vorschlag, gemeinsam den ZDF-Krimi aus der Reihe „Die Chefin“ zu schauen, zugestimmt hatte, wenn auch nur geistesabwesend. Lediglich als sie den Titel der Folge laut aus der Hörzu vorgelesen hatte, war ihr Mann zusammengezuckt: „Der fremde Sohn“. Spätestens da war Marlene stutzig geworden und hielt ihn seitdem mit einem Auge unter Kontrolle. Als Will zum wiederholten Mal sein Smartphone zur Hand nahm und darauf herumdrückte, wurde es ihr zu bunt und sie fragte mit schneidender Stimme: „Sag mal, was machst du denn da die ganze Zeit mit dein Handy? Bist du mit irgendswem am schreiben?“

„Nein!“, entfuhr es Will etwas zu hastig, sodass Marlene sofort klar war, dass sie ihn bei etwas Verbotenem ertappt hatte. Die Enttäuschung über das professionelle Spirituosendepot, das sie am Hühnerstall entdeckt hatte, war noch nicht ganz verraucht, und so setzte sie entschlossen nach.

„Jetzt sag schon, mit wem du da hin und her am Simsen bist.“

Will sah sie mit seinen großen braunen Augen an und antwortete treuherzig: „Ich bin mit keinem am Simsen. Ich bin bloß am Versuchen, hier ein paar Einstellungen zu ändern.“

Marlene legte ihr angebissenes Leberwurstbrot aus der Hand und verschränkte die Arme vor der Brust. „Willst du mich verarschen? Meinst du, nur weil du der Klingelton ausstellst, würde ich nicht mitkriegen, wenn du eine SMS kriegst? Dein Telefon ist doch die ganze Zeit am Brummen. Und jedes Mal, wenn es gebrummt hat, bist du irgendswas am Zurücktippen.“

Mist, dachte Will, der sich sicher gewesen war, äußerst unauffällig agiert zu haben. Außerdem schien er zum wiederholten Mal die Multitaskingfähigkeit seiner Frau unterschätzt zu haben, denn sie hatte nach seinem Empfinden die ganze Zeit ihre volle Aufmerksamkeit dem Fernsehprogramm gewidmet. Will hatte dummerweise tatsächlich Nachrichten ausgetauscht, und zwar mit Hauptkommissar Kleinheinz. Der befand sich nämlich zur selben Zeit im Gebäude des LKA in Düsseldorf, da er auf dem kleinen Dienstweg Laborleiter Petersen dazu überredet hatte, für ihn die Vaterschaftsanalyse durchzuführen. Da die Arbeitsbelastung wegen der Großrazzia im Rahmen der Clankriminalität, bei der es etliche Festnahmen gegeben hatte, jedoch groß war und die Testkapazitäten am Anschlag waren, hatte Petersen sich erst am Abend nach Ende der Dienstwoche um den Sonderwunsch kümmern können. Will war entsprechend aufgeregt und da er zudem ein schlechter Lügner war, entschloss er sich für die Wahrheit, jedenfalls für eine leicht zurechtgebogene. „Du hast ja Ohren wie ein Fuchs", lobte er seine Frau. „Ich hatte der Klingelton extra ausgestellt, für dich nicht zu stören bei der komische Krimi. Ich bin hier bloß mit der Peter was am Schreiben wegen meine Memoraren. Der ist für mich ein paar Informationen am zusammenstellen."

„Um die Zeit?", entgegnete Marlene mit einem Blick auf die Wanduhr über der Tür und warf ihrem Mann dann einen argwöhnischen Blick zu.

„Na ja, der kann das ja schlecht während seine Arbeitszeit machen." Will atmete einmal tief durch. Seine Frau schien sich mit der Erklärung zufriedenzugeben, denn ohne weiteres Nachhaken widmete sie sich wieder dem TV-Geschehen. Will schaute heimlich aufs dunkle Display seines Handys, aber es schien immer noch kein Ergebnis vorzuliegen. Wie lange dauerte es denn, zwei lächerliche DNA-Proben miteinander zu vergleichen?

Er zuckte zusammen, als Marlene ihn erneut ansprach: „Schatz, wärst du bitte so lieb, mir eine Tüte Erdnussflips aus dem Keller zu holen?"

Will zog die Augenbrauen hoch. Das Wort „Schatz“ verhieß nichts Gutes. Seine Frau verwendete es meist dann, wenn sie keinen Widerspruch duldete. Und Will war gut beraten, ihrem Wunsch unverzüglich nachzukommen. Die Entdeckung des Dujardin-Depots hatte für viel Ärger gesorgt. Eine aufmerksame Nachbarin hatte ihn zudem am Mittwochnachmittag beim Betreten der Gaststätte Harry Aretz beobachtet und anschließend ordnungsgemäß Meldung gemacht. Will hatte zwar glaubhaft versichern können, dass es sich dabei lediglich um eine Terminabsprache gehandelt hatte, was ja auch nicht gelogen war, aber dennoch war ihm spätestens nach dem soeben erfolgten Gespräch klar, dass er kurz davor war, seine Bewährungsauflagen zu verletzen, und so leistete er dem Wunsch nach Knabberkram unverzüglich Folge.

„Natürlich, mein Schatz.“

Will schlüpfte in seine Pantoffeln und schlurfte aus dem Zimmer. Er hatte den Raum gerade verlassen, als das Handy, das er demonstrativ auf der Armlehne seines Sessels hatte liegen lassen, zu brummen begann.

Marlene horchte auf. Es war normalerweise nicht ihre Art, ihren Mann zu kontrollieren, aber aufgrund seiner Herzprobleme sah sie sich in einer gewissen Fürsorgepflicht für sein Wohlergehen und so redete sie es sich schön, dass es nicht nur die pure Neugier war, die sie zu seinem Handy greifen ließ. Der Bildschirm war zwar gesperrt, aber bei der Tastenkombination für den Code musste Marlene nicht lange überlegen, da Will in derlei Angelegenheiten recht fantasielos war. So tippte sie einfach sein Geburtsdatum ein, bei dem es sich praktischerweise um den 11.11. handelte. Sofort leuchtete der sehr übersichtliche

Bildschirm auf, der im Prinzip nur aus den vorinstallierten Apps bestand. Am oberen Rand des SMS-Symbols leuchtete eine rote Eins für die soeben eingegangene neue Nachricht. Marlene wischte ihre letzten Skrupel beiseite und tippte auf den grünen Button mit der weißen Sprechblase. Es öffnete sich das Sprachfeld. Ganz oben standen in einem Kreis die Initialen „KP“ für Kleinheinz, Peter. Aufgeregt überflog Marlene den bisherigen Gesprächsverlauf, der aus immer denselben Nachrichten bestand, die im Abstand von zehn Minuten hin- und hergeschickt worden waren: „Will: Und?“ „Peter: Noch nix, ich meld mich.“ Nur die letzte Antwort des Hauptkommissars war etwas länger und ließ Marlene das Blut in den Adern gefrieren. Als sie den Text las, musste sie sich ans Herz greifen und befürchtete kurzzeitig, dass nun auch sie ernstliche Herzprobleme bekam. Noch einmal las sie den Text in der Hoffnung, dass sie sich verlesen hatte. Aber es stimmte, was sie da vor sich sah. Wort für Wort. „Herzlichen Glückwunsch, Will. Dein Vaterschaftstest ist negativ!“

21:12
KP
Kleinheinz P
Heute, 19:57
Und?
Noch nix, ich meld mich
Heute, 20:11
Und?
Noch nix, ich meld mich
Heute, 20:26
Und?
Noch nix, ich meld mich
Heute, 20:37
Und?
Noch nix, ich meld mich
Heute, 20:52
Und?
Herzlichen Glückwunsch, Will. Dein Vaterschaftstest ist negativ!

Die Einladung

27

Mittwoch, 25. September 2019, 16.21 Uhr

Hastenraths Will saß erschöpft auf dem Besucherstuhl im Büro von Heribert Oellers und starrte auf den mit allerlei Utensilien vollgestopften Schreibtisch vor sich. Fräulein Regina hatte ihn bereits hereingelassen, da der Autohauschef sich noch im Verkaufsraum befand, wo er versuchte, einen Kunden zu beruhigen, dem ein Ölwechsel doppelt berechnet und ein gebrauchter Vergaser als neu verkauft worden war. Ab und zu konnte so etwas schon mal passieren. Also, nicht dass Rechnungen falsch ausgestellt wurden – das war die Regel –, sondern dass es einem Kunden auffiel. Während Will durch die geschlossene Türe den brüllenden Heribert hörte, ließ er die Geschehnisse der letzten Tage noch einmal Revue passieren. Seitdem Marlene die verhängnisvolle SMS von Peter Kleinheinz gelesen hatte, hatte sie andauernd erhöhten Gesprächsbedarf. Und obwohl Will geständig war und schnell aufklären konnte, dass es nicht um einen aktuellen, sondern um einen längst verjährten Vorfall von vor fast 40 Jahren ging, wurde er von seiner Frau immer wieder in aufreibende Diskussionen verwickelt. Marlene zeigte vor allem deshalb wenig Verständnis, weil die beiden damals bereits verheiratet gewesen waren und auch Tochter Sabine zu diesem Zeitpunkt schon geboren war. Nicht einmal Wills verzweifelter Verteidigungsversuch, dass er sich ja noch nicht einmal daran erinnern könne, fremdgegangen zu sein, konnte das Stimmungsbarometer heben.

So blieb die Lage weiterhin angespannt und Will musste bereits schmerzhafte Zugeständnisse akzeptieren, die von einer neuen Arbeitsaufteilung im Haushalt bis hin zur Kündigung des Sky-Abos reichten. Zum Glück hatte Will eine Mission geplant, die ihn seit Beginn der neuen Woche zumindest stundenweise aus dem Haus und damit aus Marlenes Bannstrahl führen würde. Seine Frau hatte ihn mit vernichtenden Blicken gestraft, als er ihr eröffnet hatte, dass er einige Außentermine wahrzunehmen hätte, um für sein Buch zu recherchieren. Ihre spitze Bemerkung, ob es sich dabei vor allem um verflossene Liebschaften handele, hatte er geflissentlich überhört. Viel zu wichtig war ihm sein Auftrag, denn nun, da feststand, dass er selbst nicht der Vater von Biggis Sohn war, wollte er herausfinden, wer seiner Kegelfreunde stattdessen dafür infrage kam, wenn es denn überhaupt jemand von ihnen war.

Um das zu eruieren, hatte Will einen geschickten Plan ausbaldowert. Pro Tag gedachte er zwei bis drei seiner ehemaligen Kegelbrüder aufzusuchen und sie zu einem besonderen Abend einzuladen. Wills Schwiegersohn Michael hatte ihm zur Unterstreichung des offiziellen Charakters extra eine individuelle Karte mit stilisierten Kegeln gestaltet. Diese Einladungskarte zum großen Jubiläumskegeln der „Freunde der Nacht“ würde Will jedem persönlich überreichen. Zusätzlich bewaffnete sich der Landwirt für seine Hausbesuche mit zwei Flaschen

„Saffelener Höllentropfen", die er zum Glück noch im Keller gefunden hatte. Bereits am Montag jedoch war sein Zeitplan durcheinandergeraten, da er am Vormittag Werner Laumen in Köln besuchen wollte und am Nachmittag „Buschi" Buschhüter. Sein Besuch in Köln verlief aber leider nicht nach Plan. Zwar gelangte er pünktlich zum vereinbarten Treffpunkt, einem Café am Ebertplatz, und Werner freute sich auch sehr darauf, die alten Freunde wiederzutreffen, aber die Rückfahrt nach Saffelen gestaltete sich äußerst unglücklich. Das Knöllchen im Parkhaus, wo er gleich zwei Behindertenparkplätze blockiert hatte, konnte er noch verstehen. Dass er jedoch anschließend für den kleinen Auffahrunfall auf dem Kölner Ring, der eigentlich der hektischen Fahrweise der anderen Verkehrsteilnehmer geschuldet war, vom Motorradpolizisten die Alleinschuld zugeschrieben bekam, empfand er als Diskriminierung der Landbevölkerung. Zum Glück war er gut versichert und darüber hinaus Mitglied im ADAC, was sich eine weitere halbe Stunde später auszahlte, als seine Rückfahrt auf dem Pannenstreifen der A46 auf Höhe von Grevenbroich-Kapellen mit einem qualmenden Motorblock und einem verlorenen Auspuff endete. Zwar dauerte es keine drei Stunden, bis die Gelben Engel den Wagen auf den Hof von Auto Oellers in Saffelen geschleppt hatten, aber seinen Besuch bei Hermann-Josef Buschhüter, den er für den Nachmittag geplant hatte, konnte er vergessen. Seine Einladungstour musste er wohl oder übel am nächsten Tag mit einem Leihwagen fortsetzen. In weiser Voraussicht hatte Will bei Harry Aretz als Termin für das Jubiläumskegeln Samstag, den 28. September geblockt, sodass noch genug Zeitpuffer für die nötigen Vorbereitungen verblieb.

Alle weiteren Besuche waren ohne Komplikationen verlaufen und er konnte die verlorene Zeit wieder hereinholen. Alle hatten sich über die Einladung gefreut und mehr oder weniger spontan zugesagt. Zumal Will noch ein besonderes Bonbon in petto hatte. Am Ende einer jeden Stippvisite hatte Will die beiden Schnapsflaschen sowie zwei Gläser aus seiner Tasche gezaubert und darauf bestanden, dass man mit dem alten Trinkspruch auf die Einladung anstoßen möge. Ein kleines Ritual, zu dem er niemanden überreden musste. Damit er und vor allem sein angeschlagenes Herz keinen größeren Schaden davontragen würden, hatte Will die Flasche, aus der er sich selbst bediente, mit Leitungswasser präpariert. Seinen Freunden hingegen goss er den original „Saffelener Höllentropfen" ein.

Im Büro von Auto Oellers war er nun an seiner letzten Station angekommen, wo er seinen reparierten Mercedes endlich wieder in Empfang nehmen sollte. Nachdem die Schreierei im Vorraum mit wüsten Beschimpfungen und einer zugeschlagenen Eingangstür geendet hatte, stürmte Heribert Oellers mit immer noch hochrotem Kopf in sein Büro, wo Will sich sofort in seinem Besucherstuhl aufrichtete wie ein Soldat zum Appell.

„Will, alte Flachzange. Tut mir leid, dass du so lange warten musstest. Aber es gibt einfach Vollidioten, die das beste Argument für getrennte Ehebetten sind. Ach du Scheiße, wie bist du denn drauf? Dein Gesicht sieht aus, als hättest du dadrin übernachtet."

Will winkte ab. „Alles gut. Ich hab nur schlecht geschlafen."

„Komm, ich weiß Bescheid", ließ Oellers ihm diese Ausrede nicht durchgehen. „Du hast Krach mit deine Olle. Das hat die Käthi meine Frau gestern beim Zumba erzählt. Und zwar, weil du dir damals auf unsere Kegeltour im Sauerlandstern was gelappt haben sollst. Ich hab dir doch direkt gesagt: Lass die alten Geschichten. Wir haben alle unsere Leichen im Keller."

„So ein Blödsinn. Ich hab mir überhaupt nix gelappt. Das war ein Missverständnis. Was aber viel wichtiger ist: Was ist jetzt schon wieder an mein Auto kaputt? Der war doch gerade erst beim TÜV."

Oellers strich sich mit beiden Händen durch sein schütteres Haupthaar und antwortete ungewohnt verlegen: „Ja, blöde Sache. Der Borowka sagt, er wär sich absolut sicher gewesen, dass er der Auspuff ordentlich befestigt hatte, aber offensichtlich hat er wohl doch ein paar Schrauben vergessen. Ich hab ihm aber schon ein Einlauf dafür verpasst, das kannst du mir glauben. Ich hab ihn gefragt, warum er nicht die Schrauben genommen hat, die bei ihm locker sind. Aber gut, was soll ich sagen? Dumm gelaufen. Immerhin: Da du dein Auspuff ja nicht mehr gefunden hast auf der A46, hab ich ein nigelnagelneuer bestellt. Da wirst du jetzt ganz lange Spaß dran haben. Dafür geb ich dir sogar die Auto-Oellers-Garantie gegen Abfallen."

„Das ist ja schon mal was", antwortete Will. „Aber warum hat der Motor gebrannt?"

„Der hat nicht gebrannt, der hat ein bisschen gequalmt. Das ist keine große Sache. Wahrscheinlich hat unser Lehrling bloß vergessen, der Verschluss auf der Öleinfüllstutzen zu machen, sodass das Motoröl aus dem Ventilgehäuse in der Motorraum und dann auf der kochend heiße Auspuffkrümmer gespritzt ist. Das hoff ich jedenfalls, denn wenn die Zylinderkopfdichtung kaputt ist, dann wird es natürlich teuer. Wie gesagt, ich kann mich für die Unannehmlichkeiten nur entschuldigen und natürlich für die Doofheit von unser Lehrling … was soll ich sagen? Ich kenn Vogelkacke, die ist schlauer als wie der. Aber, das hab ich dir ja versprochen: Das läuft alles über Kulanz."

„Danke", sagte Will und war froh, dass er endlich mal zu Wort kam, um sein zweites Anliegen vorzubringen. „Pass auf, Heribert. Wo du eben unsere Kegeltour erwähnt hast. Da hab ich mir was Tolles ausgedacht. Und zwar …"

„Spar dir dein Gequatsche. Der Eidams Theo hat mich schon angerufen und mir alles erzählt. Also, lass uns das überspringen und hol der gute Höllentropfen raus."

Will grinste, zog die beiden Flaschen und die zwei Korngläser aus der Tasche und schob Oellers die Einladungskarte über den Tisch. „Du bist also auch dabei?!", fragte Will.

„Na ja", erwiderte Oellers, während er die Karte überflog, „eigentlich ist der 28. schlecht, weil das unser Hochzeitstag ist und ich mit Irene in ein Musical fahren soll."

„Du und Musical?" Will musste lachen. „Ich weiß noch, wie du vor Jahre mal mit deine Frau bei ‚Cats' gewesen bist und nachher gesagt hast, dass das total unrealistisch gewesen wär, weil die Katzen sich kein einziges Mal am Arsch geleckt hätten."

„Das stimmt ja auch. Das Einzigste, was bei die Scheiße wirklich gepasst hat, war die fürchterliche Jaulerei von die Viecher. Wenn ich ein Eimer Wasser dabei gehabt hätte …"

Es klopfte zaghaft an der Tür.

„Waaas?", unterbrach Oellers sich selbst.

Fredi betrat das Büro und stellte in Vertretung von Fräulein Regina, deren Fingernägel noch trocknen mussten, mit zittrigen Händen eine randvolle Tasse Kaffee auf dem Tisch ab. Dann fragte er seinen Chef: „Soll ich Sie auch ein Kaffee bringen?"

„Nee, lass mal. Ich trink jetzt was für echte Männer." Er wedelte mit der Schnapsflasche. Fredi lachte kurz und verschwand wieder.

Will hatte den kurzen Moment der Ablenkung genutzt, um sich selbst schon mal aus der präparierten Flasche einzugießen. Oellers, der das Manöver nicht bemerkt hatte, kippte sich voller Vorfreude sein eigenes Glas voll. Die beiden stießen miteinander an und riefen im Chor: „Freunde der Nacht, Freunde für immer!"

Nachdem sie die Gläser auf ex geleert und sich geschüttelt hatten, setzte Will nach. „Heribert, du musst aber kommen. Alle anderen sind dabei. Nur deine Zusage fehlt uns noch." Ein Satz, der zum ersten Mal wirklich stimmte, denn Will hatte ihn zu jedem der acht Kegelbrüder gesagt, um den Druck zu erhöhen. Mit großem Erfolg, denn jeder hatte daraufhin versprochen, zu kommen, um nicht als der große Spielverderber dazustehen. Und auch bei Oellers verfehlte die Strategie nicht ihre Wirkung.

„Ach so, na ja. Komm, scheiß drauf, ich bin dabei! Das werde ich die Irene schon irgendswie beibringen. Die kann ja ihr schwuler Frisör fragen, ob der mit sie da hinfährt. Dem gefällt das tuntige Rumgejodel bestimmt."

Erneut klopfte es an der Tür.

„Waaas?"

Fredi steckte den Kopf herein und sagte: „Tut mir leid, Herr Oellers, aber da ist schon wieder der Kunde von eben. Der mit die Beschwerde. Der möchte Sie noch mal sprechen."

Oellers' Halsschlagader schwoll bedrohlich an, als er brüllte: „Der soll gefälligst abhauen. Sag ihm, der Zoo hätte angerufen! Dem Pfleger tut die Sache mit die Banane leid und er darf wieder zurückkommen!"

„Ähm, der ist aber nicht alleine gekommen. Der hat sein Anwalt dabei."

Oellers verdrehte die Augen. Seine Gesichtsfarbe hatte mittlerweile die einer reifen Tomate angenommen. „Na gut. Pass auf, Fredi", sagte er. „Gib der Udo Bescheid, dass der sich bereithält und mit ein Brecheisen in die Hand in der Verkaufsraum kommt, sobald ich der Satz sage: ‚Ich mach Sie jetzt mal ein Vorschlag, wie wir die Kuh ganz schnell vom Eis kriegen.' Okay?"

„Alles klar, Chef. Also so wie immer."

Oellers folgte seinem Angestellten nach draußen. Bevor er die Tür hinter sich ins Schloss warf, rief er Will noch zu: „Bin direkt wieder da für die zweite Runde." Aber Will brauchte keine zweite Runde mehr. Er hatte sein Ziel erreicht. Behutsam hob er seine speckige Ledertasche, die wie ein alter Arztkoffer aussah, auf den Schreibtisch und holte einen breiten Holzkasten daraus hervor. In diesem Holzkasten lagen fein säuberlich nebeneinander sieben mit Namen beschriftete Gefrierbeutel. In jedem davon steckte ein Schnapsglas. Mit spitzen Fingern zog Will einen weiteren Beutel aus der Tasche, stülpte ihn über Oellers' benutztes Schnapsglas und verschloss ihn luftdicht mit dem daran befindlichen Plastikreißverschluss. Dann schrieb er mit einem Eddingstift „Heribert Oellers" auf den Beutel und legte ihn neben die anderen sieben in den Holzkasten. Peter Kleinheinz wird stolz sein, wenn ich ihm meine Ausbeute heute Abend auf der Rastplatz „Herrather Linde" übergebe, dachte Will, während er die wertvolle Fracht vorsichtig in seiner Ledertasche verstaute.

Das Labor

28

Donnerstag, 26. September 2019, 18.11 Uhr

Das LKA Düsseldorf glich in diesen Tagen einem Bienenstock. Die Ermittlungen und Razzien im Clanmilieu hatten viel Staub aufgewirbelt und zusätzliche Arbeit verursacht. Hinzu kam eine deutliche Verschärfung der Gefahrenlage, die für große Nervosität sorgte. Am Vorabend hatte es zeitgleich mit sechs Kreispolizeibehörden im Ruhrgebiet konzertierte Einsätze zur Bekämpfung der Banden- und Clankriminalität gegeben. Es hatten Kontrollen in Wettbüros, Spielhallen und Shishabars stattgefunden. Bei dieser Aktion waren über 1.000 Personen überprüft worden, von denen zwölf aufgrund von Haftbefehlen festgenommen worden waren. Hinzu wurden zahlreiche Strafanzeigen, etwa wegen illegalen Glücksspiels, Steuerhinterziehung oder Schwarzarbeit, sowie weit über hundert Ordnungswidrigkeiten aufgenommen, wie zum Beispiel Verstöße gegen ordnungsbehördliche Auflagen oder das Waffengesetz. Hauptkommissar Kleinheinz, der mit seinem Papierkram bereits gegen Mittag fertig gewesen war, beobachtete aus seinem gläsernen Büro heraus seine Kollegen, wie sie rast- und ruhelos von Vernehmungsbüro zu Vernehmungsbüro hetzten, und vertrieb sich die Zeit, indem er auf seinem Smartphone ein wenig durchs Internet scrollte. Ein Blick auf die Uhr verriet ihm, dass er es nun noch mal im Labor versuchen konnte, das momentan durch die vielen Razzien und Festnahmen völlig überlastet war. Als Kleinheinz wenig später im Reich von Dr. Petersen aufkreuzte, sah man dem Laborleiter die vielen Überstunden an. Dunkle Ränder hatten sich unter seinen Augen gebildet und seine gebückte Haltung schien das Ergebnis stundenlanger Mikroskoparbeit zu sein. „Sorry Volker", sagte Kleinheinz, während er das Labor betrat, in dem noch drei weitere Mitarbeiter in weißen Kitteln vor irgendwelchen Gerätschaften saßen oder farbige Flüssigkeiten anrührten. „Tut mir total leid, dass ich dich hier auch noch mit meinem Scheiß belästige, aber konntest du dir die acht Schnapsgläser zwischendurch mal vornehmen?"

Petersen, der sich gerade mit einer Petrischale beschäftigte, schreckte von seinem Drehhocker hoch und sah Kleinheinz verwirrt an. „Ach, du bist es, Peter. Was ist das nur für ein verrückter Tag, oder?"

„Das kannst du wohl laut sagen. Ich hab gehört, dass dem Gerd heute bei einer Rangelei mit einem von den Rahmanis sogar der rechte Arm ausgekugelt wurde. Was bin ich froh, dass ich mit dieser Scheiße nix mehr zu tun habe."

Petersen erhob sich kopfschüttelnd von seinem Hocker und schlich auf die andere Seite des Raumes. Dort nahm er ein Blatt Papier von einem Stapel, das er mit schnellen Blicken überflog. Dazu setzte er sich seine randlose halbe Brille, die auf seinem Kopf gesteckt hatte, auf seine Nase.

Der Laborchef wirkte auf Kleinheinz seltsam zerstreut und sogar ein wenig geistesabwesend. Da der Kommissar sich nicht sicher war, ob er ihn überhaupt richtig verstanden hatte, wiederholte er seine Frage noch einmal: „Konntest du dich denn schon um die Schnapsgläser kümmern?“

„Ja, ja“, grummelte Petersen vor sich hin und machte einen Schritt auf Kleinheinz zu. Mit sorgenvoller Miene fügte er hinzu: „Aber es gibt da leider ein Problem. Einer meiner Mitarbeiter, der Marco, sollte alles vorbereiten. Ich muss zu seiner Entschuldigung sagen, dass er zu dem Zeitpunkt schon seit 13 Stunden auf den Beinen war. Auf jeden Fall hat er die Gläser zur Analyse bereitgestellt, aber versehentlich die Plastiktüten entsorgt, auf denen die Namen zugeordnet waren.“

„Oh nein“, Kleinheinz schlug sich mit der flachen Hand gegen die Stirn.

„Ja, genau“, erwiderte Petersen zerknirscht. „Und das wär alles nur halb so wild, wenn es keinen Treffer gegeben hätte.“

Kleinheinz riss die Augen auf. „Heißt das …?“

Der Laborleiter nickte. „Ja! Eine dieser acht Personen ist mit der berühmten 99,9-prozentigen Sicherheit der Vater. Aber wir wissen leider nicht, wer. Peter, es tut mir wahnsinnig leid. Ich nehm das alles auf meine Kappe, aber es wäre mir sehr wichtig, wenn du meinen Mitarbeiter aus der Schusslinie nehmen würdest. Der Marco war überarbeitet und ich brauch hier im Moment jeden Mann und …“

Kleinheinz hatte verstanden. Und auch wenn der folgenschwere Fehler sehr ärgerlich war, spielte ihm dieser Vorfall in gewisser Weise perfekt in die Hände. Schließlich hatte er überhaupt keine Genehmigung für die Untersuchung, es war eine reine Gefälligkeit zwischen Tür und Angel gewesen, für die seine Vorgesetzten ganz sicher kein Verständnis zeigen würden.

Petersen gegenüber hatte Kleinheinz zwar nebulös von einem Vaterschaftstest in Zusammenhang mit den Clanermittlungen gesprochen, aber alle formellen Bestimmungen waren im allgemeinen Chaos untergegangen. Und so konnte der Kommissar sogar noch generös antworten: „Mach dir keinen Kopf, Volker. Die ganze Sache bleibt unter uns. Diesen Vaterschaftstest hat es nie gegeben."

Dr. Petersen reichte ihm die Hand. „Danke, Peter!"

Zurück an seinem Schreibtisch, rief Kleinheinz auf Wills Handy an. Er ließ es einmal klingeln und legte sofort wieder auf. Nach dem peinlichen Vorfall mit der SMS hatten die beiden vereinbart, dass die künftige Kommunikation konspirativer ablaufen musste. Und so wartete der Kommissar geduldig, bis eine SMS ihm signalisierte: „OK!" Er wählte noch mal dieselbe Nummer. Der Landwirt nahm das Gespräch sofort an. Er wirkte etwas kurzatmig, ganz offensichtlich war er gerade dabei, sich eiligen Schrittes einen ruhigen Platz zu suchen. „Na endlich", keuchte er. „Und gibt es ein Ergebnis?"

„Ja und nein", antwortete Kleinheinz und erklärte in knappen Worten, was vorgefallen war.

Will dachte kurz nach, bevor er antwortete: „Na ja, aber jetzt, wo wir wissen, dass einer der Vater sein muss, brauchen wir doch einfach nur alle acht offiziell testen zu lassen. Dann wissen wir, wer es ist."

„So einfach ist das nicht", klärte Kleinheinz ihn auf. „Ein Vaterschaftstest ist ein schwerer Eingriff in die Persönlichkeitsrechte. Das bedeutet, dass wir ohne eine schriftliche Einverständniserklärung nichts machen können. Und zwar bräuchten wir diese Erklärung von beiden Seiten: vom potenziellen Vater und von Stephan Koppers. Ich würde aber ohnehin davon abraten, weil wir damit den Erzeuger doch nur aufschrecken würden. Wir wüssten dann zwar, wer der Vater ist, aber das ist ja keine Straftat. Was wir dann aber immer noch nicht wüssten, ist, was aus Biggi geworden ist. Falls ihr etwas zugestoßen sein sollte, wäre ein möglicher Täter oder Mitwisser gewarnt. Deshalb sollten wir weiterhin im Geheimen ermitteln. Ich würde als nächsten Schritt vorschlagen …"

Kleinheinz hielt inne, weil ein Kollege an seinen Schreibtisch getreten war. „Da ist ein Anruf für dich auf Leitung 3. Ein Professor Dr. Löffler."

„Oh, Will, ich muss Schluss machen. Da kommt gerade ein wichtiger Anruf rein. Ich melde mich später noch mal."

„Ja gut, aber bloß nicht vergessen: zuerst einmal leise klingeln lassen."

Will legte auf und der Kommissar nahm das Gespräch auf Leitung 3 an. Das Erste, was er hörte, war ein schweres Atmen, dann erklang die sonore Stimme des Mediziners: „Herr Kommissar, ich grüße Sie. Wie ich feststellen muss, scheinen wir ähnliche Arbeitszeiten zu haben. Das trifft sich gut. Mir gegenüber sitzt nämlich Frau Karliczek. Wir besprechen gerade die Dienstpläne und Sie hatten mir ja gesagt, dass Sie noch ein paar Fragen an sie hätten. Ich reiche Sie einfach mal weiter."

Im Hörer erklang eine helle Frauenstimme: „Karlizcek?!"

„Hauptkommissar Kleinheinz. Vielen Dank, dass Sie sich so schnell gemeldet haben. Wie Sie wissen, ermitteln wir im Vermisstenfall Brigitte Lechner. Ich hoffe, Sie können sich noch gut an Ihre Begegnungen mit ihr erinnern?!"

„Als wenn es gestern gewesen wäre. Die Frau Lechner war eine außergewöhnlich liebenswerte Person. Deshalb tat sie mir auch so leid in ihrer Verzweiflung. Und ist der Grund, warum ich mich damals entschieden hatte, die Polizei zu informieren."

„Das haben Sie genau richtig gemacht", ermunterte Kleinheinz sie mit sanfter Stimme. „Mich interessiert vor allem eine Sache: Welchen Eindruck machte Frau Lechner, als sie ihr Kind bei Ihnen abgegeben hat?"

Kleinheinz spürte eine kurze Irritation am anderen Ende der Leitung. Dann antwortete Marita Karliczek mit fester Stimme: „Wieso Frau Lechner? Ein Mann hat das Kind abgegeben."

Das Foto

29

Donnerstag, 26. September 2019, 22.12 Uhr

Das durch die Flurbeleuchtung entstehende Gegenlicht ließ die Silhouette der Frau, die in der Tür stand, wie eine jüngere Ausgabe von Marlene Hastenrath wirken und in gewisser Weise war sie das ja auch. Wills Tochter Sabine lehnte mit ihrem barocken Körper und trotzig vor der üppigen Brust verschränkten Armen am Türrahmen und kommentierte das Geschehen im Büro ihres Mannes mit unverhohlener Missbilligung: „Du hast sie nicht mehr alle, Papa. Was sagt Mama denn zu diese Aktion?“

Ohne sich umzudrehen, antwortete Will: „Die spricht im Moment nicht mit mir.“

Der Landwirt stand neben dem Schreibtisch, wo Schwiegersohn Michael, nur bekleidet mit einem Schlafanzug und Filzpantoffeln, vor seinem Computer saß und die Maus in atemberaubender Geschwindigkeit über den Bildschirm sausen ließ. Michael hatte schon geschlafen, als Will gegen 22 Uhr Sturm geklingelt hatte. Sabine, die noch damit beschäftigt war, die Küche aufzuräumen, hatte im ersten Moment geglaubt, es sei etwas mit ihrer Mutter passiert. Als Will ihr aber eröffnete, dass Michael für ihn lediglich ein Foto bearbeiten und verschicken sollte, hatte sie sich im falschen Film gewähnt. Ihre energischen Versuche, Will abzuwimmeln, da ihr Mann seinen Schlaf brauchte, weil er wegen des Hackerangriffs auf die Landeszentralbank zurzeit für seine Firma im Dauereinsatz war, hatten nicht gefruchtet. Will hatte sich partout nicht wegschicken lassen, sondern darauf bestanden, Michael zu wecken, da Gefahr im Verzug war, wie er es formuliert hatte. Will hatte nämlich umgehend reagiert, nachdem Kleinheinz ihn ganz hektisch angerufen hatte, um ihm zu erzählen, dass ein Mann das Findelkind seinerzeit im Krankenhaus abgegeben hatte und dass es sich dabei nur um den leiblichen Vater handeln könne, weil alles andere keinen Sinn mache. Der Kommissar hatte sich zwischenzeitlich auf den Weg ins Elisabeth-Krankenhaus in Rheydt gemacht, um Marita Karliczek persönlich zu befragen und ihr die Männer zu zeigen, die infrage kommen. Will hatte dem Kommissar nämlich von jenem Gruppenfoto erzählt, das bei Harry Aretz auf der Kegelbahn hing und auf dem alle Kegelbrüder abgebildet waren, und zwar so, wie sie zum fraglichen Zeitpunkt ausgesehen hatten. Da donnerstags Ruhetag war, hatte es eine ganze Weile gedauert, bis Will den Wirt endlich erreicht hatte und sie gemeinsam ins Lokal fahren konnten, um das Foto zu holen. Anschließend war der Landwirt zu seinem Schwiegersohn gefahren, der ein IT-Profi war, weil die Aufnahme eine relativ schlechte Qualität hatte. Und so stand er nun neben ihm am Schreibtisch, der lediglich durch den Bildschirm selbst erhellt wurde. Aber diese Lichtquelle reichte Will, um mit Erstaunen zu beobachten, mit welcher Akribie Michael die etwas mitgenommene Fotografie am Bildschirm bearbeitete, nachdem er sie eingescannt hatte.

Doch Sabine in seinem Rücken ließ nicht locker. „Für so ein blödes Bild von euer alter Kegelclub machst du so ein Aufstand? Findest du nicht, dass du es langsam übertreibst mit dein komisches Memoraren-Buch? Hättest du das nicht einfach mit dein Handy abfotografieren und wegschicken können?"

Will drehte sich überrascht um: „Das geht?"

Sabine verdrehte genervt die Augen: „Ich glaub's nicht!"

Michael, der die ganze Zeit hoch konzentriert vor sich hin gewerkelt hatte, sah sich genötigt, ins Gespräch einzugreifen, da er wusste, dass solche Diskussionen schnell eskalieren konnten. Wenn eines alle Hastenraths gemeinsam hatten, dann war das ein sturer Dickkopf. „Das hätte nicht viel gebracht", warf er mit ruhiger Stimme ein, ohne das Gesicht vom PC abzuwenden. „Die Qualität des Fotos ist viel zu schlecht, als dass man die Gesichter darauf hätte erkennen können. Wenn man ein Foto einfach nur abfotografiert, hat man immer das Problem einer perspektivischen Verzerrung. Wenn man es aber einscannt, dann bleibt die Verzerrung aus, weil der Scanner das Motiv zeilenweise aus nächster Nähe abarbeitet. Außerdem bewegt sich die Leuchte beim Scanner mit. Die Beleuchtung des Motivs ist dadurch absolut gleichmäßig, während beim Fotografieren selbst bei sehr guter Ausleuchtung Verläufe entstehen."

„Weißt du, was mich das interessiert?", keifte Sabine. Sie drehte sich auf dem Absatz um und verschwand, nicht ohne noch den ein oder anderen Fluch auszustoßen.

Will stupste Michael an. „Die beruhigt sich schon wieder. Das kenn ich von Marlene. Aber eins interessiert mich jetzt doch. Wie bekommst du das hin, dass man die Gesichter auf das Bild besser erkennen kann?"

„Na ja, zaubern kann ich nicht", erwiderte Michael in seiner typischen Bescheidenheit. „Und dass man die Qualität eines Fotos am Computer verbessern kann, wird oft falsch verstanden. Du hast ja bestimmt schon mal Filme gesehen, in denen verpixelte Bilder durch einen Rechner so hochgerechnet werden, dass auf wundersame Art Details sichtbar werden, die vorher nicht erkennbar waren."

Will nickte eifrig und Michael fuhr fort: „So was ist in Wirklichkeit nicht möglich. Durch Algorithmen kann ein Programm zwar Formen in einem Motiv erkennen und die dann in höherer Auflösung nachzeichnen. Die Auflösung des Bildes ist im Nachhinein größer und damit die Qualität des Bildes für den Betrachter höher, aber es werden keine neuen Informationen im Sinne verborgener Details hinzugefügt. Es gibt zwar Programme, mit denen es möglich ist, nicht erkennbare Details eines Motivs nachträglich nachzuzeichnen oder sogar hinzuzufügen. Die fehlenden Informationen werden dann allerdings berechnet. Die Übereinstimmung mit der tatsächlich fotografierten Situation ist also nur als ‚wahrscheinlich' zu bezeichnen."

„Verstehe", behauptete Will leicht überfordert. „Aber du machst das Bild jetzt so, wie es ursprünglich in echt war?"

„Ich geb jedenfalls mein Bestes."

Knapp zehn Minuten später rief Michael zufrieden: „Voilà!" Er präsentierte Will das bearbeitete Bild auf dem Monitor und der war bass erstaunt. Die Gesichter jedes einzelnen seiner Mitstreiter waren genau zu erkennen.

„Und jetzt?", fragte Will.

„Jetzt schicken wir das Bild an die Mailadresse, die dir dein Kommissar-Freund gegeben hat, und der kann sich das Foto dann ganz bequem auf seinem Tablet ansehen und einzelne Ausschnitte nach Belieben vergrößern."

„Michael, du bist ein Genie", gab Will seinem Schwiegersohn, der seit Jahren um die Anerkennung seines Schwiegervaters kämpfte, den familiären Ritterschlag.

Michael strahlte übers ganze Gesicht und packte die JPG-Datei in den Anhang der Mail.

Marita Karliczek und Peter Kleinheinz hatten es sich bei einem Espresso im Besucherraum bequem gemacht und miteinander geplaudert. Dabei hatte der Kommissar einiges über den Menschen Brigitte Lechner erfahren, das ihn noch mehr in seiner Ansicht bestärkte, dass sie nie und nimmer aus freien Stücken aus dem Leben ihres Sohnes verschwunden war, sondern dass man hier einer größeren Sache auf der Spur war.

Als Frau Karliczek gerade über ihren Urlaub in Kroatien erzählte, meldete das Tablet endlich den lang ersehnten E-Mail-Eingang. Mit nervösem Finger öffnete Kleinheinz die Mail mit dem Absender michabine@t-online.de und klickte das Foto im Anhang an. Sofort öffnete sich über die gesamte Breite des Bildschirms ein erstaunlich scharfes Bild von neun ausgelassenen jungen Männern, die stolz posierend vor dem Sauerlandstern standen. Er musste schmunzeln, als er den jungen Will erkannte, der genauso aussah wie der alte Will, nur etwas schlanker.

Marita Karliczek stand auf und stellte sich neben ihn. Ihr Blick wanderte konzentriert über die Gesichter, bevor sie mit großer Bestimmtheit auf einen Mann zeigte, der mit einer Dose Bier in die Kamera prostete. „Das ist er!", sagte sie.

„Sind Sie sich da absolut sicher?“, fragte Kleinheinz, obwohl er an ihrer Aussage keinerlei Zweifel hatte.

„Absolut“, antwortete Frau Karliczek mit versteinerter Miene. „Dieses Gesicht werde ich niemals vergessen!“

Schnitzeltag

30

Samstag, 28. September 2019, 19.04 Uhr

Die legendäre Diskothek in Himmerich hatte schon bessere Zeiten erlebt. Zwar gehörte sie immer noch zu den wichtigsten Freizeit-Hotspots der regionalen Landjugend, aber das goldene Zeitalter der klassischen Danceclubs ging deutlich erkennbar zu Ende. In den drei verschiedenen Tanzbereichen, in denen sich noch vor Jahren selbst zu dieser frühen Stunde die Menschen bereits eng an eng zu Diskorhythmen aneinanderrieben und es kaum ein Durchkommen für die Kellner mit ihren riesigen Tabletts gab, klafften mittlerweile große Lücken. Ein paar versprengte Gruppen standen um Stehtische herum und diskutierten gegen den Lärm an, während die Tanzfläche trotz verzweifelter Animationssprüche des DJs so gut wie leer blieb. Fredi Jaspers stand mit einem Glas Bier in der Hand im Eingang und beobachtete das traurige Schauspiel. So fühlt sich das also an, wenn eine Ära endet, dachte er. Er konnte die Nächte kaum zählen, die er hier verbracht hatte und die ihn geprägt und sozialisiert hatten. Sein halbes Leben lang war dieser Ort der Mittelpunkt seiner Freizeitgestaltung gewesen. Hier hatte er gelacht, geweint und sich geprügelt. Immer an seiner Seite: Richard Borowka, sein treuer Gefährte, der auch an diesem Abend mitgekommen war. Allerdings nicht zum Feiern, was man schon daran erkannte, dass er seine Frau Rita dabeihatte. Die drei waren nur da, um Fredis neue Freundin Steffi von der Arbeit abzuholen. Sie hatte die Tagesschicht im Bistro gehabt und war gerade noch dabei, sich beim Betriebsleiter abzumelden.

Fredi beklagte sich bei Rita über den Niedergang dieser heiligen Institution.

„Hör mal, ihr seid jetzt Mitte vierzig“, antwortete sie ihm. „So langsam ist es doch auch mal gut mit der Kinderkram, oder?“ Rita kommunizierte ihr Unverständnis für den Lifestyle ihres Mannes gewohnt offen.

„Das ist kein Kinderkram. Das sind Erinnerungen“, verteidigte Fredi sich und seinen Freund.

„Erinnerungen sind schön und gut. Aber ihr zwei solltet euch vor allem mal dadran erinnern, dass ihr mittlerweile erwachsene Männer seid – zumindest auf dem Papier – und dass es Wichtigeres gibt, als sich jedes Wochenende volllaufen zu lassen.“

Borowka, der in diesem Moment vom Klo zurückkam, schaltete sich sofort ins Gespräch ein, während er sich noch die Hände an seiner Jeanshose abwischte. „Ich sag mir immer: Die besten Erinnerungen sind *die* Abende, an die man sich nicht mehr erinnern kann. Hahaha.“ Er nahm sein halb leeres Glas Bier vom Tisch und prostete Fredi mit dreckiger Lache zu.

Fredi rülpste als Antwort, beide hielten sich zeitgleich die Hand vor die Stirn und riefen im Chor: „Schuuulz!“

Rita verdrehte die Augen und hielt Ausschau nach Steffi. Sie brauchte dringend Verstärkung für ihren Diskurs mit den beiden Kindsköpfen. Zum Glück erblickte sie Fredis neue Freundin, die sich gerade durch einen Pulk durchzwängte, der aus mehreren jungen Männern bestand, die alle das gleiche blaue T-Shirt mit derselben Aufschrift trugen: „Bis jetzt war Yannik ledig, jetzt ist er erledigt!“

Einer aus der Gruppe, offensichtlich der Wortführer, schlug Steffi unter lautem Grölen seiner Kumpels auf den Hintern. Als Fredi und Borowka das sahen, stellten sie ihr Bier ab und krempelten sich die Ärmel ihrer Jeanshemden hoch. Noch bevor sie loslaufen konnten, um Steffi zu rächen, hatte diese sich schon umgedreht und dem Grabscher mit voller Wucht eine so heftige Ohrfeige verpasst, dass ihm die Sonnenbrille, die er trotz der schummrigen Dunkelheit trug, in hohem Bogen von der Nase flog. Der junge Mann hielt sich die schmerzende Wange, die sich knallrot verfärbte. Das Lachen am Tisch verstummte schlagartig und die eben noch so ausgelassenen Mitstreiter wussten nicht so recht, wie sie mit der Situation umgehen sollten. Steffi jedoch drehte sich um, als wäre nichts gewesen, und ging winkend auf ihre Freunde zu.

Borowka nickte seinem Kumpel anerkennend zu und stieß mit ihm auf dessen toughe Freundin an. „Respekt“, flüsterte er ihm ins Ohr.

Rita umarmte Steffi und beglückwünschte sie zu ihrer Reaktion. „Da hast du die Idioten aber mal gezeigt, wo der Kirchturm seine Glocken hat.“

„Ach, mit solchen Luschis hab ich hier ständig zu tun. Das sind doch noch Kinder.“

„Sag das mal unsere beiden Disko-Helden hier. Die halten sich immer noch für jung gebliebene Travoltas.“

Steffi musste lachen. „Kommt, lasst uns abhauen. Ich muss hier weg. Wohin entführt ihr mich?“

Fredi zupfte sich seine Lederkrawatte zurecht und erwiderte: „Ich hab ein Tisch bestellt bei Harry Aretz. Da ist nämlich heute Schnitzeltag. Und das Rahmschnitzel ist ein Gedicht. Dafür kommen die Leute teilweise sogar aus Langbroich und Bocket.“

„Das trifft sich gut“, sagte Steffi. „Ich hab nämlich mächtig Kohldampf. Ist da jeden Samstag Schnitzeltag?“

„Früher ja“, schaltete sich Junkfoodexperte Borowka ein. „Die letzten Jahre leider nur noch sehr selten, nur zu besondere Anlässe, Schützenfest oder Karneval oder Kommelion oder so. Aber für heute hat der Harry extra noch mal die Köchin kommen lassen, weil auf der Kegelbahn wohl eine sehr trinkfeste geschlossene Gesellschaft ist. Dann lohnt sich das wieder.“ „Klingt gut. Worauf warten wir noch?“

„So, dreimal Pfefferrahm, ein Hawaii, dreimal mit Fritten, einmal mit Kroketten und eine große Extraschüssel Mayonnaise“, erklärte Harry Aretz die Bestellung, während er die Teller, die er geschickt auf dem linken Arm balancierte, nach und nach auf dem Tisch abstellte.

„Boah, mir läuft das Wasser im Mund zusammen. Du müsstest der Schnitzeltag wieder regelmäßig einführen. Guck doch mal, was hier los ist“, forderte Borowka den Wirt auf.

Nachdem Harry alles abgestellt hatte, schaute er sich stolz um. Die Gaststätte war in der Tat gerammelt voll, alle Tische waren besetzt, sogar an der Theke wurde gegessen. Drei zusätzliche Kellnerinnen hatte Harry kommen lassen, von denen eine, Roswitha, nur für die Kegelbahn zuständig war.

Die dumpfen Geräusche, die von unten in die Gaststätte drangen, hatten vor allem Fredis Interesse geweckt. „Was ist denn heute los auf der Kegelbahn?“, fragte er neugierig.

Harry steckte sich den dicken Bleistift, mit dem er gerade etliche Striche auf den Gemeinschaftsdeckel der beiden Pärchen gemacht hatte, wieder hinters Ohr. „Einer der legendärsten Kegelclubs, die Saffelen je hatte, feiert da unten sein 40-jähriges Jubiläum: ‚Die Freunde der Nacht‘. Da sind nur hochgestellte Persönlichkeiten dabei: unser Ortsvorsteher Hastenraths Will. Kajo Krings, der bekannte Architekt, der auch das moderne Spritzenhaus in Breberen entworfen hat. Dann Horst Lipka, der Chef von Bauunternehmung Brauweiler, Heribert Oellers …“

„Ach du Scheiße“, stöhnte Borowka und hätte sich fast an dem Stück Schnitzel verschluckt, das er sich gerade in den Mund geschoben hatte. „Unser Chef ist auch dabei? Wusstest du das, Fredi?“

„Kann sein, der hatte was gesagt von ein Kegelabend, aber ich hör da ja auch nie richtig zu. Aber was anderes, Harry: Ich wusste gar nicht, dass es deine Kegelbahn noch tut.“

„Ja natürlich, was denkst du denn? Die ist vom Allerfeinsten“, erwiderte der Gastwirt leicht pikiert. „Das Problem ist, dass es hier in Saffelen kein einzigster Kegelclub mehr gibt. So, ich muss weiterbedienen. Lasst es euch schmecken.“

Eine Weile beschäftigten sie sich schweigend mit ihrem Essen, bevor erneut Fredi das Wort ergriff: „Hört mal, was haltet ihr davon, wenn wir vier ein Kegelclub gründen?“

„Ein gemischter Kegelclub?“, tönte Borowka. „Das macht doch überhaupt kein Sinn.“

Rita rammte ihm ihren Ellenbogen in die Seite. „Red nicht so ein Quatsch, Richard. Die Zeiten, wo Männer und Frauen getrennt auf Kegeltour gefahren sind für zum Fremdgehen, sind ja wohl, Gott sei Dank, vorbei. Du hast doch eben in Himmerich gesehen, wie emanzipiert wir Frauen mittlerweile sind."

„Ich finde, die Rita hat recht", fiel nun sogar Fredi seinem verdutzten Kumpel in den Rücken. „Wir sollten das unter der sportliche Aspekt sehen. Wir werden auch nicht jünger, Borowka. Für die Kreisliga D reicht es vielleicht noch ein paar Jahre im Fußball, dann noch ein bisschen Auslaufen in die ‚Alte Herren', aber wir müssen auch an die Zukunft denken. Für Tennis und Golf sind wir nicht reich genug, aber Kegeln, das kriegen wir finanziell hin. Dann fragen wir noch ein paar andere Pärchen, ob die mitmachen. Jochen und Samantha oder so. Und vielleicht kriegt der Spargel ja auch irgendswann mal eine ab. Auf jeden Fall wären wir doch doof, das nicht auszuprobieren, wenn wir schon so eine topmoderne Anlage direkt bei uns vor die Haustüre haben und sich dadurch die Chance erhöht, dass der Schnitzeltag wieder eingeführt wird."

„Mit der letzte Satz hast du mich gekriegt", rief Borowka lachend und kauend, während er erfolglos versuchte, den letzten Rest mit Mayo vermengter Pfefferrahmsoße auf seine Gabel zu schieben. Nachdem ihm das wiederholt misslang, legte er das Besteck beiseite, nahm den Teller vor den Mund und leckte ihn kurzerhand ab. Dafür kassierte er erneut einen Ellenbogencheck in die Rippen. „Aua!"

„Ich find die Idee auch super", schloss Steffi sich ihrem Freund an. „Das waren immer die schönsten Kindergeburtstage, wenn man mit alle Mann gekegelt hat."

„Super“, freute sich Fredi. „Dann erklären wir der heutige 28. September 2019 zum offiziellen Gründungsdatum von … ja wovon eigentlich? Wir brauchen natürlich auch ein spitzenmäßiger Name.“

„Wie wäre es mit ‚Die Kugelstoßer‘?“, rief Rita.

„Nicht schlecht. Aber was haltet ihr von ‚Das durstige Dutzend‘? Vorausgesetzt, wir finden noch ein paar Mitstreiter“, schlug Borowka vor. „Oder ‚Die Holzspritter‘? Oder ‚Dynamo Tresen‘? Ich hab auch mal von ein Verein gehört, der hieß ‚Der Club der dichten Toten‘.“

„Nee, ich finde, beim Namen sollte der Sport im Vordergrund stehen“, meinte Fredi und überlegte. „Wie wäre es mit ‚Granufink – bei uns läuft es‘?“

„Neeein!“, kam es dreistimmig zurück.

In einem jedoch war man sich bereits jetzt einig: Sollten die Kegelabende nur halb so lustig werden wie die Namensfindung, dann stand diesem Verein eine große Zukunft bevor – wie auch immer er heißen würde.

Die Reunion

31

Samstag, 28. September 2019, 20.54 Uhr

Die neun Männer waren spürbar aus der Übung, allerdings nur was das Kegeln anging. In Sachen Alkoholverträglichkeit hatten sie nichts von ihrer einstigen Klasse eingebüßt. Die Kackstuhl-Bimmel an der Theke in der Gaststätte hatte schon so oft geklingelt, dass Kellnerin Roswitha bereits das professionelle Lächeln vergangen war, als sie die mittlerweile sechste Ladung Schnaps seit 19 Uhr die steile Treppe hinunter in den Kellerraum balancierte. Hinzu waren zuvor noch die Essensbestellungen und der ganz normale stetige Getränkenachschub gekommen, sodass sie an diesem Abend ordentlich Kilometer machte. Schwer atmend stellte sie das Tablett auf dem Tisch ab, um sich anschließend mit ihrer Schürze den Schweiß von der Stirn zu wischen. „Auf wem sein Deckel geht das?", brüllte sie in die wild durcheinandergrölende Runde.

„Auf unser Pudelkönig Günni", rief Kajo leicht lallend. „Der hat nix verlernt, was der vorher schon nicht konnte."

Alle lachten, während Günni der Kellnerin bedröppelt seinen Deckel hinhielt, der bereits von etlichen Bleistiftstrichen gesäumt war. Die Männer gaben eine neue Bierbestellung auf und Roswitha verschwand mit einem deutlich vernehmbaren Stoßseufzer. Seit zwei Stunden kegelten „Die Freunde der Nacht“ und die Stimmung war so gut, als hätte es die knapp vierzigjährige Pause nie gegeben.

Hastenraths Will hatte sich zurückgehalten und die meisten Schnäpse heimlich in eine der drei Gummipalmen entsorgt, die Harry Aretz aufgestellt hatte, um ein bisschen Farbe auf die verstaubte Kegelbahn zu zaubern. Wills Enthaltsamkeit hatte allerdings weniger mit der Weisung seines Hausarztes oder seiner Frau zu tun, als vielmehr damit, dass er nüchtern und konzentriert sein wollte, sobald er den eigentlichen Grund dieser Zusammenkunft bekannt geben würde. Nun sah er den richtigen Zeitpunkt dafür gekommen. Die Männer waren angenehm betrunken und entsprechend locker, aber noch nicht zu betrunken, um nicht mehr im Vollbesitz ihrer geistigen Kräfte zu sein.

Es hatten sich die alten Grüppchen wiedergefunden. Heribert Oellers, Eidams Theo und Will, die drei alten Saffelener, saßen beisammen. Kajo saß zwischen seinem alten Kumpel Werner Laumen, mit dem er in seligen Erinnerungen schwelgte, und seinem langjährigen Geschäftspartner Horst Lipka, der wiederum neben seinem Mitarbeiter Günther „Günni“ Vitz Platz genommen hatte. Etwas abseits saßen, genau wie früher, die beiden Einzelgänger der Truppe, Dauerjunggeselle Joachim „Jockel“ Wolters und der etwas steife Bankfilialleiter Hermann-Josef „Buschi“ Buschhüter. Aber der Alkohol hatte auch sie mittlerweile fröhlich gestimmt, sodass sie sich nach anfänglichem Fremdeln in der nostalgischen Retrorunde wohlzufühlen schienen.

Will bereitete sich auf seinen großen Auftritt vor, indem er seinen Schnaps ausnahmsweise trank. Nachdem auch alle anderen ihren Korn verkostet hatten, stand der Landwirt auf, nahm den Lappen zur Hand und wischte die bisherigen Ergebnisse auf der großen Schiefertafel aus. Seine Kegelbrüder sahen ihn verwundert an, als er die Kreide zur Hand nahm und auf die leere Fläche mit Großbuchstaben schrieb: BIGGI.

Das allgemeine Gelächter wich einem unruhigen Gemurmel. Kajo fragte als Erster: „Was soll das denn jetzt?“

Will räusperte sich. Lange hatte er sich auf diesen Moment vorbereitet und jetzt wusste er doch nicht, wie er genau anfangen sollte. „Also, ich wollte mal ...“, stotterte er. „Nee anders. Ich hab mich gefreut, euch heute Abend alle noch mal zusammen auf ein Haufen zu sehen. Wie ihr wisst, ist die Idee dazu entstanden, als ich an meine Memoraren gearbeitet hab. Unser legendärer letzter Kegelausflug sollte dadrin sogar ein eigenes Kapitel kriegen. Während ich also so vor mich hin am Recherchieren war, fragte ich mich, was aus die einzelnen Leute geworden ist. Und dabei stellte sich heraus, dass eine Person seit damals spurlos verschwunden ist: Biggi Lechner.“

Jockel zeigte auf: „Das stimmt nicht ganz. Ich hatte noch das Jahr drauf Kontakt mit ihr.“

„Ein wichtiger Punkt“, entgegnete Will. „Dadrauf komme ich später noch zu sprechen. Zunächst einmal möchte ich aber festhalten, dass irgendswas auf diese Kegeltour passiert ist, was mit das spätere Verschwinden von Biggi zu tun hat.“

„Und wie kommst du darauf?“, fragte Horst Lipka. „Ich mein, Jockel hat doch gerade gesagt, dass er danach noch Kontakt mit dieser Biggi hatte.“

Will verschränkte die Hände hinter dem Rücken. „Ich sag ja nicht, dass sie direkt nach diesem Kegelausflug verschwunden ist, sondern dass ein Vorfall für ihr späteres Verschwinden verantwortlich war.“

Plötzlich meldete sich der sonst so ruhige Hermann-Josef zu Wort: „Sag mal, was wird das hier? Ich komm mir gerade vor wie in einem Agatha-Christie-Film, wo sich alle Verdächtigen in einem Raum befinden und unser Will den Hercule Poirot gibt.“ Er lachte, aber niemand lachte mit, denn Wills entschlossene Miene schien allen zu signalisieren, dass es ihm sehr ernst war. Zudem war der Vergleich mit Hercule Poirot gar nicht mal so weit hergeholt, denn auch Will wusste, ähnlich wie sein literarischer Epigone in solchen Situationen, schon längst, was passiert war an jenem verhängnisvollen Wochenende. Er wusste nur noch nicht genau, wie er den Täter überführen und zu einem Geständnis bewegen sollte. Aber er hatte sich einen Plan zurechtgelegt.

Der Landwirt ging vor der Tafel auf und ab wie ein Professor vor seinen Studenten im Hörsaal und blickte dabei jedem der Anwesenden prüfend ins Gesicht. Langsam machte sich Unwohlsein in der Gruppe breit. Abgesehen von der grummelnden Geräuschkulisse, die aus dem Schankraum nach unten drang, war es totenstill, als Will wieder ansetzte: „Biggi Lechner wurde in der Nacht von Samstag, den 20.9. auf Sonntag, den 21.9. vergewaltigt. Das hatte Folgen. Sie bekam einen Sohn, der später zur Adoption freigegeben wurde. Etwa ein halbes Jahr nach der Geburt verschwand Biggi für immer.“

Zögerlich wagte sich Günther Vitz nach vorn: „Hieß es nicht, dass die nach Sri Lanka ausgewandert ist?“

Will blickte ihm scharf in die Augen. „Du bist gut informiert, Günni. So hieß es, ja. Und es gibt auch eine angebliche Postkarte, die sie von da an Fine geschickt haben soll, aber ich geh davon aus, dass es sich um eine Fälschung handelt. Es sollte wahrscheinlich eine falsche Spur gelegt werden, damit sich keiner mehr frägt, was aus Biggi geworden ist."

„Und wer sollte daran ein Interesse haben?", fragte Jockel.

„Ganz einfach: der Mörder von Biggi Lechner", antwortete Will trocken. „Einer von euch!"

Geld oder Liebe

32

Samstag, 28. September 2019, 21.16 Uhr

Wills Worte schlugen ein wie eine Bombe. Während er sie zufrieden nachhallen ließ, brach im Raum lautes Gemurmel aus. Die acht Männer begannen aufgeregt miteinander zu diskutieren. Wills Blick wanderte von einem zum anderen. Plötzlich rief er: „Jockel!“ und ließ die Runde damit schlagartig verstummen.

Der Junggeselle starrte ihn erschrocken an. „Wie jetzt?“, sagte er empört. „Ich hatte dir doch erzählt, wie das mit Biggi gelaufen ist.“

„Das stimmt“, bestätigte Will und führte die Andeutung für die anderen aus. „Jockel war scheinbar der Einzigste, der nach unsere legendäre Kegeltour noch Kontakt mit Biggi hatte. Und zwar bis zum November 1981.“

Will zog mit der Kreide einen Querstrich über die Tafel und trug etwa auf der Hälfte das Datum ein. Es handelte sich offensichtlich um einen Zeitstrahl. Dann fuhr er fort: „Zu diesem Zeitpunkt hat Jockel Biggi 20.000 Mark geliehen, die sie ihm im Januar 1982 zurückgeben wollte. Doch nach diesem Treffen hat er sie nie wiedergesehen. Richtig?“

Während Will den Januar 82 auf dem Zeitstrahl vermerkte und unter den November „zuletzt lebend gesehen" schrieb, nickte Jockel zur Bestätigung.

„Wieso hast du die denn eigentlich Geld geliehen?", fragte Eidams Theo.

„Das spielt im Moment noch keine Rolle", rief Will und wandte sich wieder an Jockel. „Viel wichtiger ist mir im Moment Folgendes: Du hast am letzten Abend von unsere Kegeltour gegen Viertel vor elf der Star Club zusammen mit Biggi verlassen. Das hab ich selbst beobachtet und auch an die Uhrzeit erinnere ich mich genau, weil ich mich dadrüber mit Heribert unterhalten hatte. Draußen auf die Straße hast du versucht, Biggi zu küssen, und sie hat dir eine runtergehauen."

Jockel sprang von seinem Stuhl auf und rief: „Wer sagt das?"

Während Will auf die Tafel schrieb: „22.45 Uhr, Biggi und Jockel verlassen der Star Club", antwortete der Landwirt mit ruhiger Stimme: „Ein Zeuge hat dich dabei gesehen." Aus dem Augenwinkel beobachtete Will, wie Kajo unruhig seine Hände knetete. Dann drehte er sich um und fixierte Jockel. „Stimmt das oder stimmt das nicht?"

Jockels rechtes Auge zuckte, er blickte unsicher umher und setzte sich wieder hin. Mit gesenktem Kopf antwortete er: „Ja, das ist richtig."

„Was ist danach passiert? Als Biggi dich hat stehen lassen", wollte Will wissen. „Hast du sie heimlich verfolgt und sexewell bedrängt?"

„Nein", entfuhr es Jockel erschrocken.

„Was hast du denn gemacht? Du bist jedenfalls nicht mehr zurück in der Star Club gekommen. Das wäre mir aufgefallen."

„Ja, keine Ahnung. Ich fühlte mich total gedemütigt und hab mich auch vor den anderen geschämt. Ich bin ein bisschen durch die Gegend gerannt und irgendwann auf mein Zimmer gegangen."

„Gibt es Zeugen dafür?"

Jockel schüttelte wortlos den Kopf.

„Hmm", brummte Will und rieb sich dabei das Kinn. „Es könnte also auch sein, dass du die Biggi heimlich verfolgt hast und sie aus Wut über die Zurückweisung vergewaltigt hast?"

Jockel riss die Augen weit auf. „Natürlich nicht! Ich war doch in die Biggi verliebt. Außerdem hab ich doch eben noch gesagt, dass wir danach weiterhin Kontakt hatten und dass wir …"

„Und dass du ihr 20.000 Mark gegeben hast", warf plötzlich Hermann-Josef ein, der wie immer als stiller Beobachter in der Ecke saß. „Vielleicht war das ja Schweigegeld."

Sofort brach ein Tumult aus. Jockel sprang auf und stürzte sich auf Hermann-Josef. Zum Glück ging der bullige Heribert Oellers geistesgegenwärtig dazwischen und hielt die beiden mit seinen großen Pranken auseinander.

Bauunternehmer Horst Lipka stand auf und hob beschwichtigend die Arme. „Leute, jetzt beruhigt euch mal wieder und lasst den Will erzählen. Ich geh mal davon aus, Will, dass du selber nicht daran glaubst, dass der Jockel der Biggi was angetan hat, oder?"

Der Landwirt setzte ein unergründliches Grinsen auf. „Das stimmt. Jockel halte ich für unschuldig. Aber er war nicht der Einzigste, der Absichten hatte. Hier im Raum ist noch jemand, der sich bei Biggi an jenem Abend Chancen ausgerechnet hat."

Es wurde still und alle sahen einander an. Will ließ seinen Blick ein weiteres Mal bedeutungsvoll umherschweifen, bevor er an einem seiner besten Freunde hängen blieb. „Heribert!"

Oellers verstand die Welt nicht mehr. „Sag mal, hast du ein Ratsch an der Bimmel? Zum einen hatte ich überhaupt kein Interesse an diese Biggi und zum anderen war ich an der Abend viel zu besoffen. Ich hab doch zuerst das Trinkduell gegen der Theo gewonnen und mich dann in der Schirmständer übergeben. Danach war für mich Feierabend."

Will nickte. „Ich weiß. Die Sache mit der Schirmständer. Dadrauf wollte ich hinaus. Der Günni hatte dir aufgeholfen, richtig?"

„Richtig."

„Und was hat der Günni da zu dir gesagt?"

Oellers überlegte kurz, dann schwante ihm, worauf sein Freund hinauswollte. Er warf Günni einen prüfenden Blick zu und antwortete: „Na ja, der hat so was gesagt wie ‚Die schnapp ich mir gleich. Und dann zeig ich's der. Haut einfach mit Jockel ab, mit diesem Versager.' Und dann ist der Günni rausgegangen."

Günther Vitz, der die ganze Zeit geschwiegen hatte, funkelte den Gebrauchtwagenhändler böse an. „Als wenn du das im besoffenen Kopf noch mitbekommen hättest. Ich bin danach direkt auf mein Zimmer gegangen."

Will schürzte die Lippen. „Wofür es natürlich keinen Zeugen gibt. Es gibt allerdings einen Zeugen, der gesehen hat, wie du Biggi Lechner vergewaltigt hast."

Günni fiel die Kinnlade herunter. Noch bevor er reagieren konnte, betrat Roswitha, die Kellnerin, polternd mit einem randvollen Tablett das Kegelzimmer. „Achtmal Herrengedeck und ein Wasser für unser Herzpatient!“ Sie knallte die Bier- und Schnapsgläser burschikos auf den Tisch und sah sich erstaunt um. „Meine Fresse. Das wird aber höchste Zeit. Hier ist ja eine Stimmung wie auf die Beerdigung von unser Oppa.“

Der Zeuge

33

Samstag, 28. September 2019, 21.31 Uhr

Nachdem Roswitha die Kegelbahn wieder verlassen hatte, lag eine Eiseskälte über dem Raum und das, obwohl die schlecht lackierten Heizkörper bollerten wie in alten Zeiten. Werner Laumen war der Erste, der wieder Worte fand. „Was hast du da gerade gesagt? Günni hat diese Biggi vergewaltigt?"

Günther stand auf und presste sich mit dem Rücken an die Wand. Auf seiner Stirn hatte sich Schweiß gebildet. Mit dünner Stimme verteidigte er sich: „Das stimmt nicht. Das stimmt einfach nicht."

Will machte einen Schritt auf den Tisch zu, an dem die anderen saßen. Er beugte sich zu einem von ihnen hinunter und sagte: „Erzähl die anderen, was du gesehen hast …, Horst!"

Bis auf Günni erschraken alle und blickten auf Lipka, der seltsam ungerührt auf seinem Stuhl saß. Sein Blick ging ins Leere und es dauerte eine ganze Weile, bevor er zu sprechen begann: „Tut mir leid, Günni, aber irgendwann musste es ja mal rauskommen. Ja, es stimmt. Ich hab Günni dabei erwischt, wie er Biggi … also, wie er auf Biggi lag. Nicht weit vom Parkplatz vor dem Sauerlandstern im Gebüsch."

In jeder seiner Sprechpausen breitete sich eine düstere Stille aus. Es fiel ihm sichtlich schwer, die Ereignisse von damals zu schildern. „Ich war an der frischen Luft, weil mir ein bisschen übel war. Als ich in die Hecke pinkeln wollte, hab ich unterdrückte Schreie und ein Wimmern gehört. Ich bin zu der Stelle gerannt und sah als Erstes eine Frau, die sich heftig gegen einen Mann wehrte, der auf ihr lag. Ich hab Günni sofort erkannt an seiner bunten Jogginghose, die er schon bis zu den Kniekehlen runtergezogen hatte."

Plötzlich sprang Jockel, der die ganze Zeit wie paralysiert zugehört hatte, wie von der Tarantel gestochen auf und verpasste dem völlig verdutzten Günni einen Faustschlag ins Gesicht. Die beiden gingen rangelnd zu Boden und bevor jemand dazwischengehen konnte, schlug Jockel noch zweimal zu. Günnis Lippe zerplatzte und über seinem Auge bildete sich sofort eine dicke Beule. Oellers und Hermann-Josef rissen Jockel, der immer noch wie von Sinnen um sich schlug, hoch und Will schüttete ihm sein Wasserglas ins Gesicht.

„Setz dich!" befahl der Landwirt in ungewohnt scharfem Ton, woraufhin Jockel schwer atmend gehorchte. Günni rappelte sich auf und hievte sich unter Schmerzen auf einen Stuhl. Er hielt sich keuchend die Seite, ein Schlag schien seine Rippen getroffen zu haben. Nachdem Hermann-Josef ihm eine Serviette gereicht hatte, mit der er sich das Blut aus dem Gesicht wischte, begann er zu weinen. Schluchzend stammelte er: „Ich weiß auch nicht, was damals in mich gefahren ist. Der Alkohol, die Wut, der Frust auf die Frauen im Allgemeinen. Ich weiß es nicht. Aber ich schwöre bei Gott, dass ich sie nicht vergewaltigt habe. Horst ist gerade noch rechtzeitig gekommen."

Jetzt hielt es auch Kajo nicht mehr auf seinem Stuhl. Er sprang auf und baute sich vor Günni auf: „Was bist du nur für ein jämmerliches Drecksschwein?! Was heißt denn hier ‚gerade noch rechtzeitig'? Ob du sie jetzt vergewaltigt hast oder nicht, spielt doch überhaupt keine Rolle. Entscheidend ist, dass du das wolltest. Dafür wärst du in den Knast gegangen. Wir haben viel Scheiße gebaut auf unseren Kegeltouren, aber wir haben doch nie Frauen gegen ihren Willen … ich fass es nicht."

Will nutzte die Gelegenheit, um sein Tafelbild weiter zu vervollständigen. An den Anfang des Zeitstrahls schrieb er: „Samstag, 20.9.1980". Darunter stand bereits: „22.45 Uhr, Biggi und Jockel verlassen der Star Club". Eine Zeile tiefer kritzelte er nun: „ca. 23 Uhr Biggi + Günni + Horst". Seine unbeholfene Handschrift verriet, dass er es nicht gewohnt war, zu schreiben.

In das quietschende Geräusch, das die Kreide auf der Tafel verursachte, hinein stellte Hermann-Josef eine Frage, die im allgemeinen Tohuwabohu ganz untergegangen war: „Will, woher wusstest du eigentlich, dass Horst Günni erwischt hat? Das wird dir ja wohl kaum einer von beiden erzählt haben, sonst hätte es gerade nicht dieses Theater gegeben."

Will schrieb in aller Ruhe zu Ende und legte die Kreide auf dem Tisch ab. „Das wusste ich gar nicht", sagte er mit entwaffnender Ehrlichkeit. „Aber ich war mir sicher, dass es so war. Günni hatte mir erzählt, dass er sich ein Jahr nach unsere Kegeltour vor der Zug werfen wollte und Horst ihn davor bewahrt hatte. Dann hat Horst ihn in seine Firma aufgenommen, wo er ihm seitdem treu ergeben ist. Da hab ich mich gefragt: Warum war Günni so verzweifelt, dass er mit dem Saufen angefangen hat, sodass ihn sogar seine Frau verlassen hat? Mir wurde klar, dass Günni etwas viel Schlimmeres verbrochen hatte als das übliche Fremdgehen. Eine Sache, die ihn traumato ... traumatologirisiert ... nee Moment ... wie jetzt? Traumatisiert, sooo! Der Begriff war ich am Suchen."

Kajo Krings meldete sich zu Wort: „Das lässt sich doch relativ einfach feststellen, ob Günni diese Biggi vergewaltigt hat. Du sagtest doch, dass es einen Sohn gibt. Dann brauchen wir doch nur einen Vaterschaftstest machen zu lassen."

„Das ist richtig", pflichtete Will ihm bei. „Aber müssten wir dann nicht auch mit dir einen Vaterschaftstest machen lassen?"

„Mit mir?", fragte Kajo verwundert.

Plötzlich schaltete sich Werner Laumen, sein damaliger bester Freund, ein. „Der Will hat recht. Du hattest doch damals auch mit Biggi Sex. Sogar in derselben Nacht, wenn mich nicht alles täuscht."

Kajos Gesicht lief rot an. Will zückte seinen Notizblock und blätterte darin vor und zurück, bis er gefunden hatte, was er suchte. „Richtig, hier steht's. Das hast du mir sogar noch mal bestätigt, als ich dich letztens besucht habe. Vielleicht hat Günni ja recht, wenn er sagt, dass es nicht zu einer Vergewaltigung gekommen ist und dass stattdessen du ..."

„Moment Mal, Freunde", sagte Kajo. Zum ersten Mal schlich sich Unsicherheit in sein Auftreten. Er schaute sich um. Da plötzlich alle Augen auf ihn gerichtet waren, sah er sich zu einer Erklärung genötigt: „Okay, ich hab gelogen. Ich hatte nichts mit Biggi. Ich wollte nur damit angeben. Klar, ich hatte mit ihr geflirtet, aber ich hab schnell gemerkt, dass ich bei ihr keine Chance hab. Ich hab mir halt gedacht ..."

„Ja aber, wo warst du denn, als der Wuppertaler Frauenkegelclub sich über mich hergemacht hat und ich deine Hilfe gebraucht hätte? Du hast mir doch am nächsten Tag gesagt, dass du die ganze Nacht bei dieser Biggi warst“, hakte Werner nach und Will klopfte ihm dafür auf die Schulter.

„Eine sehr gute Frage, mein lieber Werner. Damit kommen wir die Wahrheit schon wieder ein Stückchen näher. Aber ich befürchte, die Antwort wird dir überhaupt nicht gefallen.“

Unter Freunden

34

Samstag, 28. September 2019, 21.52 Uhr

„Was meinst du damit?“, fragte Werner und drehte sich verwirrt zu Will um. Der nahm wortlos die Kreide zur Hand, schrieb unter „Biggi + Günther + Horst“ in die nächste Zeile „Kajo +“ und sagte mit lauter Stimme: „Diktierst du mir bitte, welchen Namen ich hinter das Plus schreiben soll, lieber Kajo?“

Der Architekt saß stocksteif an seinem Platz und kaute an seinen Fingernägeln. Nach einer schier endlos langen Pause kamen die Worte langsam und leise aus seinem Mund. „Ist das wirklich nötig?“

„Ich versuche nur, Licht ins Dunkel zu bringen“, entgegnete Will. „Also?“

Kajo senkte den Kopf und murmelte etwas vor sich hin, das keiner verstand.

„Wie bitte?“ setzte Will ungeduldig nach.

Kajo hob kraftlos den Kopf und seufzte schwer. „Ja, verdammt, ich hatte eine Affäre mit Geli. Und ich war in der Nacht mit ihr zusammen.“

„Wer ist denn jetzt auf einmal Geli?“, fragte Eidams Theo, den die Enthüllungen zunehmend zu überfordern schienen.

„Ich würde mal sagen, er meint Angelika Laumen – Werners Exfrau“, rief Horst Lipka süffisant und konnte sich dabei ein Grinsen nicht verkneifen.

Will beobachtete Werner, der wie gelähmt auf seinem Stuhl saß und kein Wort sagte. Also übernahm der ermittelnde Landwirt. „Tja, wer hätte das gedacht? Kajo hatte ein Verhältnis mit die Frau von sein damals bester Freund. Das erklärt natürlich, warum er dem und uns alle aufgetischt hat, dass er sich mit Biggi getroffen hätte. Ich war von Anfang an skeptisch, aber als Werner mir dann noch erzählte, dass Angelika ihn am nächsten Morgen in aller Herrgottsfrühe mit eine Packung „Mon cherie“ in sein Hotelzimmer zum Hochzeitstag überraschen wollte, wo sie ihn dann mit die dicke Frau aus Wuppertal im Bett erwischt hat, da wurde mir auf einmal alles klar. Ich hatte mich nämlich schon die ganze Zeit gefragt: Warum setzt sich eine Frau um drei Uhr nachts ins Auto, für ihr Mann im über 250 Kilometer entfernten Willingen frühmorgens zum Hochzeitstag zu überraschen? Zumal es sich um unser Abreisetag handelte. Sie hätte doch genauso gut zu Hause auf ihn warten und da ganz entspannt mit ihm feiern können. Deshalb konnte die Antwort nur lauten: Sie war schon längst in Willingen. Angelika Laumen hatte sich mit eine Freundin in ein Hotel ganz in die Nähe eingemietet, für sich heimlich mit Kajo zu treffen. Und sie wusste auch, dass sie Werner in Gesellschaft antreffen würde. Ideal, um ihm die Trennung, die sie ohnehin plante, in die Schuhe zu schieben, auch wenn es schon damals das Schuldprinzip bei eine Scheidung nicht mehr gab. Aber ich denke, es hat ihr bei der Unterhaltsklage nicht geschadet, oder Werner?“

Werner saß immer noch unbeweglich auf seinem Platz. Er sah zu Will auf und schüttelte den Kopf. Dann brach er in ein bitteres Lachen aus. „Was für ein raffiniertes Biest. Und ich Trottel hab die ganzen Jahre ein schlechtes Gewissen gehabt. Dabei hat die mich mit meinem besten Freund verarscht. Woher weißt du das überhaupt alles?"

Will setzte den Kreidestift an und machte aus „Kajo +" „Kajo + Geli". Während er schrieb, sagte er: „Ganz einfach. Ich hab mit Angelika telefoniert, sie ist zusammen mit meine Frau bei die Katholischen Strickfrauen. Und sie hat mir alles bestätigt. Ich soll dir übrigens ausrichten, dass es ihr im Nachhinein sehr leidtut, was sie dir angetan hat. Du hättest das eigentlich nicht verdient, weil du ein netter Kerl bist. Und, Kajo, dir soll ich ausrichten, dass du ein blödes Arschloch bist."

Der Architekt lächelte gequält. „Da hat sie wohl leider recht. Das war wirklich eine scheiß Aktion von mir. Und, Werner, auch wenn das alles schon lange her ist: Ich möchte mich hier und jetzt bei dir entschuldigen. Ich weiß, dass man so was nicht macht, schon gar nicht unter Freunden, und ich …"

Werner unterbrach ihn, immer noch die Ruhe selbst, und sagte zur Überraschung aller: „Ach was, Schwamm drüber. Wir waren doch damals alle keine Engel. Natürlich war das nicht nett von dir, dass du mit meiner Frau geschlafen hast, aber so schlimm ist das nun auch nicht, denn dadurch … sind wir quitt."

Es dauerte eine Weile, bis alle begriffen hatten, was Werner da gerade mit einer fast schon heiteren Leichtigkeit ausgesprochen hatte. Horst Lipka reagierte am schnellsten. Er hielt Kajo fest umklammert, noch bevor der realisiert hatte, dass seine

Frau Henriette ihm offensichtlich mit seinem besten Freund fremdgegangen war. Ausgerechnet ihm, dem Stararchitekten, dem jede Frau zu Füßen lag und der sich selbst für unwiderstehlich hielt. Er konnte gar nicht fassen, was er da gerade gehört hatte. Sein Gesicht lief vor Wut rot an. Er versuchte sich aus der Umklammerung zu lösen, aber Lipkas große Maurerhände waren wie Schraubstöcke.

Will räusperte sich und ergriff wieder das Wort: „So, jetzt beruhigen wir uns erst mal alle wieder. Eure privaten Differenzen könnt ihr später ausräumen, es geht schließlich immer noch dadrum, dass wir ein Fall lösen müssen. Die gute Nachricht, lieber Kajo: Du hast zwar ein alter Freund verloren und möglicherweise auch deine Ehefrau, aber dafür hast du ein wasserdichtes Alibi. Geli hat mir nämlich bestätigt, dass ihr ungefähr von 22.30 Uhr bis 5 Uhr morgens auf dein Hotelzimmer gewesen seid." Er schrieb die Uhrzeit auf die Tafel und fuhr fort: „Übrigens. Sie sagte mir außerdem, dass ihr auf dein Hotelzimmer wart, weil ihre Freundin selber Herrenbesuch hatte. Und deshalb hast du wahrscheinlich auch Biggi als deine angebliche Bekanntschaft ausgegeben, denn wie ich herausgefunden habe, lag dein Zimmer auf demselben Flur wie das von sie."

Kajo, der sich wieder beruhigt hatte und von Lipka aus dem Klammergriff entlassen worden war, nickte reumütig.

„Was soll eigentlich dieses ganze Theater hier?", meldete sich plötzlich Hermann-Josef wie aus dem Nichts aus seiner stillen Ecke. Er klang gelangweilt. „Mach es doch nicht so spannend, Will. Sag einfach, was du weißt, und entweder kegeln wir dann weiter oder wir gehen nach Hause. Aber dieser ganze

Hokuspokus über längst verjährte Sachen von vor über vierzig Jahren geht mir total auf den Zeiger."

„Ach ja?", wandte sich Kajo an den Banker. „Weißt du, was mir auf den Zeiger geht? Deine ständigen neunmalklugen Kommentare von oben herab. Vielleicht erklärst du uns lieber mal, was *du* eigentlich in der Nacht bei Biggi gemacht hast!"

Hermann-Josef, der sich bisher provozierend lässig in der Ecke herumgelümmelt hatte, richtete sich auf und erwiderte voller Empörung: „Ich? Was redest du denn da für einen Schwachsinn?"

Kajo stand auf und ging zur Tafel. Er nahm Will die Kreide aus der Hand und schrieb unter seinen Namen den von Hermann-Josef. „Jawohl: du!", sagte Kajo und warf die Kreide auf den Tisch. Dann begann er zu erzählen: „Geli und ich waren ungefähr eine Stunde zusammen bei mir auf dem Zimmer gewesen, als ich noch mal kurz wieder runter in den Star Club wollte, damit mich niemand vermisst und vor allem keiner blöde Fragen stellt. Bevor ich die Tür öffnete, schaute ich durch den Spion, ob die Luft rein war. Ich sah, dass der Aufzug, der sich genau gegenüber auf der anderen Seite des Flures befand, anhielt. Und wer stieg aus? Unser feiner Herr Buschhüter von der Spar- und Darlehnskasse. Schick wie immer, mit einem großen Kulturbeutel in der Hand. Ich rief Geli dazu, die genauso überrascht war wie ich, als Hermann-Josef an die Zimmertür mit der Nummer 12 klopfte – Biggis Zimmer! Er sah sich dabei die ganze Zeit hektisch um. Als niemand öffnete, holte er einen Gegenstand aus der Tasche, mit dem er an der Tür herumwerkelte. Ich konnte leider nicht sehen, ob es sich dabei um einen Schlüssel oder etwas anderes handelte, dafür war die Flurbeleuchtung zu schummrig. Auf jeden Fall verschwand er anschließend im Zimmer. Ich bin dann zusammen mit Geli auf meinem Zimmer geblieben."

„Um wie viel Uhr war das ungefähr?", fragte Will, während er die Kreide vom Tisch nahm.

„Na ja, wie gesagt, etwa eine Stunde, nachdem wir aufs Zimmer gegangen waren, also müsste das so gegen 23.30 Uhr gewesen sein", antwortete Kajo.

„Das kommt hin", bestätigte Will und schrieb die Uhrzeit auf die Tafel neben Hermann-Josefs Namen. „Geli hat ungefähr das Gleiche gesagt."

Buschhüter wurde kreidebleich. Alle Augen waren nun auf ihn gerichtet. Mit trockenem Mund rang er nach Worten. „Ich ... also, das war so. Biggi hatte mir zu verstehen gegeben, dass wir uns heimlich bei ihr treffen sollten. Sie hat mir ihre Zimmernummer gegeben und mir gesagt, dass ich gegen halb zwölf da sein soll."

„Dann macht sie dir aber nicht auf und du verschaffst dir trotzdem Zutritt? Das klingt aber alles andere als einvernehmlich", ging Lipka ihn hart von der Seite an.

„Nein, so war das nicht", verteidigte sich Buschi gestenreich. „Ich bin an der Rezeption vorbeigekommen und sah, dass ihr Schlüssel noch da hing. Da hab ich mir gedacht, ich schnapp ihn mir und überrasche sie, wenn sie zurückkommt. Ich hatte sogar Kerzen dabei."

„War denn dafür überhaupt noch Platz in dein Kulturbeutel?", fragte Will, der sich bemühte, die in ihm aufsteigende Wut zu unterdrücken.

„Wie meinst du das?", fragte Hermann-Josef.

„Ich weiß, was du immer in dein Kulturbeutel mit dir rumgeschleppt hast. Perverses Sexspielzeug, mit dem man Frauen böse Verletzungen zufügen kann."

Ein entsetztes Raunen ging durch den Raum.

„Du perverses Schwein", entfuhr es Jockel, der sich gerade erst wieder beruhigt hatte.

Hermann-Josef kauerte sich in die Eckbank, auf der er saß. Sein eben noch so selbstsicheres Auftreten war mittlerweile einer fast schon jämmerlichen Verzweiflung gewichen, mit der er sich gegen die Anfeindungen zur Wehr setzte. „Das war alles ganz anders, das müsst ihr mir glauben. Ja, ich war in Biggis Zimmer. Und ja, ich steh auch auf erotische Experimente, aber ich würde einer Frau doch niemals etwas gegen ihren Willen antun. Ich hab ungefähr eine Stunde auf Biggi gewartet und als sie nicht gekommen ist, bin ich wieder gegangen."

„Wann war das?"

„Wann war was?"

„Wann du gegangen bist, will ich wissen", knurrte Will, dem man seinen Zorn mittlerweile deutlich anmerkte.

„Ja, das muss ja dann so gegen halb eins gewesen sein. Ich hab den Schlüssel zurückgehängt und bin wieder hoch auf mein Zimmer."

Will krickelte die Uhrzeit auf die Tafel und brach dabei das Stück Kreide in der Mitte durch, weil er es so fest aufdrückte. Dann drehte er sich wieder um. Acht Männer starrten ihn gebannt an. Er musterte jedes einzelne Gesicht mit stoischer Miene, bevor er seine Stimme erhob: „Vorausgesetzt, jeder von euch hat heute Abend die Wahrheit gesagt: Was ist mit Biggi in die Nacht vom 27. auf den 28.9.1980 passiert? Was aber noch viel wichtiger ist: Was ist überhaupt aus ihr geworden? Ich werde es euch sagen. Wir fassen erst einmal zusammen, wer wann und vor allem wo an diesem Abend war. Eidams Theo hatte sich als Erster verabschiedet. Er wurde gegen 22.30 Uhr vom Notarzt auf sein Zimmer gebracht und mit Medikamente ruhiggestellt. Heribert Oellers hat nur unwesentlich länger durchgehalten und musste nach der Vorfall mit der Schirmständer etwa gegen 22.45 Uhr die Segel streichen. Auch er ging auf sein Zimmer. Jockel war ungefähr zur gleichen Zeit mit Biggi nach draußen verschwunden, hat dort eine geschallert bekommen, ist eine Weile durchs Dorf gelaufen und dann ebenfalls auf sein Zimmer gegangen. Günni ist, nachdem er Heribert am Schirmständer beigestanden hatte, Biggi gefolgt und in einem Gebüsch über sie hergefallen. Horst, der sich zu diesem Zeitpunkt ebenfalls draußen aufhielt, stieß rechtzeitig dazu, um Schlimmeres zu verhindern. Buschi war zu der Zeit bereits auf sein Zimmer verschwunden, und hat etwa ab 23.30 Uhr erfolglos im Zimmer von Biggi auf sie gewartet. Kajo war mit Geli auf dem Zimmer und Werner verschwand kurz danach mit der Frau aus Wuppertal auf sein Hotelzimmer. Wenn wir uns nun die Uhrzeiten auf dieser Tafel anschauen, dann fällt uns auf, dass dort eine Lücke von etwa eine Stunde klafft, denn nach dem Vorfall mit Günni, der gegen 23 Uhr stattgefunden haben muss, kam Biggi um 0.20 Uhr zu mir aufs Zimmer und erzählte mir, dass ihr etwas Schlimmes zugestoßen sei. Was ist also zwischen 23 Uhr und 0.20 Uhr passiert?“ Will machte eine Kunstpause und blickte in die Runde. „Ich sag’s euch: Keiner von euch hat gelogen, aber einer von euch hat nicht die ganze Wahrheit gesagt. Ich werde jetzt der Name von demjenigen an die Tafel schreiben, der in diese Nacht Biggi Lechner vergewaltigt und geschwängert hat.“ Im Kegelraum herrschte eine angespannte, unheilvolle Ruhe, als Will den Kreidestummel ansetzte und ihn knirschend über die Schiefertafel zog. Er hatte Mühe, das Zittern in seiner Hand zu unterdrücken, als er den Namen des Täters in Großbuchstaben aufschrieb: „HORST LIPKA“

Die Aufklärung

35

Samstag, 28. September 2019, 22.26 Uhr

„Jetzt wird's aber vogelwild", rief Horst Lipka und klang dabei eher belustigt als schockiert. Demonstrativ verschränkte er die Arme vor seiner Brust und sagte: „Da bin ich jetzt aber mal gespannt, was unser Sherlock Holmes für Arme da herausgefunden haben will. Aus welchem Grund sollte ich diese Biggi Lechner vergewaltigt haben? Ich stand damals kurz vor meiner Verlobung. Ich würde sogar behaupten, dass ich auf der Tour der Einzige von unserer Truppe war, der in diesem ABBA-Hotel nicht fremdgegangen ist."

Eidams Theo beugte sich zu dem neben ihm sitzenden Heribert Oellers herüber und flüsterte ihm zu: „Was bedeutet denn ABBA-Hotel?"

Der Gebrauchtwagenhändler antwortete, ohne den Blick von Will zu nehmen: „Ankommen, Besaufen, Bumsen, Abfahren."

Auch alle anderen starrten den Landwirt gebannt an, der den provozierend lässig in seinem Stuhl lehnenden Lipka mit finsterem Blick ins Visier nahm. „Das ist schon mal nicht ganz richtig, Horst", erwiderte er. „Ich bin auch nicht fremdgegangen an diesem Wochenende … obwohl ich mir da zwischenzeitlich nicht ganz sicher war, aber das ist ein anderes Thema. Davon mal abgesehen, würde ich eine Vergewaltigung nicht als ‚fremdgehen' bezeichnen, sondern als widerliche Gewalttat. Dennoch ist es in der Tat eine gute Frage, warum du dich kurz vor deine Verlobung zu so was hast hinreißen lassen. Aber lass uns zuerst noch einmal der Verlauf des Abends rekonstruieren. Und zwar ab dem Zeitpunkt, als du dein späterer Mitarbeiter Günther Vitz dabei erwischt hast, wie er Biggi belästigt. Was ist dann passiert, Günni?"

Günni zuckte zusammen, da er nicht damit gerechnet hatte, angesprochen zu werden. „Also, ja, was soll ich …", stammelte er. „Wie gesagt, ich weiß überhaupt nicht, was in mich gefahren war. Ich war ja auch total betrunken. Erst hatte ich nur versucht, die Biggi zu küssen, aber sie wollte nicht und hat mir, glaube ich, auch eine getachelt. Da bin ich wütend geworden, wir haben irgendwie miteinander gerangelt und sind dann zu Boden gegangen. Ja, und dann ging alles ganz schnell. Ich schwöre, dass noch nichts passiert war, als Horst mich hochriss. Ich weiß noch, dass er mich anbrüllte und mir zweimal mit der flachen Hand ins Gesicht schlug. Biggi war da schon wieder auf den Beinen und stand hinter ihm. Ich hab mich umgedreht und wollte abhauen, da hat der Horst mir noch in den Hintern getreten, sodass ich mich auf die Fresse gelegt habe. Und dann bin ich auf mein Zimmer gegangen. Ich war am nächsten Tag heilfroh, dass Horst keinem was gesagt hat."

Will wandte sich wieder an Horst. „Wie ging's dann weiter?"

Horst räusperte sich kurz und antwortete dann mit fester Stimme: „Ich habe Biggi gefragt, ob alles in Ordnung ist, und sie dann zurück zum Hotel gebracht."

„Wohin genau? Auf ihr Zimmer? An die Rezeption?"

Horst musste kurz überlegen. „Keine Ahnung. An die Rezeption, glaube ich."

„Hmm, seltsam. Da müsste Biggi doch aufgefallen sein, dass ihr Zimmerschlüssel nicht an seinem Platz hing, weil den ja Buschi hatte."

„Wie gesagt, ich weiß es nicht mehr genau. Vielleicht hab ich sie auch nur bis ins Foyer begleitet."

„Vielleicht aber auch ganz woandershin. Vielleicht seid ihr noch ein bisschen gemeinsam spazieren gegangen, habt das Bergpanorama im Mondenschein genossen, um euch von der Schreck zu erholen. Biggi fühlte sich wahrscheinlich sicher, denn zu sein Retter hat man gewöhnlich Vertrauen, vor allem, wenn es sich um so ein aufstrebender Unternehmer und weltgewandter Gentleman wie dich handelt. Du hast ihr vielleicht sogar von deine Verlobung erzählt, ihr der teure Verlobungsring gezeigt. Alles Sachen, mit denen du dir ihr Vertrauen erschlichen hast. So hast du sie um der Finger gewickelt und arglos in die Falle gelockt und dann – als sie am wenigsten damit gerechnet hat – vergewaltigt."

Lipka schüttelte fast schon mitleidig den Kopf. „Will, du hast wirklich eine blühende Fantasie. Aber ich vermute mal, dass es keine Zeugen für deine Hirngespinste gibt."

„Na ja, Zeugen direkt nicht, aber ein Vaterschaftstest könnte da schon Klarheit bringen. Aber selbst wenn man dir eine Vergewaltigung nachweisen könnte, was – da geb ich dir recht – ohne Zeugen fast unmöglich ist, hast du nichts zu befürchten, außer vielleicht … Moment … Wie heißt das? … Soziale Ächtung. Denn leider beträgt die Verjährungsfrist für schwere

Sexewaldelikte in Deutschland 20 Jahre. Damit wärst du so oder so aus der Schneider. Was aber nicht verjährt, ist Mord!"

Horst Lipka erhob sich gemächlich von seinem Stuhl und seufzte genervt in die beklemmende Stille. Scheinbar unbeeindruckt zischte er: „Jetzt pass mal gut auf, Will. Du bist zwar ein seltsamer Typ, aber irgendwie fand ich dich immer drollig. Deshalb lässt man dir auch die ein oder andere Unverschämtheit durchgehen. Aber das geht mir jetzt zu weit. Mir hier einen Mord vorzuwerfen, das ist schon ein starkes Stück. Ich lass mir von dir doch nicht meinen Ruf ruinieren. Und überhaupt. Von was für einem Mord redest du eigentlich? Es gibt ja noch nicht mal eine Leiche. Wenn ich das richtig verstanden habe, ist Biggi irgendwann ausgewandert, wahrscheinlich mit der Kohle von Jockel, und macht sich jetzt irgendwo am Ende der Welt ein schönes Leben. So what?!"

„Richtig, die Auswanderung", erwiderte Will ebenso unbeeindruckt. „Ja, das wolltest du uns glauben machen, indem du nach Biggis Verschwinden ihre Wohnung so hergerichtet hast, dass alles danach aussah, als wäre sie verreist. Und dann gab es ja noch diese fingierte Postkarte aus Sri Lanka, die du an Josefine Landmesser, besser bekannt als die ‚flotte Fine', geschickt hast. Bei Fine konntest du dir sicher sein, dass sich die Nachricht schnell im Dorf verbreitet. Aber wie hast du das gemacht? Ganz einfach! Ungefähr zehn Tage, bevor die Karte bei Fine ankam, hast du einen Landgang in Colombo gemacht. Wie Kajos Frau Henriette mir bestätigt hat, habt ihr 1986 gemeinsam mit die beiden eine Pärchen-Kreuzfahrt im Indischen Ozean gemacht. Übrigens, schöne Fotos, die ihr da geknipst habt. Henriette war sehr gründlich und hat alle Daten im Fotoalbum genau vermerkt. Man sieht dir auf die Bilder richtig die gute Laune an. Endlich konntest du das Leben in volle Züge genießen, nachdem der alte Brauweiler gestorben war."

„Jetzt muss ich aber auch mal dazwischengehen", meldete sich plötzlich Kajo zu Wort. „Das sind wirklich sehr harte Anschuldigungen, die du hier vorbringst. Ich kenn den Horst jetzt schon so lange. Und ich lege meine Hand für den ins Feuer, dass der niemals ..."

„Da verbrenn dir mal nicht die Finger", schnitt Will ihm barsch das Wort ab und schritt entschlossen zur Tafel. Er nahm die Kreide und kritzelte auf dem Zeitstrahl zwischen November 1981, also dem Zeitpunkt, an dem Jockel das Geld an Biggi übergeben hatte und sie das letzte Mal lebend gesehen wurde, und Januar 1982, dem Monat, in dem sie spurlos aus ihrer Wohnung in Mönchengladbach verschwand, ein Datum: 26.12.1981.

„Das ist der zweite Weihnachtstag", murmelte Eidams Theo vor sich hin.

„Ganz genau", pflichtete Will ihm bei. „Aber das ist nicht nur der zweite Weihnachtstag, sondern auch der Tag, an dem Biggi Lechner starb."

Der Landwirt hielt einen Moment inne, in dem er der Reihe nach alle ansah. Da niemand etwas sagte, fuhr er fort: „Biggi Lechner wurde durch die Vergewaltigung von Horst schwanger. Ihr gemeinsamer Sohn Stephan kommt am 14.6.1981 im Elisabeth-Krankenhaus in Rheydt zur Welt. Zu diesem Zeitpunkt lebt Biggi schon seit einigen Monaten nicht mehr in Saffelen, sondern bei einer Bekannten in Mönchengladbach. Ihre Großmutter, bei der sie zuvor gewohnt hatte, war verstorben. Das

Erbe, das in erster Linie aus Schulden bestand, hatte sie ausgeschlagen. Als alleinerziehende Mutter verlor sie ihre Job und kam letztlich in einem Mutter-Kind-Haus unter. Dieser Aufenthalt war allerdings nur befristet auf ein halbes Jahr. In der Zeit musste sie eine neue Wohnung für sich und ihr Kind finden. Sie machte eine Therapie und ihr damaliger Therapeut berichtet, dass sie dort wieder Lebensmut fasste und sich eine neue Existenz aufbauen wollte. Sie hatte ihm erzählt, dass sie demnächst eine größere Erbschaft erwartete. Das war natürlich gelogen, denn ihre letzte Verwandte hatte ihr, wie gesagt, nichts hinterlassen. Also schmiedete sie ein Plan. Sie nahm telefonisch Kontakt zu Jockel auf, von dem sie wusste, dass er in sie verliebt gewesen war. Sie lieh sich von ihm 20.000 Mark, die sie ihm im Januar zurückzahlen wollte, sobald sie ihre angebliche Erbschaft bekommen sollte. Das war zwar gelogen, Jockel, aber ich kann dir versichern, dass sie dir wirklich dein Geld zurückgeben wollte. Es wäre halt nur kein Geld aus eine Erbschaft gewesen, sondern aus eine Erpressung. Am 26. Dezember 1981 tauchte Biggi nämlich im Büro von Horst Lipka auf. Weil Weihnachten war, konnte sie fest davon ausgehen, dass sie ihn dort alleine antreffen würde. Sie selbst kam aber nicht allein. Sie hatte ihren sechs Monate alten Sohn Stephan dabei. Deinen Sohn, Horst!“

Lipka stand mit zusammengekniffenen Lippen an der Tür, sagte aber kein Wort.

Will erzählte weiter: „Was dann geschah, dadrüber kann ich nur spekulieren, aber sehr wahrscheinlich verlangte sie Geld von Horst. Viel Geld, für ein Neuanfang. Horst hatte dafür gesorgt, dass ihr Leben in Trümmern lag, nun sollte er dafür bezahlen. Horst stand zu diesem Zeitpunkt unter ein immenser Druck. Die Firma forderte ihn voll und ganz und die Hochzeit mit der Tochter vom Firmeninhaber stand unmittelbar bevor. Wir alle wissen, dass der alte Brauweiler ein erzkatholischer Patriarch war. Ein Schwiegersohn mit ein uneheliches Kind hätte er niemals akzeptiert und ich glaube, seine Verlobte auch nicht. Die Hochzeit wäre geplatzt, die Übernahme der Firma sowieso. Als Biggi ihn zu erpressen versucht, sieht er rot und tötet sie im Beisein von ihr kleiner Sohn." Will ließ seine Worte auf die Kegelfreunde wirken. Von oben klang lautes Gejohle aus dem gut gefüllten Gastraum, der so gar nicht zu der Stimmung auf der Kegelbahn passen wollte. „Hinter der Firma entstand zu diese Zeit ein Anbau", hob Will wieder an. „Horst wirft die Leiche ins Fundament und gießt es mit Beton aus. Das beobachtet zufällig Günni, der das vergessene Geschenk für seine Mutter aus sein Spind holt. Er deutet die Aktion als Fleiß, dabei wurde er unwissentlich Zeuge bei der Beseitigung von eine Leiche. Horst nimmt das Baby und fährt damit nach Mönchengladbach, weit genug weg von Saffelen, aber nicht so weit weg, dass seine Abwesenheit in der Familie auffällt. Außerdem hat er dem Personalausweis entnommen, dass Biggi dort eine Wohnung hat. Um seinen Sohn loszuwerden, sucht er sich dort in die Nähe eine Kinderklinik – das Elisabeth-Krankenhaus in Rheydt. Er konnte natürlich nicht ahnen, dass er das Baby ausgerechnet der Frau übergibt, die ein halbes Jahr zuvor dabei geholfen hatte, es zur Welt zu bringen. Schwester Marita konnte Horst nach all die Jahre noch eindeutig auf ein Foto identifizieren. Anschließend fährt er in Biggis Wohnung, für dort falsche Spuren zu legen, sodass alles nach eine geplante

Abreise aussieht. Dann fährt er wieder nach Hause, heiratet, übernimmt das Bauunternehmen Brauweiler und führt ein glückliches Leben. Bis heute."

Horst Lipka lehnte mit dem Rücken am Türrahmen und klatschte höhnisch Beifall. Die anderen Männer warfen sich unsichere und verstohlene Blicke zu. Niemand wagte zu sprechen. Selbst Kajo beobachtete mit sichtbarem Unbehagen, wie Will und Horst sich wie zwei Cowboys in einem Duell gegenüberstanden und anstarrten. Horst zog als Erster seinen Revolver, und zwar im wahrsten Sinne des Wortes. Er griff blitzschnell hinter sich in seinen Hosenbund und zog eine Pistole hervor. Die Männer erschraken. Auch Will zuckte zusammen, obwohl er schon fast damit gerechnet hatte. Er hatte sich nämlich bereits den ganzen Abend gefragt, warum Horst sein auffallend großes Hemd diesmal über der Hose getragen hatte. Das war normalerweise nicht seine Art gewesen. Jetzt wusste er es.

„Darf ich das als Geständnis werten?", fragte Will und versuchte, sich seine Angst nicht anmerken zu lassen, obwohl der Lauf der Waffe genau auf ihn gerichtet war. Er hielt Horst allerdings nicht für so dumm, als dass er ihn vor sieben Zeugen erschießen würde.

Lipka grinste schief und sagte: „Ich muss zugeben, ich hab dich unterschätzt, Will. Ich kann leider nicht mehr ändern, was passiert ist. Es war eine Kurzschlussreaktion. Ich war am zweiten Weihnachtstag im Büro, weil ich noch einiges für den Jahresabschluss vorbereiten musste. Als ein Taxi auf dem Hof vorfuhr und eine Frau ausstieg mit einem Kind in einer Art Kinderwagentasche, ahnte ich schon, dass das kein erfreulicher Besuch werden würde. Dass es sich um Biggi handelte, hab ich aber erst realisiert, als sie vor meinem Schreibtisch stand und mich sofort wüst beschimpfte. Ich hätte vielleicht sogar mit mir reden lassen, aber sie hat nicht nur versucht, mich zu erpressen, sie hat auch damit gedroht, mir das Leben fortan zur Hölle zu machen. Alles, wofür ich so hart gearbeitet hatte. Mein Lebenswerk. Sie hat mich hysterisch angeschrien. Irgendwann habe ich zugepackt und ihr den Hals zugedrückt, damit sie endlich aufhört zu schreien. Ich habe so lange zugedrückt, bis sie schlaff in sich zusammenfiel. Erst dann wurde mir klar, was ich getan hatte. Das kleine Kind lag still und zugedeckt in der Kinderwagentasche und schlief." Horst Lipka schien für einen Augenblick in seinen Erinnerungen zu versinken. Auf seinem eben noch so höhnischen Gesicht zeigte sich für einen kurzen Moment tiefer Schmerz. „Danach ist alles wie in einem Film abgelaufen, irgendwie mechanisch. Und wisst ihr was? Ich hatte immer das Gefühl, dass ich irgendwann mal auffliege, all die Jahre. Deshalb habe ich mich auch gut präpariert für den Tag X. Erst recht, seit Will plötzlich damit angefangen hatte, in der Vergangenheit rumzuschnüffeln, und jeden nach Biggi ausfragte. Deshalb war ich auch heute Abend auf alle Eventualitäten eingerichtet. Es tut mir leid, dass es so weit kommen musste. Aber jetzt muss ich mich von euch allen verabschieden. Ich werde heute noch verschwinden, und zwar für immer. Es hat keinen Zweck, nach mir zu suchen, meine Flucht ist von langer Hand vorbereitet. Ich hatte viel Zeit, mir eine zweite Identität zu beschaffen. Sagt bitte meiner Frau und den Kindern, dass es mir leidtut und dass für sie gesorgt ist. Und jetzt muss ich euch bitten, dass ihr alle eure Handys auf den Tisch legt und ..."

Plötzlich nahm Horst Lipka einen Schatten wahr und sprang blitzschnell zur Seite. An der Stelle, wo gerade noch sein Kopf gewesen war, schlug eine dunkelblaue Kegelkugel krachend in der Holzvertäfelung ein. Heribert Oellers hatte die Gelegenheit genutzt, heimlich eine Kugel aus dem Rücklauf genommen und sie mit voller Wucht auf Lipka geworfen. Der war jedoch geistesgegenwärtig zur Seite gesprungen und starrte den Gebrauchtwagenhändler nun erschrocken und mit weit aufgerissenen Augen an. Wortlos hob er seine Waffe, zielte und drückte ab. Ein lauter Knall erfüllte den Raum. Oellers griff sich an den linken Oberarm, kippte mit einem lauten Schrei zur Seite und rollte auf die Kegelbahn. Es klingelte, als er dabei das Absperrseil mit dem Glöckchen umriss und mit schmerzverzerrtem Gesicht auf dem Linoleumboden liegen blieb. Die anderen Männer sahen einander mit einer Mischung aus Überraschung und Angst an. Nach und nach legten sie ihre Handys auf den Tisch und versammelten sich, zum Teil mit erhobenen Händen, um den wimmernd am Boden liegenden Oellers, der aus dem Arm blutete. Lipka trieb sie mit vorgehaltener Waffe in die Mitte der Kegelbahn und zog mit lautem Geschepper das Rollgitter über der Abwurfmarkierung herunter. Er schloss ab und ließ den Schlüssel in seiner Tasche verschwinden. Die auf dem Tisch liegenden Handys sammelte er ein und warf sie in den neben der Tür stehenden Mülleimer. Bevor er das Kegelzimmer verließ, drehte er sich noch einmal um und sagte: „Es tut mir leid, Freunde. Wir hätten es einfach dabei belassen sollen: Was in Willingen passiert, bleibt in Willingen!“ Dann ging er und ließ die Tür hinter sich ins Schloss fallen.

Der Zugriff

36

Samstag, 28. September 2019, 22.57 Uhr

Die Gaststätte hatte sich zwar bereits etwas geleert, aber es herrschte immer noch hektische Betriebsamkeit und vor allem ein ohrenbetäubender Lärm. Die Kellnerinnen wuselten herum und Harry Aretz kam mit dem Zapfen kaum hinterher. Fredi hatte sich daher bereiterklärt, persönlich für Nachschub zu sorgen. Geduldig wartete er am Tresen, bis er seine Bestellung aufgeben konnte: „Zwei große Pils, ein Hugo und eine Rhabarberschorle."

Harry Aretz verdrehte die Augen. „Du immer mit deine Sonderwünsche."

„Das sind nun mal anspruchsvolle Frauen, die wir haben. In jede Beziehung, wenn du weißt, was ich damit andeuten will. Haha." Fredi lachte laut und als Einziger über seinen Witz. Nachdem Harry nach einigem Suchen auf Fredis Deckel noch einen freien Platz für seine Bleistiftstriche gefunden und die Getränke auf einem Tablett abgestellt hatte, wollte Fredi gerade damit zurück an seinen Platz gehen, als er heftig angerempelt wurde. Dabei fiel die Rhabarberschorle um und die rosa Flüssigkeit verteilte sich wie ein See auf dem

Tablettboden. Fredi drehte sich wutentbrannt um: „Sag mal, hast du sie noch alle?“

Neben ihm stand der bekannte Bauunternehmer Horst Lipka, der sich mit schweißnasser Stirn und aus der Hose hängendem Hemd über die Theke beugte und dem Wirt zurief: „Harry, unten findet gerade eine geheime Abstimmung statt. Da dürft ihr jetzt bitte mindestens eine halbe Stunde lang nicht stören.“

Lipka drehte sich um und wollte die Kneipe verlassen, aber Fredi stellte sich ihm in den Weg. „Ich habe dich gerade was gefragt, Kollege.“

Lipka musterte sein Gegenüber und fragte genervt: „Ach ja, was denn?“

„Ob du noch alle Latten am Zaun hast. Weißt du, was die scheiß Schorle kostet? Du käufst mir jetzt sofort eine neue, sonst gibt es Nackenfutter.“

Lipka packte Fredi mit seinen groben Händen am Kragen, sodass der Mühe hatte, das Tablett auf seiner Hand zu balancieren, ohne dass noch weitere Gläser umkippten. „Jetzt hör mir mal zu, du Lappen“, schnaubte der Bauunternehmer. „Weißt du eigentlich, wer ich bin?“

Fredi überlegte kurz, kam dann aber zu dem Schluss, dass er sich nicht einschüchtern lassen würde. Schon mal gar nicht, da seine neue Freundin in der Nähe saß und die Szene möglicherweise beobachtete. Mit seiner freien Hand schubste er Lipka von sich und brüllte: „Und wenn du der Kaiser von China bist. Du bezahlst mir jetzt sofort meine Rhabarberschorle, sonst hau ich dir eins auf die Fresse.“

Es wurde ruhig in der Kneipe und alle Blicke richteten sich auf die beiden Streithähne. Lipka sah sich um. Das, was er im

Moment am wenigsten gebrauchen konnte, war Aufsehen. Seine Stimme wurde sanfter, als er sagte: „Ist ja gut."

Die Leute um sie herum setzten ihre Gespräche fort, während Lipka sein Portemonnaie aus der hinteren Hosentasche zog. Fredi nickte seinen Begleitern am Tisch stolz zu und Borowka hob anerkennend den Daumen. Plötzlich stockte Fredi der Atem. Er sah, dass unter dem hochgeschobenen Hemd eine Pistole im Hosenbund steckte. Schockiert rief er: „Hast du da etwa eine Knarre?"

Lipka riss den Kopf hoch. In einer Art Affektbewegung rammte er Fredi mit voller Wucht seinen Kopf gegen die Nase, die mit einem dumpfen Knacken brach. Fredi wurde schwarz vor Augen. Er spürte noch, wie ihm das Tablett aus der Hand glitt und klirrend zu Boden fiel. Dann sackte er in sich zusammen.

Borowka, der die Szene ungläubig verfolgt hatte, sprang sofort auf und nahm die Verfolgung von Lipka auf, der sich durch die Menge zum Ausgang rempelte. Borowka hatte als beinharter Verteidiger Übung darin, Gegenspielern hinterherzulaufen und sie irgendwie zu Fall zu bringen. Im Windfang der Kneipe bekam er Lipka zu fassen und warf sich von hinten auf ihn. Gemeinsam purzelten sie die dreistufige Treppe runter und landeten in einem Knäuel auf dem Bürgersteig. Gerade als Borowka zum Schlag ausholen wollte, wurde der ganze Vorplatz in grelles Licht getaucht. Borowka war geblendet. Er konnte nur noch schemenhaft erkennen, wie mehrere schwarz gekleidete Männer mit Sturmhauben ihn wegrissen, ihm mit Kabelbinder die Hände auf dem Rücken fesselten und einen Sack über den Kopf stülpten. Er wurde unsanft auf dem Boden fixiert und hörte um sich herum lautes Getrampel und geschriene Befehle.

Plötzlich trat jemand mit schweren Stiefeln neben ihn und blieb stehen. Als der Mann sprach, erkannte Borowka die Stimme von Peter Kleinheinz. „Das da vorne ist unser Mann. Den hier könnt ihr freilassen."

Borowka wurde von zwei kräftigen Armen wie eine Spielzeugpuppe auf die Beine gestellt. Jemand löste seine Handfesseln und zog ihm den Sack vom Kopf. Mit zusammengekniffenen Augen erkannte er Hauptkommissar Kleinheinz in voller Kampfmontur mit Helm und geöffnetem Visier, der ihn breit angrinste. „Da hast du aber noch mal Glück gehabt, Richard. Wenn meine Jungs ernst gemacht hätten, dann müsste ich dich jetzt mit Riechsalz wiederbeleben."

„Was ist denn hier los?", fragte Borowka völlig konsterniert und rieb seine schmerzenden Handgelenke.

„Wir haben gerade einen Mörder festgenommen. Und da kommt auch schon der Mann, der ihn überführt hat. Unser Saffelener Meisterdetektiv."

Hastenraths Will trat aus der Gaststätte auf die Straße. Während er die drei Stufen hinabbstieg, knöpfte er sich vorsichtig sein Hemd auf. Quer über seiner behaarten Brust verlief ein dünnes Kabel, das zu einem kleinen Kasten am Hosenbund führte. Ein Mann mit einem SEK-Schriftzug auf dem Rücken kam hinzu und entfernte vorsichtig die Apparatur.

Will strahlte: „Das ging ja blitzschnell, dass deine Jungs uns da unten rausgeholt haben." Bevor er weitersprach, fummelte er sich mit spitzen Fingern einen winzigen Knopf aus dem Ohr und hielt ihn Kleinheinz begeistert hin. „Und das ist ja wohl der absolute Wahnsinn. Ich konnte dich die ganze Zeit glasklar verstehen. Manchmal musste ich aber auch improvisieren, wenn du nix gesagt hast. Ach ja, und was ich dich noch fragen muss: Was meintest du mit … traumatologisieren? Oder hab ich das Wort akustisch falsch verstanden? Und was bedeutet eigentlich ‚soziale Ächtung'?"

Kleinheinz musste lachen. „Egal, Will. Du hast das super gemacht. Vor allem, dass du die ganze Zeit so cool geblieben bist. Sogar als Lipka die Waffe gezogen hat. Ich wollte schon stürmen lassen. Spätestens als er auf den Idioten geschossen hat, der die Kugel nach ihm geworfen hat. Wie kann man nur so bescheuert sein?"

„Ach ja, wie geht es der Heribert überhaupt? Ich hab gesehen, dass sich unten ein Notarzt um den kümmert."

„Was? Der alte Oellers wurde verletzt?", rief Borowka, der die ganze Zeit fasziniert zugehört und mit offenem Mund die Sondereinsatzkräfte beobachtet hatte.

„Wie es aussieht, ist es nur ein Streifschuss, nix Schlimmes. Und auch der Herr Jaspers ist schon wieder bei Bewusstsein."

„Ach du Scheiße", Borowka schlug sich mit der flachen Hand gegen die Stirn. „Den hab ich ja ganz vergessen." Mit der Erlaubnis von Kleinheinz lief er zurück in die Kneipe, aus der die anderen Gäste gerade von den Polizisten herausgeführt wurden, damit die Spurensicherung ihre Arbeit aufnehmen konnte.

Kommissar Kleinheinz klopfte Will auf die Schulter und sagte: „Ich bin verdammt stolz auf dich. Das hast du super hinbekommen, wie ein echter Profi. Jetzt haben wir ein astreines Geständnis. Das wird mit Sicherheit das spannendste Kapitel in deinen Memoiren."

„Ach, scheiß auf die Memoraren", erwiderte Will und winkte ab. „Ich hab mir vorgenommen, vorerst noch nicht der Löffel abzugeben. Wenn mein Herz diesen Einsatz überstanden hat, dann überleb ich auch noch ein paar Jahre an die Seite von meine Frau."

„Du schon wieder. Sei mal bloß froh, dass du Marlene hast."

„Das bin ich auch", murmelte Will leise vor sich hin.

Das Grab

37

Montag, 30 September 2019, 10.35 Uhr

Das Betriebsgelände der Bauunternehmung Brauweiler war von der Polizei weiträumig abgesperrt worden. Die Nachricht von der Festnahme Horst Lipkas hatte sich wie ein Lauffeuer verbreitet. Entsprechend Mühe hatten die Streifenbeamten, die zur Bewachung eingeteilt waren, die zahlreichen Schaulustigen hinter dem Flatterband im Zaum zu halten. Immer wieder versuchten Einzelne, insbesondere Fotografen und Journalisten, in die Nähe der Stelle zu gelangen, wo die Grabungsarbeiten stattfanden. Von Weitem konnte man erkennen, dass die Ermittler schweres Gerät aufgefahren hatten. Neben zwei Baggern waren mehrere große und kleine Spezialfahrzeuge vom THW im Einsatz, Polizisten liefen das Gelände mit Leichenspürhunden ab. Etwas abseits standen Fredi Jaspers und Richard Borowka und beobachteten gespannt das Geschehen. Fredi war krankgeschrieben, was unschwer an seinem Nasengips zu erkennen war, der seinen doppelten Nasenbeinbruch schiente. Borowka war zwar nicht krankgeschrieben, hatte sich aber heute spontan selbst freigegeben, da er in der Werkstatt keinen Ärger zu befürchten hatte. Sein Chef Heribert Oellers hatte zwar Glück gehabt, dass der Schuss ihn nur am Oberarm erwischt hatte, da er aber dennoch operiert werden musste, würde er sich noch für ein paar Tage im Krankenhaus befinden.

„Wie lang hast du jetzt ein gelber Schein?“, fragte Borowka.

„Mindestens zwei Wochen“, antwortete Fredi.

Borowka schüttelte den Kopf. „Du hast immer so ein verdammtes Glück.“

„Glück? Sag mal, bist du bescheuert? Das ist jetzt schon das dritte Mal, dass ich die Nase gebrochen habe*, und zwar jedes Mal doppelt, also insgesamt schon sechsmal. Der Arzt hat für mich gesagt, dass der mir nicht versprechen kann, dass die jemals wieder richtig gerade wird. Er meinte, meine Nase wär wohl meine Achillesferse.“

„Hä, wo hat der Typ denn studiert? Auf der Youtube-Universität oder was? Die Achillesferse ist doch ganz woanders. Aber selbst wenn: Guck dir doch mal Sylvester Stallone an. Der hat ein Gesicht, als wenn der gegen ein D-Zug gelaufen wär. Und trotzdem ist jede Frau scharf auf dem.“

„Toller Vergleich“, entgegnete Fredi und rollte mit den Augen. „Ist mir aber auch egal. Die Steffi hat für mich gesagt, dass mich eine krumme Nase noch viel interessanter macht, denn ein Gesicht muss unverwechselbar sein.“

Plötzlich entstand Aufruhr an der Stelle, wo gebaggert wurde. Die beiden Kumpels beobachteten, wie die Polizisten mit den Hunden und ein paar Männer mit Schüppen und Hacken vom Einsatzleiter zu einer bestimmten Stelle gerufen wurden. „Meinst du, von die arme Frau ist noch was übrig?“, fragte Fredi. Es fröstelte ihn bei dem Gedanken, dass möglicherweise gleich ein paar Knochen freigelegt wurden.

*Das Schweigen der Kühe

„Das kann ich mir nicht vorstellen“, meinte Borowka, doch auch ihm lief dabei ein kalter Schauer den Rücken herunter.

Hastenraths Will stand innerhalb des abgesperrten Bereichs ganz in der Nähe der möglichen Fundstelle. Kleinheinz hatte ihm eine Sondergenehmigung besorgt. Sogenannte Georadartechniker hatten ziemlich genau lokalisieren können, wo der Leichnam liegen könnte. Hinzu kam, dass Lipka im Verhör und bei einer Tatortbegehung am Vortag relativ präzise Angaben gemacht hatte, sodass man sich nun, da man eine Betonplatte samt Unterfütterung mit Bauschutt weggebohrt hatte, an die Feinarbeit machen konnte. Die zwei Leichenspürhunde rissen an ihren Leinen und bellten, obwohl es als unwahrscheinlich galt, dass sie nach dieser langen Zeit noch etwas erschnüffeln konnten. Unter der Anleitung von Experten machten sich Beamte und THW-Mitarbeiter mit Schaufeln und Harken daran, den zerbröselten Beton vorsichtig abzutragen.

Kommissar Kleinheinz trat neben Will und sagte: „Tja, jetzt ist es wahrscheinlich gleich so weit. Was für eine gruselige Angelegenheit. Die Jungs arbeiten wie Chirurgen, aber mit dem Stemmhammer.“

„Die arme Biggi“, murmelte Will und ihm traten unweigerlich Tränen in die Augen. „Was für ein trauriges Ende. Meinst du, wir finden nur noch ihre Knochen?“

Kleinheinz zuckte mit den Schultern. „Das konnte mir keiner sagen. Wir haben bei uns in Deutschland kaum Erfahrungen mit Leichen, die schon so lange einbetoniert sind. Ein Kollege aus der Forensik meinte, dass sie vielleicht mumifiziert sein könnte, weil Beton Wasser zieht und somit die Feuchtigkeit entfernt. Für das Verwesen sind wohl Mikroorganismen nötig, die bei fehlender Feuchtigkeit nur begrenzt auf der Leiche vorhanden sind. Aber, wie gesagt, ich bin kein Experte."

Er legte seinem Freund den Arm über die Schulter und betrachtete gemeinsam mit ihm die Erdarbeiten, die in eigentümlicher Stille stattfanden, da niemand der Helfer auch nur ein Wort sagte. Nach ein paar Minuten kam ein junger Polizist dazu und sprach Kleinheinz an: „Tschuldigung, Herr Hauptkommissar?! Da hinten an der Absperrung steht ein Mann, der unbedingt rein will. Er sagt, Sie wüssten Bescheid."

Kleinheinz schüttelte den Kopf. „Nein, ich wüsste nicht, wer das sein sollte. Hat er seinen Namen genannt?"

Der Polizist schaute auf seinem Notizblock nach und las vor: „Stephan Koppers."

Will riss den Kopf hoch und wischte sich mit dem Ärmel seines Parkas die Tränen aus dem Gesicht. „Was macht der denn hier? Der darf auf gar keinen Fall dabei sein, wenn wir sie finden."

Kleinheinz stimmte ihm zu. „Wir hatten ihn informiert. Er weiß Bescheid. Am besten, du gehst zu ihm und bleibst bei ihm, während wir hier unsere Arbeit machen."

Will folgte dem jungen Polizisten zur Absperrung, hinter der Stephan Koppers stand. Biggis Sohn trat von einem Fuß auf den anderen und kaute an seinen Fingernägeln.

„Hallo Stephan", rief Will ihm zu und hob das Absperrband, damit er ihn darunter hindurchschlüpfen lassen konnte. „Du kennst mich. Ich bin der Assistent von Kommissar Kleinheinz."

Koppers erinnerte sich, aber wie sollte man einen Assistenten in Gummistiefeln auch vergessen?

„Du kannst Will für mich sagen", bot der Landwirt ihm an und ergänzte: „Ich bin ein ganz alter Freund von deine Mutter. Es tut mir alles so schrecklich leid."

„Das muss es nicht", antwortete Koppers erstaunlich gefasst. „Ich habe gehört, dass du den Fall aufgeklärt hast. Dafür bin ich dir sehr dankbar. Endlich weiß ich, wo ich herkomme."

Bei diesen Worten überkam Will eine bleierne Traurigkeit. Da hat dieser tapfere Mann 38 Jahre lang nicht gewusst, wer seine leiblichen Eltern sind, und als er es endlich erfährt, verliert er beide sofort wieder. Seine Mutter ist tot und sein Vater ein Mörder. Wie viel Leid kann ein Mensch ertragen?

Sie standen eine Weile schweigend nebeneinander, als mit einem Mal ein lauter Ruf die Stille zerriss: „Wir haben sie!"

In Wills Hals bildete sich ein dicker Kloß. Wie ein Film liefen vor seinem geistigen Auge Sequenzen der kurzen Phase, in der er Biggi nahe war, ab. Er musste dagegen ankämpfen, nicht ohnmächtig zu werden, so flau wurde ihm plötzlich im Magen. Auf einmal spürte er, wie Stephan seine Hand ergriff, den Kopf an seine Schulter lehnte und leise zu weinen begann. Auch Wills Augen füllten sich mit Tränen, aber er wusste, dass er jetzt stark sein musste. Er schloss den Sohn, den er nie hatte, fest in seine Arme und sie schwiegen gemeinsam im stillen Gedenken an Brigitte Lechner.

Epilog

Ein Klecks Kartoffelpüree, etwas Sauerkraut und eine winzige Scheibe Kasseler lagen vor ihm auf dem Teller. Hastenraths Will band sich voller Vorfreude die blau-weiß karierte Stoffserviette um den Hals und nahm Messer und Gabel zur Hand. Es war die erste ordentliche Mahlzeit seit einer gefühlten Ewigkeit, die seine Frau ihm auftischte. Zwar war die dampfende Portion, die sie Kommissar Kleinheinz servierte, fast dreimal so groß, aber das war dem Landwirt egal. Er freute sich über zweierlei: Zum einen hatte seine Frau ihm seinen Phantom-Seitensprung verziehen und zum anderen hatte Dr. Hoppe am Vortag grünes Licht dafür gegeben, dass Marlene die streng diätische Ernährung wieder etwas lockern durfte, da ihr Mann mittlerweile deutlich verbesserte Blutwerte aufwies. Zigarren und Alkohol blieben zwar auch weiterhin tabu, aber zumindest war das Thema Sport nicht mehr zur Sprache gekommen. Wahrscheinlich, weil Dr. Hoppe eine Woche zuvor bei seinem allmorgendlichen Zehn-Kilometer-Angeber-Lauf durch den Saffelener Wald beim Grüßen einer Frauen-Laufgruppe unglücklich über eine Wurzel gestolpert war und sich eine komplizierte Handgelenksfraktur zugezogen hatte. Deshalb konnte er unmöglich erzählen, dass Sport gut für die Gesundheit sei – so jedenfalls lautete Wills Interpretation.

Marlene stellte sich ebenfalls einen Teller hin und setzte sich zu den beiden Männern an den Küchentisch. Sie faltete die Hände und sprach mit leiser Stimme: „Komm, Herr Jesus, sei unser Gast, und segne, was du uns bescheret hast." Nach einem dreistimmigen „Amen" schaute sie auf und sagte: „Ja dann mal guten Appetit."

Schon nach den ersten Bissen war Kleinheinz voll des Lobes: „Marlene, das ist wieder mal ein Gedicht. An dir ist eine Sterneköchin verloren gegangen." Will wollte das bestätigen, konnte aber nicht sprechen, da sein Mund zu voll war. Stattdessen nickte er eifrig mit prall gefüllten Wangen.

Plötzlich klingelte das Telefon und Marlene sagte zu Will: „Das kann nur für dich sein. Seit wir mit die Katholischen Strickfrauen eine WhatsApp-Gruppe haben, rufen die mich nicht mehr auf Festnetz an."

Widerwillig erhob Will sich von seinem Platz und trottete kauend in den Flur, wo das grüne Telefon mit dem roten Brokatüberzug wie ein Relikt aus einer anderen Zeit auf einem Schränkchen schrill vor sich hinbimmelte. Will hob ab. „Ja bitte?!"

„Stephan Koppers hier. Spreche ich mit Will?"

„Am Apparat. Das ist ja schön, von dir zu hören, Stephan. Wie geht es dir?"

„Sehr gut", antwortete Koppers und es klang nicht einmal gelogen. „Die Beerdigung war noch mal hart, aber es war eine schöne Zeremonie, die mir sehr geholfen hat, meinen Frieden zu finden. Und jetzt habe ich hier in Viersen einen Platz, wo ich meine Mutter jeden Tag besuchen kann."

Will meinte, ein leises Schniefen zu hören. Da er ungeübt darin war, andere zu trösten, sagte er: „Ich fand die Zeremonie auch sehr schön. Und ich fand es auch toll, dass so viele da waren, für zu konsolidieren."

„Ja, das hat mich auch sehr berührt, dass der ehemalige Kegelclub meiner Mutter erschienen ist und noch so viele andere fremde Menschen aus Saffelen. Am meisten habe ich mich aber darüber gefreut, dass du, deine Frau und Kommissar Kleinheinz da waren. Und dass ihr anschließend nach dem Beerdigungskaffee noch mit mir die Stühle hochgestellt habt." Jetzt musste er sogar lachen.

„So muss das sein", erwiderte Will. „Unser Oppa hat immer gesagt: Wer trauern kann, der kann auch feiern! Ich glaube, die gute Stimmung, die da geherrscht hat, nachdem ich für alle die Herrengedecks bestellt hatte, war ganz im Sinne von deine Mutter. Sie war eine tolle und lebenslustige Frau."

Es wurde wieder still in der Leitung. Nach einer kurzen Pause sprach Stephan weiter: „Es ist übrigens was ganz Komisches passiert."

„Was denn?"

„Na ja, ich hatte dir ja beim Beerdigungskaffee gesagt, dass ich im Moment nicht so viel Geld habe und mich deshalb erst mal nur für ein schlichtes Holzkreuz entschieden habe. Aber als ich heute Morgen auf den Friedhof kam, war es plötzlich verschwunden."

Will war entsetzt. „Wie bitte?! Jetzt sag nicht, wegen Vandalismus. Wenn da so ein paar halbgescheite Randalierer sich ein schlechter Scherz erlaubt haben, dann gnade die Gott. Dann werde ich die persönlich …"

„Nein, nein“, wiegelte Stephan ab. „Das Holzkreuz war verschwunden, aber stattdessen stand dort ein großer, edler Marmorgrabstein mit einem eingelassenen Bild meiner Mutter und einer wundervollen Inschrift: ‚Die Sonne sank, bevor es Abend wurde, aber Liebe ist stärker als wie der Tod.‘“

„Das hört sich aber schön an“, entgegnete Will ergriffen. „Weißt du denn, von wem der Grabstein ist?“

„Nee, das ist es ja. Kein Mensch kann mir sagen, wie der da hingekommen ist.“ „Sehr seltsam“, murmelte Will in den Hörer. „Aber der Spruch ist toll, richtig poetisch.“

„Absolut“, antwortete Stephan. „Bis auf den kleinen Grammatikfehler.“

„Welcher Grammatikfehler? … Ist ja auch egal. Dadran siehst du jedenfalls, dass es offenbar noch mehr Menschen gibt, die deine Mutter sehr gemocht haben. Ich soll dich übrigens von Marlene ganz herzlich grüßen und dich dringend dadrum bitten, dass du uns mal besuchen kommst. Der ihre Kiwi-Jägermeistertorte ist ein Gedicht.“

„Das mach ich auf jeden Fall, Will. Und noch mal vielen, vielen Dank für alles. Ich muss Schluss machen. Die Arbeit ruft. Holger hat Hunger.“

„Holger?“

„Unsere Anakonda!“

„Ach ja, dann bis bald. Und grüß schön.“ Will legte auf. Der Gedanke, dass es Stephan wieder besser ging, beseelte ihn. Er sah auf die Uhr. Zum Glück war es noch früh. Am Nachmittag würde er noch mal nach Viersen müssen, um etwas Wichtiges zu erledigen. Er hatte nämlich beim Steinmetz neben dem Friedhof noch eine offene Rechnung zu begleichen.

Danksagung

Ein großes Dankeschön an meine partners in crime:

Claudia Bodewig, Carl Brunn, Oliver Forsbach, Dietmar Frenken, Thomas Genter, Claudia Jansen, Frank Joussen, Ulla Joussen, Melanie Knaus, Hildegard Knops, Ellen Küppers, Arnold Macharski, Roland Meintz, Marcus Müller, Bärbel Nollmann, Markus Pisters, Silvia Pisters, Kristina Raub, Agnes Rex, Michael Rex, Torsten Schlösser, Alexandra Singer, Marion Venedey, Wilfried Venedey, Josef Wallraven, Marlene Wallraven.

mit Hastenraths Will

ie Rache des Waschbären
astenraths Wills vierter Fall
04 Seiten
12,95 | ISBN 978-3-9816638-4-6

Der Tango des Todes
Hastenraths Wills fünfter Fall
280 Seiten
€ 12,90 | ISBN 978-3-9807844-8-1

Die Höhle des Löwen
Hastenraths Wills sechster Fall
280 Seiten
€ 12,90 | ISBN 978-3-9816638-0-8

ie Geliebte des Mörders
astenraths Wills siebter Fall
88 Seiten
12,90 | ISBN 978-3-9816638-6-0

Die Stunde der Wahrheit
Hastenraths Wills achter Fall
288 Seiten
€ 12,90 | ISBN 978-3-9473650-0-5

Die Freunde der Nacht
Hastenraths Wills neunter Fall
312 Seiten
€ 12,90 | ISBN 978-3-9473650-5-0

Entdecke die
Heimat von
Hastenraths Will
Überall im Buchhandel oder online unter
www.paperback-verlag.de

REISEFÜHRER FÜR DAS
HEINSBERGER LAND
Das Naturparadies direkt vor der Haustür
Mit Insider-Tipps von
HASTENRATHS WILL
REISEFÜHRER FÜR DAS HEINSBERGER LAND
Heinsberger Land

Noch mehr aus der Wel

Live-CD zum Abendprogramm
„Die Weihnachtsgeschichte nach Will“

Live-CD zum Abendprogramm
„Die Welt ist ein Dorf“

Türanhänger

Anti-Stress-Kuh

Tragetasche

POLIZEIABSPERRUNG